悄吟文丛

古耜 主编

每张面孔都是一部经书

张鸿 著

中国言实出版社

图书在版编目（CIP）数据

每张面孔都是一部经书 / 张鸿著. —— 北京：中国
言实出版社, 2017.6
（悄吟文丛 / 古耜主编）
ISBN 978-7-5171-2412-2

Ⅰ.①每… Ⅱ.①张… Ⅲ.①散文集—中国—当代
Ⅳ.① I267

中国版本图书馆 CIP 数据核字 (2017) 第 147766 号

出 版 人：王昕朋
总 监 制：朱艳华
责任编辑：郭江妮
文字编辑：王建玲
封面设计：张凯琳
责任印制：佟贵兆

出版发行　**中国言实出版社**
　　　　　地　址：北京市朝阳区北苑路 180 号加利大厦 5 号楼 105 室
　　　　　邮　编：100101
　　　　　编辑部：北京市海淀区北太平庄路甲 1 号
　　　　　邮　编：100088
　　　　　电　话：64924853（总编室）　64924716（发行部）
　　　　　网　址：www.zgyscbs.cn
　　　　　E-mail：zgyscbs@263.net

经　　销　新华书店
印　　刷　北京温林源印刷有限公司
版　　次　2017 年 8 月第 1 版　　2017 年 8 月第 1 次印刷
规　　格　787 毫米 ×1092 毫米　　1/32　9.625 印张
字　　数　185 千字
定　　价　59.00 元　　ISBN 978-7-5171-2412-2

东风吹水绿参差

古耜

以"五四"新文化运动为起点的中国现代散文，已经走过近百年的风雨历程。时至今日，隔着历史与岁月的烟尘，我们该怎样描述和评价现代散文的行进轨迹与艺术成就？也许还可以换一种问法：如果现代散文仍然可以新中国成立为时间界标，划作"现代"和"当代"两个阶段，那么，它在哪个阶段成就更高，影响更大？

在散文的"现代"阶段，屹立着伟大而不朽的鲁迅，仅仅因为先生的存在，我们便很难说当代散文在整体上已经超越了现代散文。但是，如果我们把观察的视野缩小或收窄，单就现代散文中的女性写作立论，那么，断定"当代"阶段的女性散文，是异军突起，后来居上，便算不上狂妄。这里有两方面的依据坚实而有力：

第一，新中国成立后的六十多年间，尤其是进入新时期以来，大陆文坛先后出现了若干位笔下纵横多个文学门类，但均擅长散文写作，且不断有这方面名篇佳作问世的女作家，如杨绛、宗璞、张洁、铁凝、王安忆、张抗抗、迟子建等。她们散文作品所达到的艺术水准，并不逊色于现代女性散文的佼佼者。况且冰心、丁玲等著名现代女作家在步入当代之后，依旧有足以传世的散文发表，这亦有效地增添了当代女性散文创作的高度和重量。

第二，借助时代变革和历史前行的巨大动力，从新时期到新世纪，女性散文写作呈现出繁花迷眼、生机勃勃的宏观态势：几代女作家从不同的主体条件出发，捧出各具特色、各见优长的散文作品，立体周遍地烛照历史与现实，生活与生命；才华横溢的青年女作家不断涌现，其创意盎然的作品，显示了强劲的生命力与可持续性；女作家的性别意识空前觉醒，也空前成熟，其散文主旨既强调女性的自尊与自强，也呼唤两性的和谐与互补；不同手法、不同风格的女性散文各美其美，魏紫姚黄，各擅胜场……于是，在如今的社会和文学生活中，女性散文构成了一道绚丽多彩而又舒展自由的艺术风景线。这显然是孕育并成长于重压和动荡年代，因而不得不执着于妇女解放和民族生存的"现代"女性散文所无法比拟与想象的。

在二十一世纪历史和时间的刻度上，女性散文创作取得了丰硕成果和扎实进步，但也同整个中国文学一样，面临着前所未有的挑战与考验：与后工业社会结伴而来的后现代主义思潮斑驳杂芜，利弊互见。它带给女性散文的，可能是观念的去蔽，题材的拓展，也可能是理想的放逐，审美的矮化，而更多的可能，则是创作的困惑、迷惘，顾此失彼或无所适从……惟其如此，面对五光十色的后现代语境，女性散文家要实现有价值的创作，就必须头脑清醒，坐标明确，进而辩证取舍，扬弃前行。也正是在这一意义上，有一批女作家值得关注——她们出生于二十世纪六七十年代之交，进入新世纪后开始展露才华，并逐渐成为女性散文创作的中坚力量。对于她们来说，现代和后现代主义自然不是陌生或无益之物，但青春韶华所经历的激情澎湃的现实主义和人文主义大潮，早已先入为主，成为一种挥之不去的精神底色。这决定了她们的散文创作，尽管一向以开放和"拿来"的姿态，努力借鉴和吸取多方面的文学滋养，但其锁定的重心和主旨，却始终是对人的生存关切和心灵呵护，可谓鼎新却不弃守正。显然，这是一条积极健康、勃发向上的艺术路径。正是沿着这一路向，习习、王芸、苏沧桑、安然、杨海蒂、张鸿、沙爽、项丽敏、高安侠、刘梅花等十位女作家，不约而同地走到了一起，她们以彼此呼应而又各自不同的创作实绩，展示了当下女性散文的应有之意和应然之道。

习习来自西北名城兰州。她的散文写城市历史，也写家庭命运；写生活感知，也写生命体验；近期的一些篇章还流露出让思想伴情韵以行的特征。而无论写什么，作家都坚持以善良悲悯的情怀和舒缓沉静的笔调，去发掘和体味人间的真诚、亮丽和温暖，同时烛照生活的暗角和打量人性的幽微。因此，习习的散文是收敛的，又是充实的；是含蓄的，又是执着的；是朴素本色的，又是包含着大美至情的。

足迹涉及湖北和南昌的王芸，左手写小说，右手写散文。在她的散文世界里，有对荆楚大地历史褶皱的独特转还，也有对女作家张爱玲文学和生命历程的细致盘点，当然更多的还是对此生此在，世间万象的传神勾勒与灵动描摹。而在所有这些书写中，最堪称流光溢彩、卓尔不群的，是作家以思想为引领，在语言丛林里所进行的探索和实验，它赋予作品一种颖异超拔的陌生化效果，令人咀嚼再三，余味绵绵。

或许是西子湖畔钟灵毓秀，苏沧桑拥有很高的艺术天赋和丰沛的创作才情。从她笔下流出的散文轻盈而敏锐，秀丽而坚实，温婉而凝重，每见"复调"的魅力。尤其难能可贵的是，她的散文远离女性写作常见的庸常与琐碎，而代之以立足时代高度的对自然和精神生态的双重透析与深入剖解，传递出思想的风采。若干近作更是以生花妙笔，热情讲述普通人亦爱亦痛的梦想与追求，极具现实感和启示性。

在井冈山下成长起来的安然，一向把文学写作视为精神居所和尘世天堂。从这样的生命坐标出发，她喜欢让心灵穿行于入世和出世之间，既入乎其内，捕捉蓬勃生机；又出乎其外，领略无限高致，从而走近人生的艺术化和审美化。她的散文善于将独特的思辨融入美妙的场景，虚实相间，形神互补，时而禅意淡淡，时而书香悠悠，由此构成一个灵动、丰腴、安宁、隽永的艺术世界，为身处喧嚣扰攘的现代人送上一份清凉与滋养。

供职京城的杨海蒂，创作涉及小说、报告文学、影视文学等多种样式，其中散文是她的最爱和主打，因而也更见其精神与才情。海蒂的散文题材开阔，门类多样，而每种题材和门类的作品，都具有自己的特色：她写人物，善于捕捉典型细节，寥寥几笔，能使对象呼之欲出；她写风物，每见开阔大气，但泼墨之余又不失精致；至于她的知性和议论文字，不仅目光别致，而且妙趣横生。所有这些，托举出一个立体多面的杨海蒂。

驻足羊城的张鸿，既是文学编辑，又是散文作家。其整体创作风格可谓亦秀亦豪。之所以言秀，是鉴于作家的一枝纤笔，足以激活一批风华绝代而又特立独行的异国女性，尽显她们的绰约风姿与奇异柔情；而之所以说豪，则是因为作家的笔墨一旦回到现实，便总喜欢指向远方，于是，边防战士的壮举、边疆老人的传奇，以及奇异山水，绝地风情，纷至沓来。这种集柔润和刚健于一身的写作，庶几接近伍尔夫所说的文学上的"雌雄互补"？

穿行于辽宁和天津之间的沙爽，先写诗歌后写散文，这使得其散文含有明显的诗性。如意象的提炼，想象的飞腾，修辞的奇异，以及象征、隐喻的使用等，这样的散文自有一种空灵跠踔之美。当然，诗性的散文依旧是散文，在沙爽笔下，流动的思绪，含蓄的针砭，委婉的嘲讽，以及经过变形处理的经验叙事，毕竟是布局谋篇的常规手段，它们赋予沙爽的散文深度和张力，使其别有一种意趣与风韵。

项丽敏的散文写作同她长期以来的临湖而居密不可分——黄山脚下恬静灵秀的太平湖，给了她美的陶冶与享受，同时也培育了她对大自然的敬畏与热爱，进而驱使她以平等谦逊的态度和安详温润的文字，去描绘那湖光山色，春野花开，去倾听那人声犬吠，万物生息。所有这些，看似只是美景的摄取，但它出现于物欲拥塞的消费时代，则不啻一片繁茂葳蕤的精神绿洲，令人心驰神往。当然，丽敏也知道，文学需要丰富，需要拓展，人与自然的关系只是文学的无数话题之一，为此，她开始写光阴里的器物，山乡间的美食，还有读书心得，读碟感悟……这预示着丽敏的散文正由单纯走向丰富。

高安侠是延安和石油的女儿。她的散文明显植根于这片土地和这个行业，但却不曾滞留或局限于对表层事物和琐细现象的简单描摹；而是坚持以知识女性的睿智目光，回眸生命历程，审视个人经验，打量周边生活，品味历史风景，就中探寻普遍的人性奥秘和人生价值，努力拓展作品的认知空间。同时，作家文心活跃，笔墨恣肆，时而柔情似水，时而气势如虹，更为其散文世界平添一番神采。

偏居乌鞘岭下天祝小城的刘梅花，是一位灵秀而坚韧的女子。她人生的道路并不顺遂，但文学却给了她极大的眷顾。短短数年间，她凭着天赋和勤奋，发表和出版了大量散文作品，成为广有影响的女作家。梅花写西域历史、乡土记忆和个人经历，均能独辟蹊径、别具只眼，让老话题生出新意味。晚近一个时期，她将生命体悟、草木形态、中药知识，以及吸收了方言和古语的表达融为一体，形成一种承载了"草木禅心"的新颖叙事，从而充分显示了其从容不迫的艺术创新能力。

总之，十位女性散文家在关爱人生的大背景、大向度之下，以各具性灵、各展斑斓的创作，连接起一幅摇曳多姿、美不胜收的艺术长卷。现在，这幅长卷在中国言实出版社的鼎力支持下，冠以"悄吟文丛"的标识，同广大读者见面了。此时此刻，作为文丛的主编，我除了向十位女作家表示由衷祝贺，向出版社的领导和同志们表示诚挚感谢之外，还想请大家共赏宋人张栻的诗句："便觉眼前生意满，东风吹水绿参差。"——这是我选编"悄吟文丛"的总体感受，或者说是我对当下女性散文创作的一种形象描绘。

（作者系著名文学评论家、作家）

目 录

第三辑　在莫斯卡理解幸福

第四辑 经过喧嚣人群，穿越繁华寂寞

第一辑

与道德无关的种种可能

爱之于她，不是一蔬一饭，肌肤之亲，是一种不死的欲望，是颓败生活里的闪耀的光芒。

每张面孔都是一部经书 / 张鸿

与道德无关的种种可能

听了好一阵子有关我身边的一对男女的故事，那细节有鼻子有眼的，说者津津有味，听者心里窃喜。我对这一对男女之事不感兴趣，我关心的是，两情相悦是一件美好的事情，这与道德无关，与情感和欲望有关。

与道德无关的还有《洛丽塔》。

我看过两个电影版本的《洛丽塔》，相比1962年电影怪才库布里克那与原著情节相差甚远的版本，我还是喜欢1997年亚得里安林恩的版本，它无疑更加"狂野"，更加忠实于原著。尤其是对男女主人公性关系的描绘，可谓"赤裸裸"。但我还是没有充分的理由来给作者、文本、导演和演员予任何定义，我想说的是，老男人亨伯特与小女人洛丽塔的爱也是爱，这与道德无关。

1962年，斯坦利·库布里克是冒着很大的风险拍摄此片的，这险是社会伦理道德之约束。在这部电影里他以一种含蓄而优美，黑白片的形式试图探讨一个关于性欲的混乱与迷惑的主题，也使这个当年耸人听闻的故事朴实了许多。片中女主角过于成熟，体形过于丰韵，也无过分的激情场景，所以有评论认为该片有些"儿童化"。总格调与当时的社会状态相契合，保守沉闷。

"洛丽塔，我生命之光，我欲念之火。我的罪恶，我的灵魂。"这是 1997 版《洛丽塔》开头的一句著名独白，而这正是纳博科夫《洛丽塔》的主旨所在。

1997 版电影名称香港译为《一树梨花压海棠》，典出苏轼对好友张先的调侃。张先年逾八十，娶一 18 岁美貌少女为妾，苏轼遂作诗曰："十八新娘八十郎，苍苍白发对红妆。鸳鸯被里成双夜，一树梨花压海棠。"也就是民间戏称的"老牛吃嫩草"吧。仔细想来，这个名称体现了中国人的习惯性思维，和讨好市场的行为，与原片的主旨是相背离的。我还是喜欢《洛丽塔》这名称，"洛——丽——塔（Lolita）：舌尖向上，分三步，从上颚往下轻轻落在牙齿上，洛——丽——塔。"

97 版全片画面构图亦优美而流畅，色调更是意料之外的清新淡雅，但整部片拍的略嫌中规中矩，大概是由于题材过于敏感，放不开手脚。

影片的开头，"1947 年，亨伯特来到美国，任教于比利亚斯大学。他准备利用暑假的空闲时间写成一部教科书，于是他来到兰之蒂镇的寡妇夏洛特·黑兹太太家寄居，在那里他遇上了让他一生魂牵梦萦的女孩：洛丽塔。亨伯特从餐厅里出来的时候看到了她，在太阳沐浴的一块草垫上，半裸着，跪着，以膝盖为轴转过身，蜂蜜样的肩膀和绸子一样柔嫩的脊背让人目眩神迷。"

她对着来租房子的亨伯特回眸一笑，露出了矫正牙齿的牙箍。一派灿烂纯真。

就这一眼，亨伯特就决定住下来，很快就成为她的继父。

有一种女孩是纯洁天使和诱惑小魔鬼的化身。而那种骨子里自带的诱惑性感，甚至连那女孩自己都未必知道。

"你必须是一个艺术家，一个狂人，一个无限忧郁的造物，你的欲望是冒着热毒的气泡，你诡谲的坚毅里有一股超肉欲的火焰永远通红，为了立刻辨认出，通过难以形容的特征——轮廓像猫一样的脸颊，柔软的四肢，还有其他一些使温柔的眼泪感到失望和羞愧的标志，我不能罗列下去——在所有孩子中辨认出那个销魂夺魄的小鬼人精；她未被他们发现，自己对自己神奇的力量也一无所知。"

中年男人亨伯特，具有欧洲知识分子式的绅士、内敛的良好修养，长相英俊、极富魅力。他的爱情之心并没有随着年龄同步成长。自从少年时代的初恋，那个青春明媚的少女阿娜贝尔因病死去后，他的爱情就被阻隔在那个时候，直到他遇到洛丽塔。那个一样透着清纯和明媚的少女，爱情的心才开始复苏。而另一面，亨伯特是一个化了装的极端个人主义的艺术家。他禀性敏感，想象力丰富，但近于偏执。

在这种情境下，单从情爱的角度，我们很难确定成年男人亨伯特和青春少女洛丽塔，谁比谁更成熟。她嚣张的表情，年轻、漂亮、诱惑、野性、桀骜不羁……每看一次，内心隐秘的欲望都被拾起一次，这也许不只对男人而言。

他们的第一次交欢，竟是她主动"教导"他的。而他，甚至不是她的第一个。当然，这样的交欢亦是亨伯特想象了多个夜晚的。他爱她，爱她的身体并灵魂。少年般纯粹，热切，痴迷。

他们的爱情（如果是爱情）介乎父女与情人之间。这样的爱情像是火焰，越是美丽，就越是危险。因此直接导致洛丽塔的妈妈的死亡。

经历了长久的旅行后他们在他任教的小镇住下来。她要有她正常的生活，一个 14 岁少女的生活：上学，交朋友，演戏。他紧张担心，阻止她和别的男性交往。她知道他爱她，害怕失去她，所以她尽可操纵掌握他们之间的一切。性已不再是新鲜好奇的刺激，而成了她索取金钱和满足要求的威胁。

亨伯特很清楚，"对她来说，我不是她的情人，不是个有魅力的人，不是知己，甚至根本不是人，而只是两只眼睛或是一只肌肉发达的脚。"她不爱他，或许从来都没有爱过，而最初的挑逗和诱惑，都只是出于一种新鲜好奇而已。

洛丽塔不告而别，他到处找她，但得到的只是失望，三年后的一天，他突然收到了她的信，落款是李察太太，她怀了孕，生活困难，只有写信求他寄钱。

他带上所有的钱立刻出发去找她，开门迎接他的洛丽塔已经变成了一个大腹便便的女人，双颊凹陷，脸色苍白，脚上是一双脏兮兮的拖鞋。可是他仍然知道自己和以前一样发疯地爱着她。他感觉："我望着她，望了又望。一生一世，全心全意，我最爱的就是她，可以肯定，就像自己必死一样肯定……她可以褪色，可以枯萎，怎样都可以，但我只望她一眼，万般柔情，便涌上心头……"

这样柔软热烈痴迷又无奈的情感，与道德无关啊。这是亨伯特的精神病灶，是一种过于强烈的充满占有的偏执欲望，让他走上了不归之路。从任何方面讲，这都是一种无法效仿的生活。

让我沉浸其中的，还有杰瑞米·艾恩斯，亨伯特的扮演者，一个西方电影里著名的"情色老男人"。他最擅长演绎的正是这种带点神经质、有些变态的角色，如与尊龙合演《蝴蝶君》中的同性恋，《爱情重伤》中和儿媳的爱情，《偷香》中的忘年恋等，他凭借《豪门孽债》得到奥斯卡奖，还得到欧洲电影奖终身成就奖。

此片中，他苍白，神经质，手指修长，脸上有两道明显的法令纹，常常因为内心的痛苦而扭曲。几乎所有有关欲望的镜头都是从他的眼睛出发，同时表现出故事前半段的欲求不满和后半段的那种惴惴不安。他自如且圆满地演绎出了充满情欲的迷恋但不止于色情，不可自控的占有欲但也生出好心呵护的复杂状态。他将全部的激情都奉献给了自己的养女，最后当她背叛他的时候，崩溃的悲情让观看的人窒息。

他的表演并不激情、狂暴，他的眼中只有沉静的暧昧，有如孤独沉默的大海。

电影史上，"洛丽塔"被定义为"恋童"或者"乱伦"性变态题材的。但事实上，绝大多数人在看完影片或者小说之后，感受到的是一种深刻真诚，又纠缠在爱情和罪恶感里不能自拔的痛苦之爱。是一个依托在成年人的外表下的少年之爱。父亲—情人—乱伦，都不足以构成一部伟大作品的叙述张力，只有这些因素以某种魔法般的形式，控制和分裂着一个男人的意识行为的时候，小说的叙述张力才升华为无与伦比的艺术魅力。

是随大众意见还是坚定自己的观点？在内容情节是否"恋童"有违道德这一点上，纳博科夫本人也是矛盾的。更重要的是他似乎在与人们探讨该如何面对内心深处的欲望，他没有直接给出答案，却又在行文中暧昧地表达了自己的立场——他承认这种欲望是伤风败俗的，但他始终没有责备过亨伯特，而是包容他，同情他，甚至鼓励他。但在小说中他曾引用一位诗人的话说，"人性中的道德感是一种义务，而我们则必须赋予灵魂以美感。"也许，在《洛丽塔》中，这种所谓的"美感"既有艺术华丽的诗意，也充满了他赋予堕落者的罪恶感吧。

什么是道德？什么是人性？我只知道，道德冷硬简单，而人性柔软复杂。有些情感在道德规范下未必是道德的，但既然存在就说明有其存在的合理性。就像萨德描写的虐恋和劳伦斯关于婚外恋的创作一样，曾一度被禁止掩藏，但他们所描述的这一切终究是客观世界的客观存在，唯有正视、思索，才能客观的认知。

洛丽塔拒绝回到亨伯特的生活中，她甚至说出她从来就没有爱过他。即使爱过人，她爱的也是曾经与之偷欢，因她拒绝拍摄裸照而把她赶走的奎尔蒂，那个同样是中年的男人。

他痛恨那个曾获取了洛丽塔爱情的男人。痛恨那个获得了她的爱，却伤害了她的男人。他枪杀了奎尔蒂。

汽车在公路上歪歪扭扭的奔驰着，身后是警笛的鸣叫声。他的手上在滴着血，心里亦是。

车子在高高的斜坡顶上停下来。远处的村庄里传来儿童的欢笑声。刺痛他心肺的、令人绝望的东西并不是洛丽塔不在他的身边，而是她的声音再不在那和声里了。

于亨伯特而言，谁会在今夜为他哭泣，当他丧失了一切？

爱着洛丽塔，与她永远厮守在一起，这是他的美好愿望。但，北岛诗曰：这普普通通的愿望，如今成了做人的全部代价。

你成了我最强大的敌人

做情人，是需要超常的勇气和多方面素质的，做一个好情人，最重要的是要无私、要能忍耐，这种忍耐也许旷日持久，也许转眼烟消云散。

现在这种世道，尤其是所谓的大师，没有几个情人那不正常，因为就连拾垃圾的都有其他的女人相伴（我可没有职业歧视）。

出门行走、读书看碟是我最大的爱好，巧的是，近期我看的几个片子都是别人的情人的故事，杜拉斯的《情人》，看了多遍，还是喜欢，还有《罗丹的情人》《毕加索和他的情人们》。

早年读艺术史时，我从字面读出了其他的内容。遑论中外艺术史中，大师和他的杰作遮挡了一切，而他的成就怎么来的，有多少爱的重伤、祭献与毁灭，这些我们不容易看到，也不习惯去思想。而这些热爱与毁灭，正是人类生活和思想最光辉的核心、艺术的核心，那些作品才是艺术史的附册，是天才们精神传记的重要组成部分，人应当也必然高于他（她）的作品。我曾与朋友说过，写尽男女之事就是写尽人类社会的历史，我至今以及今后都持此观点。

"我希望我从来也不曾认识你"，这一句含义丰富之语，是出自卡米耶·克洛岱尔，一个天才的雕塑家，但艺术史上给她的定位是——罗丹的情人。而具有讽刺意味的是，在她生前极力想摆脱的"情人"的称号，会跟她到死后所有的年代——即便是到一百多年后的今天。电影，以及传记的中文译本，都被取名为《罗丹的情人》。不藉罗丹的名义，人们就无法认识并发现她。于是乎，情人就成了一种身份的代名词。

卡米耶·克洛岱尔不是波伏娃，罗丹不是萨特；卡米耶也不是汉娜·阿伦特，罗丹当然不是海德格尔，那，肯定，疯狂是卡米耶的唯一结局。

卡米耶18岁时，有着很张扬的走路姿势，有着被梦幻包围的脸和蓝色的眼睛。最重要的是她有着罗丹认为的真正的青春，那就是洋溢着清新的生命力，显着骄矜之概，这种活力只有几个月，变迁极速。就是这种无所顾忌的青春，让艺术家罗丹激活了渐已沉寂的艺术活力。

初见罗丹的卡米耶，在自己的工作室里。那时她是个脸色纯净的女子，穿旧的黑布裙子，枣红的头发乱乱的绑在脑后，手上脸上总是粘着石膏或是黏土。她光着脚，跑动，工作。她说，她不需要艺术学校，不需要课程，不需要死板的练习。她要活生生的，在生活里的创作。为此，她与母亲顶撞，关系几近破裂；她固执的在半夜去深沟里挖黏土；她想要得到罗丹的指导，想要罗丹在她第一个大理石作品上签字。我想她从来没有为自己的所做考虑，哪怕一秒钟的犹豫，在她也是不肯有的。她的目标太过明确，因此舍不得路上任何形式的张看或是停留。

这时的雕塑家罗丹，已经60岁，名声远扬，但是内心的孤独无法掩饰；作为男人的罗丹，经历了许多年的困苦生活，已感疲惫。卡米耶眼神里蕴藏着的伟大的梦想，有着庄严和神秘的气氛。这彻底打动了罗丹。他发现卡米耶与自己有着共同的艺术感觉和相似的想象力，并且美得狂野，他从未在任何女人身上看到这种天生的叛逆。在女人没有社会地位的社会里，卡米耶的天才则几乎已经到了让人震慑的地步，罗丹说："于是你成了我最强的敌人。"

在卡米耶眼里，罗丹那螺旋状打着卷的胡须，坚强有力的头颅，宽阔厚实的胸膛，尤其是他那一双手，太魅惑，太神奇，也太如深渊，她深陷其中。罗丹已成为她的仰慕的、具象化了的艺术之神。

这种情状的相遇，不发生故事是不可能的，不是相爱就是毁灭。上帝创造了这么两个人在这种情形下的交合，就是要他们违规，而不是守约和趋于完美。艺术天才之间的事件，一旦发生，就不属于个人，可以说它更属于艺术史。

与卡米耶的相识，开启了罗丹创作的巅峰时期。他对她说："你被表现在我的所有雕塑中。"卡米耶不仅给了他一个纯洁而忠贞的爱情世界，还让他感到生命自身的力量与真实。

看看他们各自的作品——"双人小像"，彼此惊人地相似。都是一个男子跪在一个女子面前。但认真来看，却分别是他们各自不同角度中的"自己与对方"。在卡米耶的《沙恭达罗》中，跪在女子面前的男子，双手紧紧拥抱着对方，唯恐失去，脸上充满爱怜。而在罗丹的《永恒的偶像》中，她像一尊女神，男子跪在她脚前，轻轻地吻她的胸膛，神情虔诚之极。一件是入世、有血有肉；一件是净化，而有纪念碑意味。将这两件雕塑放在一起，就是从1885—1898年最真切的罗丹与卡米耶。也是两个人对彼此爱情的不同认识与理解。

卡米耶的父亲对她说，你跟罗丹在一起之后，你的作品呢？

听到父亲的问询，卡米耶无言作答。父亲知道她当上罗丹助手的时候，是希望她由此可以超越自我事业高峰。可是卡米耶得到了爱情，失去了自己。

艺术史上有关卡米耶的资料非常少，透过她与当时那些艺术官员、评论家、艺术品经销商的通信，已经足以勾勒出卡米耶热情、投入又多疑、敏感的形象，至于她的天才，我们知道，艺术界其实早已承认了卡米耶的才华。但作为一个女人，她要征服世界，却还为时尚早。

关于卡米耶和罗丹的关系，罗丹那封著名的信大概是最有说服力的："从今日1886年10月12日起，我只有卡米耶·克洛岱尔小姐一个学生。我将竭尽全力保护她，为此我将发动我的朋友，尤其是那些有影响的朋友。我的朋友也将是她的朋友。我永不再接受别的学生，以免万一有人与之抗衡，尽管在我看来，像她这样天生具有如此才华的艺术家是十分罕见的。我将在每个展览会上推荐卡米耶的作品，同时，我也不再教导其他女人雕塑，并不再以任何借口去……夫人的家。明年5月的作品展览结束以后，我们将一起去意大利旅游半年。从此以后，我们之间的关系将是不可分离的。（根据这种关系）卡米耶小姐即是我的妻子。倘若卡米耶小姐同意，我将很乐意赠送她一座小青铜像。从现在开始到明年5月，我绝不再和任何女人来往，包括邀请其他女性当模特儿，否则我们就一刀两断……"这是爱的誓言，足以将人融化。

这封信出自罗丹最热烈地爱着卡米耶的那段时间，而后来的大量通信则表明，罗丹确实信守了这次承诺的前半部分，他为卡米耶带来了无数朋友，甚至偷偷买下她的作品。这些信告诉我们，没有罗丹，就没有雕塑家卡米耶·克洛岱尔。

也许对男人来说，爱情不是全部，天才的土壤一旦有了爱情的滋润势必开出更加美丽绚烂的花朵来。其实从一开始卡米耶就应该知道，她投入的就是一场要付出一生代价的残酷爱情游戏。罗丹有他的长久的生活伴侣罗丝和儿子。但是她以为自己可以改变或者被改变。长达十余年的爱恋，东躲西藏、或隐或现地受着被旁人察觉的威胁，因此击垮她的不是罗丹的爱情，而是她对爱情的理解。

"罗丹，我们结婚吧。"卡米耶对罗丹说，罗丹的回答是：爱可以有不同的方式。给我时间摆脱她，罗丝她现在病着。罗丝陪伴他一路走来，尤其是罗丹年轻时很绝望的那一段时间，这个天才男人也像一般男人一样，不忍伤害这个已经没有什么魅力的女人。但是，这不影响他喜欢别的女人，他很想长时间与这两位女人为伴，卡米耶、罗丝。

他反复说着一个词"peace"，安静、安宁。这个词，是成功了的中年男人最需要的，除了最重要的工作，他无暇顾及其他。他要安宁、从容地工作，他每天都像旋风一样，走路、工作，哪里愿意生活中起风暴？内心的风暴有助于创造性时日，而外部的风暴只能伤害这乘风破浪的创造性时日。他处在不愿选择、都希望拥有的年龄，他不要彻底，不要单一，要的是暧昧和丰富，要的是所有有助于他创造、有助于他飞升的生活。

罗丹在爱也在艺术，准确地说，他更沉迷于艺术，沉迷由于爱而激发的灵感。而卡米耶沉迷的是爱，这是所有落入情网的女人的共性。卡米耶是天才，但她首先是一个女人，她与一般的女人一样，将男人当成了自己生活的全部，无论是自觉还是不自觉，一种惯性推动着她进入了深渊。

卡米耶太年轻，她不明白也无法接受这一切，她要的是干净和彻底，单纯和洁净。这一切她无法控制，她歇斯底里，她酗酒。而卡米耶的弟弟，诗人保罗·克洛岱尔曾说过：他俩的分手是我姐姐以其可怕的暴躁性格和凶恶的讥讽禀赋加速促成的。

同样的爱情和惊人的才华，给她带来的却只是毁灭。和罗丹紧紧联系在一起的几年，卡米耶透支了一生所有的幸福，她的美丽只是凝固在罗丹的雕塑中，而她自己，就在这场其实不属于自己的爱情之中燃烧成灰，却没有浴火重生的幸运。

有人将他们的分离归结为罗丹对爱情的冷漠，以及罗丹对前任情人、后来的妻子罗丝在生活上的极度依恋。也许原因不尽于此。在我看来，两个志趣相同的爱人之间的分离，更多的可能是出于艺术理念的分离以及对待艺术作品及生活观念态度的不同。

卡米耶 1898 年离开罗丹，成立自己的工作室，开始了孤绝独立的创作时期，这个时期她创作的《成熟年代》的作品中，一个人依依不舍，另一个人断然拒绝而又略带悲伤的神情，可以看出她当时的心情。离开了罗丹的她依然富有创作力，只是所有富有青春和生命力的美都已一去不复返，她的作品开始了一种对痛苦的宣泄和对死亡的表现，所有的疯狂、痛苦、忧郁、不得志，都被她糅进了大理石和黏土凝成的时空中，那些美丽的雕塑，默默陪伴她孤寂的艰难岁月。贫穷、窘迫、尴尬，还有积攒太多的怨恨——从极端的热爱到极端的仇视，这个纯粹的女人对罗丹的情感以极端的方式宣泄。她想逃离罗丹的控制而重拾艺术家的自信，但这个才华横溢的女艺术家像世界大多数女人一样无法逃离爱情的魔力，无以自救。她渴求超越罗丹以期寻回那失去多年的自我，但却抵抗不了以罗丹为主导的男权社会，更致命的是，十几年的爱情经验使她的内心极度惊恐，没有坚定的信念。

没有力量的内心，打不赢别人，却毁灭了自己。当她在弟弟保罗为她举办的展览会上以异常的装束和言语出现时，当她那么渴望参加双年展时，企求外界给予她支持却不能从自我内心获得肯定时——作为艺术家的卡米耶亦在慢慢走向崩溃。

她独自一人生活，贫困交加，几近于疯狂，她毁掉了自己几乎所有的雕塑作品。

1913 年 3 月 10 日，成为卡米耶·克洛岱尔一生的分界点：她被送进了精神病院。1914 年，在精神病院住了一年后，卡米耶被转往阿维尼翁（Avignon）附近的收容所，在那里，她一直待到 1943 年 10 月 19 日去世，生命的最后 30 年她都被绑在一件捆绑疯子的紧身衣中默默无闻地度过。

这是雕塑家卡米耶·克洛岱尔——罗丹的情人的命运。而影片《罗丹的情人》饰演卡米耶的是法国演员伊莎贝拉·阿佳妮，她以炉火纯青的演技，再现了卡米耶，"犹如灵魂附体"。她以这一角色获得柏林电影节最佳女演员银熊奖，1990 年奥斯卡最佳女主角提名，也再次成就了她的演艺生涯。

阿佳妮有着摄人心魄的美丽，也有着与他人殊异的性格。她好像天生和那些美丽脆弱敏感有天赋的女子有着冥冥中我们看不见的联系，每次看她表演这样的角色，都忍不住震惊，不管是看她在阿尔及利亚满是灰尘的阳光下踯躅，还是看她在大雨中像幽灵一样看着自己情人的脚步，直到看见他被妻子接走。泥土和敲凿大理石带来的灰尘也不能掩盖她湖蓝色眼睛的灵光，就算是运河水涨，她醉倒在阁楼上，宛如灰姑娘，她也仍然美丽惊人。无法掩藏的天才和美，阿佳妮总是可以完美的把灵魂赋予这些角色，她们满身伤痕，为爱挣扎。在所谓正常人看来，她们疯狂偏执，好像男人的天才和爱情给他们带来成功，而女人的天才和爱情只会毫不留情的毁灭她们。只让我们这些不相关的人悚然心悸。

卡米耶的母亲和弟弟将她从封死的屋子里接出来，积怨多年的母亲不敢直面她。卡米耶的眼神业已呆痴，被岁月和爱情摧残的身体微微发胖，苍白的手和脸出现在一辆写着××精神病医院的车窗上。影片结尾她安静的近乎绝望地坐在椅子上，依然神经质，可是她，已经老了。

女人有一种通病，总以为"爱"是有形的，固定的，可以由自己把握的，其实爱是变化的，像水、像风，随时在变化，或者在消逝。谁也不能以曾经来要求今天和明天。

如果你还爱自己，那就不要成为别人的情人；如果你还不愿意将自己性格中那一些恶的东西暴露，那就不要成为别人的情人；如果你不想绝望，那就一定不能成为一个情人！

哭泣的女人

一位女性诗人曾写过有关朵拉·玛尔的短诗：

> 她平躺着
>
> 手就能摸到微凸的乳房
>
> 有妊娠纹的洼陷的小腹
>
> 又瘦了，她想："我瘦起来总是从小腹开始"
>
> 再往下是耻骨
>
> 微凸的，像是一个缓缓的山坡
>
> 这里的青草啊、泉水啊
>
> 都是寂寞的

这不是一堆文字所营造的色情场景，我们放宽思维想想吧，这文字背后不是女人的寂寞吗？这是一种无法排遣的寂寞，是一种在男性思维占据权力中心的文明时代，女艺术家的"寂寞"。

朵拉·玛尔，一个因为爱而孤寂、而不可自拔的女人。

就如卡米耶终身生活在罗丹的阴影下一样，朵拉终身被毕加索的盛名所缠绕和覆盖。

毕加索认识朵拉的时候，她已经28岁了。那一刻，在"德·马戈"咖啡馆里，她戴着一副装饰有粉红色小花的黑手套。她摘去手套，拿起一把长长的尖刀，开始将刀从她伸出的手指间戳入桌子，看看刀能接近每个手指到何种程度而不伤害她自己。她一次又一次地略微错过目标，当停止玩弄那把刀时，她的手上满是鲜血。

这引起了毕加索强烈的好奇心，他坐在朵拉的对面，看着她一次一次地刺中自己的手。两目相对，有了一种荷尔蒙的气息产生，这个西班牙男人、著名的画家柔声地对着朵拉说："能否将这副手套送给我？"他将它们与其他纪念品一起放在奥古斯汀大街的玻璃陈列柜里。

这仿若是电影中的一个场景，略带血腥。可事实是，这看上去的一次偶遇，是朵拉与毕加索的第二次见面，是这个女人精心设计的不为毕加索所知的见面场景。

在此前不久的一场电影媒体观摩会上，她与毕加索相识，那一刻她对毕加索一见钟情，决心要与这位著名的男人有交集。可似乎当时毕加索并没有对她产生很深的印象，他要的女人不是朵拉这一款的。

朵位知道毕加索经常来这家咖啡馆用餐，为了引起他的注意，她想出了这一招。这种自残的行为，也只有那种偏执的人才能做得出来。朵拉的目的达到了，她的这种行为，与其说是吸引了毕加索的注意，还不如说她心里的那点儿"小九九"已经为这位年过半百的老男人所洞察。接下来的请求赐予手套，只不过是逢场作戏的游戏而已。我们现在看来，这就是一场一男一女之间你推我就、你迎我合的行为艺术。

那时的毕加索正在为与第一任妻子、俄罗斯芭蕾舞演员奥尔加的离婚之事烦恼，奥尔加准备带走儿子保罗和均分毕加索的财产，同时，天真的17岁的情人玛丽·蒂蕾丝为他生下女儿玛雅。这理不出头绪的一堆事务，让处于低谷的毕加索对朋友们说："1935年，是我最糟糕的年头……。"转眼到了第二年的1月，他在寒冷的天气里遇上了颇有心计的摄影艺术家朵拉。开始在"剪不断，理还乱"的生活上加入更多的纷乱。

毕加索，一个天才的艺术家，除了上天赋予的天分之外，就是无数的女人用身体、行为和智慧给了他无限的灵感。上天对他是如此的慷慨！而女人一个个都愿意为他献身，甚至付出一切。

说第一次见面时，毕加索对朵拉的印象不深也是不对的，朵拉是一个超现实主义者，一个从艺术上、经历上有一定知名度的学院派、技术型的摄影艺术家，她在巴黎有独立的工作室，独立的生活方式；会讲西班牙语；有着一个知识分子的傲慢、学有专长的自信和聪颖，还有一个女人天性的自由。从一个画家的角度来看，她的火热的眼神及特别的五官比例会让画家留下深刻印象。但是，起初应该说是毕加索开始对她有所欣赏，而不是对女人的性欲或者说爱情。

俗话说：女追男，隔层纱；男追女，隔座山。第一次与毕加索的见面没有让这个男人产生明显的反应，这已经让朵拉倍感失望，所以她才想方设法要钓住这个男人。

到了夏天，毕加索已经陷入了朵拉炽热的爱情中，他们如胶似漆。朵拉在性行为方面的艺术使得这个以"滚床单"为趣的男人也自叹不如。

是呀，朵拉年近30岁，在艺术圈子里浸淫多年，能没有故事吗？

在朵拉决定要与毕加索在一起之前，最为人所知的一起情感事件是她与有妇之夫、作家巴塔耶的情感经历。乔治·巴塔耶以热衷于色情而著称，他用假名写了好几本淫秽小说，在超现实主义圈内是位举足轻重的人物。朵拉行事一向低调，尤其是私生活方面，她很有技巧地处理了与巴塔耶的关系，所以，人们要拿出任何证据来佐证她与巴塔耶的关系，那是不可能的。从女性的角度来说，朵拉的这种做法，只能证明她没有从情感上爱上巴塔耶。

有关朵拉与巴塔耶的关系，只能以"据说"为主了。据说，巴塔耶邀请朵拉去他套房的地下室里，给她看他收集的大量的色情杂志。很快，他们成了情人。在朵拉这仿佛像欲熟的樱桃般红润动人的年纪，他们之间不发生些故事是多么不正常的事情。

据美国作家詹姆斯·洛德说："当巴塔耶的情妇必然会

接受性交秘术方面超常的辅导……（他）沉醉于色情，有意自然地违背道德规范，这诱发了一种伴随而来的本能的负罪感，一种对原罪的认可，的确，这就像欲望最初形成那样，对死亡的恐惧是性爱行为的终极刺激……很自然，所有这一切归根结底对一个还不满30岁的年轻妇女来说是一种令人头昏眼花的怪癖性交教育。"

是年9月，朵拉第一次随毕加索去蓝色海岸度假，她奉献给他那熊熊的爱情之火，既热烈、浪漫，又富有诗意，甚至还带些色情的意味，完全是艺术家的情爱，这是那纯朴的小女人玛丽·蒂蕾丝所远远不及的。

一个多维的朵拉，激发了毕加索这个十足的情种的创作灵感和才华。很快，朵拉的形象就出现在毕加索的画面上。为回忆那次愉快的假期，这年11月，毕加索为朵拉创作了一幅画，她俯卧在海滨沙滩上，迷人的脸庞搁在叉起的双臂上，远处海面碧蓝，海风吹起她的短发，给人以天真烂漫之感。

一枚钱币有两面。两个个性如此鲜明的男女在一起，一定避免不了发生争执，甚至激烈的冲突，毕加索与朵拉的交往从开始就伴随着这种场景的不断出现。

巴黎的艺术家们都知道了朵拉与著名的毕加索"混"在了一起。但与朵拉的极力低调相比，毕加索则很高调，他在他的绘画中记录了他与朵拉之间充满激情的，甚至是疯狂的性关系。比如，在那本称作为《骑马要素》的素描画册中，毕加索在某些画页上将"邮差"描绘成一个高头大马似的东西骑在一个跪着的女人身上，而在另一些画页上，他画了朵拉生殖器的后视图。毕加索也将一幅耶稣受难图画成一种亵渎神灵的场景，图画表现了一个赤裸的女人向后弯曲，使她的生殖器朝上，似乎在把自己供奉给赤裸的基督。应该说，毕加索在遇见朵拉之前，是对她有所好奇的，他好奇的不是这个女人的本身，而是像巴黎艺术圈其他人一样，对多拉与臭名昭著的巴塔耶之间的性生活想入非非。

男女之间，女人没有爱上男人时，那她还能从容、主动，可以谈笑风生、挥洒自如、拿捏有度。但如果她爱上了这个男人，而且爱到不可自拔，这就糟了。她可能扭捏失措，手脚都不知道怎么摆放。一个本来还蛮精明的女子，一旦栽到爱情上，思维立马混乱、犯傻。几乎无一例外。然而更糟的是：这个男人他同时还爱着其他女人。

让人死心塌地爱上的这个男人，必定是出类拔萃之人，那么既是出类拔萃之人，女人肯定不想放过。这样的话，最终结果只有三条道路可以选择，一是放弃，但这像是撕开已连在一起的血肉，会产生忍受不了的痛楚；二是做他众多情人中的一个，尽量表现的乖巧、宽让和善解人意，把翻涌的醋意深埋心间，一点点放弃脸面和自尊；三是离开他，在内心的痛苦和折磨中度过一个人的孤寂岁月。

既然公众已经知道他俩是一对情人时，朵拉就决心充当起艺术家毕加索的"正式"摄影师。1937年她将她的大部分摄影器材搬进他在奥古斯汀大街的新工作室（她自己还是独立居住在自己的工作室），在这个工作室里，她不仅拍摄了毕加索的雕塑，而且还记录了绘画《格尔尼卡》组画的各个不同阶段，这一系列的画是毕加索为那年的巴黎世博会西班牙展厅而作。

朵拉疯狂地爱上了毕加索，她不能不爱。这是最可怕的。她完全被毕加索的天才、自信、强烈的性欲和偶尔流露出的温情所主宰。她喜欢他俩成为狗与主人的关系，她称自己是他"宠爱的小哈巴狗"。事实上，毕加索有时会将他那只阿富汗猎犬"卡兹别克"画入朵拉的肖像中。从中可以看出，朵拉的虚妄的自恋与对毕加索的小心翼翼。尽管朵拉易于突然生气和发脾气，但是她会低声下气地道歉，恳求说为了维护他俩的爱情，他叫她做什么她都愿意去做。毕加索告诉朋友，"从来没有任何人会如此——这话怎么说呢？——如此俯首帖耳。你想叫她怎样她就怎样，当狗，作鼠，扮鸟，出主意，大发脾气。"在朵拉看来，与毕加索生活在一起就像生活在宇宙的中心，激动人心，令人恐惧，洋洋得意，低声下气，样样俱全。

有人说，爱情的保鲜期是 81 天。我估计，对于毕加索来说，他对女人的欲望维持不了这么长时间。这种兴致一旦过去，如果女人不主动离开他，那下场一定不妙。

毕加索对待朵拉的态度，呈现出一种很变态的人格分裂。高兴了他称她"宝贝"，不高兴了，他拳脚相加。当年心理分析学家荣格就明确指出过，毕加索的精神状况有问题，这不仅表现在他的生活中，更明显地表现于他的艺术作品中。

可怜的朵拉！毕加索受不了她的个性的展示，也受不了她的一味顺从。

朵拉与朋友谈起毕加索那幅《格尔尼卡》，她说她是图画右侧哭泣的女人的原型，画中其他女人的灵感则来自玛丽·蒂蕾丝。毕加索在创作的时候说，自己无法描绘微笑的朵拉，"对于我来说，是哭泣的女人"。朵拉也用哭泣的女人为题画了一些摹仿毕加索的图画。"哭泣的女人"这个词语流传了下来，致使多数作家，尤其是那些决意妖魔化毕加索的作家把她描绘成仅仅是这位艺术家受虐待的情妇。但事实上，毕加索在谈到"受折磨的形体"时，他的意思是他在绘画时创造了朵拉的感受，而不是朵拉真有那样的感受。"这所谓的双重形象只是因为我总是瞪大眼睛。每个画家都应该总是瞪大眼睛。那么，你会问，怎样才能看得真切，一只眼睛还是两只眼睛？其实，那只是我心上人朵拉的脸，我亲吻她时的脸。"这样说来，可以从两个方面去看朵拉：既是"哭泣的女人"又是特写镜头中"被亲的女人"。

完成了《格尔尼卡》系列摄影之后，朵拉放弃了职业摄影生涯，在毕加索的鼓励下，她转而从事绘画。她的绘画受到了毕加索极大的影响，同时她所受的摄影理论的教育和实践也影响了她，使她的画作呈现了一种别样的韵味。

"自从她（朵拉）遇见我后，"毕加索吹嘘说，"生活得比从前更积极。她的生活变得更有方向。摄影不能使她满足。她开始更多地绘画，并且一直在真正地进步。是我塑造了她。"美丽而颇有天赋的超现实主义画家朵拉·玛尔就这样绝望地爱上了毕加索，而同时毕加索还喜欢着玛丽·蒂蕾丝。他甚至承认，他两个都爱，爱玛丽·蒂蕾丝是因为她温柔，而爱朵拉·玛尔是因为她聪慧。这个在性欲和情感上贪得无厌的家伙有时候坦率的近乎厚颜无耻。他也大言不惭地说谎，像所有男人一样，为了让他还依然葆有兴趣的女人不至于决绝地离开他。当玛丽·蒂蕾丝当着毕加索的面羞辱朵拉·玛尔的时候，伟大的毕加索不给朵拉任何的偏袒和护佑，倒饶有兴味地在一边作壁上观。他一点点看着朵拉的清高与自尊是怎样一层层被撕扯下来。当朵拉被玛丽·蒂蕾丝赶出毕加索工作室后，毕加索又蜜语甜言地安抚朵拉并哄她上床，在这种他乐于享受的纷乱之后，他告诉朵拉，事实上，他已经厌恶玛丽·蒂蕾丝，因为她不知疲倦地逼婚。

"我的爱，吃饱，上床，在那等我！"那天，看一部美国电影时，这一句台词让我直接联想到了毕加索，这位有着农夫一样强劲的体力、旺盛的性欲的天才艺术家，他对他无数的女人，可能常说这句话吧。

1940年6月，毕加索在女人如走马灯般在他身边唠叨、走动的时候，创作了一幅具有复仇意味的画——《裸体梳妆女》，一个以朵拉为原型的畸形怪物。从奉为掌上明珠到任意践踏，从纵情作乐到随性毒打，毕加索是把女人变成了征服的动物。他对朋友说："我不爱朵拉"，对朵拉说："我不爱你是因为你像个男人！""你并不美……就是会哭！"于是朵拉放声大哭，毕加索又续画《哭泣的女人》——画面上的朵拉，眉睫如钢刷，泪雨直下。面部色彩黄绿对半夹着片紫，以示血脉贲张，个性冷暖无常；唇齿之间蓝白惨淡，一手托着腮帮。造型多用直线，棱角分明，极显肌肉的僵硬和情绪的张力。

每一次爱情的开始，毕加索作品中的恋人都是被美化的形象，用的色彩也很柔和。继而，恋人的形象就变得严厉和死板，最后，则变成一种畸形的，讽刺的和毁灭性的表现主义了。这并不是因为他喜欢首先取悦于新的情人，然后去征服她，最后毁掉她，而是因为忠于自己的原则，他先寻找最出色的，然后去发现其中未知的深层的东西，最后摧毁她以便解放自己去寻找另一个新的目标。

1942年，朵拉搬进萨瓦大街（位于离奥古斯汀大街不远的拐角处）建立她自己的画室，毕加索曾建议在大楼上放置一块纪念牌："朵拉在这栋房子里百般无聊地死去"。在另一个艺术聚会的场合毕加索说"她（朵拉）使他想起昆虫"，他开始在朵拉的餐厅墙壁上画'眼睛里长喇叭的'昆虫。

毕加索已经和厌恶玛丽·蒂蕾丝一样彻底厌恶朵拉·马尔了。

个性极强的朵拉也是想过放弃这段感情的，但是，她永远处于一种患得患失的惰性之中，做着痛苦的挣扎。她常常一个人躲在浴室里，反锁门，似乎这里有她所要的安全感。

1943年，62岁的毕加索又有了21岁的画家情人弗朗索娃。一个玛丽·蒂蕾丝已经让她无法忍受，这又来了一个青春、美丽而又自信的弗朗索娃，虽然弗朗索娃拒绝和毕加索一道沆瀣一气地羞辱朵拉，并由此还刻意和他保持一定的距离，但没有一个女人能够拒绝像毕加索这样的男人。

弗朗索娃与毕加索之间玩起了追逐的游戏，她越是桀骜不驯，毕加索征服她的欲望越是强烈。而在这样的征服过程中，朵拉·玛尔作为一个旁观者的痛苦难以估量，她由精神到气质一点点破碎了。毕加索对她的轻视深深刺痛了朵拉，他们之间发生了多次大小争执。一天，玛丽·蒂蕾丝再次闯入毕加索的工作室，与朵拉发生口角，这一次，毕加索轻轻地搂着玛丽，庄严地对朵拉宣告："朵拉·玛尔，你十分清楚，我唯一所爱的，就是玛丽·蒂蕾丝。"

"多情者必好色，而好色者未必尽属多情；红颜者必薄命，而薄命者未必尽属红颜；能诗者必好酒，而好酒者未必尽属能诗。"

与毕加索分手后，朵拉一直沉湎于失去的爱情之中，1945年春天，她精神失常，被人发现赤裸裸地坐在公寓的台阶上，因为她受了楼上结婚庆典的惊吓。接着，她在一家电影院里歇斯底里大发作，人们吓坏了，就叫来了警察。毕加索也吓坏了，他厌恶疾病，尤其厌恶生病的女人，他无情地将朵拉送进了精神病院，后来，朵拉的朋友将她接了出来，安顿好。

毕加索不能马上、立刻彻底甩掉朵拉，这让他很郁闷，但他希望尽快有一个最终了断。似乎要强调换掉朵拉的决心，他让弗朗索娃住进梅内贝斯的住宅，那栋四层楼的房子是毕加索以一幅画换来的，本来已经归于朵拉。

朵拉慢慢地振作起来，对于自己的苦痛，她几乎不说什么也不做什么，不倾诉，也不抱怨。她仍牵挂着毕加索，有时悄悄地来到毕加索工作室外张望。一个节日的晚上，她感到很孤单，她知道毕加索到南方去了，就穿着晚礼服，乘出租车又来到工作室附近，她坐在大街上，一直待到东方发白，泪流满面。

朵拉离开毕加索后，她与毕加索的一些共同的朋友仍与她亲密来往。有一次，洛德与朵拉聊天，当朵拉批评毕加索作为一名父亲有许多缺陷时，洛德表示反对，朵拉生气地回答道："我什么也不欠他的。事实上，是他欠了我许多。他利用我去创作他的艺术。"

同为艺术家的新人弗朗索娃是同情朵拉这位旧人的，虽然，爱着的男人她不会让出来，但房子她还给了朵拉。从此，朵拉居住在此，慢慢地她开始离群，避开熟人，请求别人给她安静。

朵拉非常重视自己让毕加索画过这件事，她知道即便她生活的痕迹被隐藏了起来，他画中她那哭泣或被吻的形象永存。然而，她内心很矛盾，因为许多与她有关的作品在身体方面的扭曲令她心神不宁。她对朋友说："这些画反映毕加索远胜于反映我。"许多年来，朵拉出售了几幅毕加索送给她维持生活的画（主要是那些受折磨的形象），将剩余的画锁在保险柜或箱子里，这些绘画像他俩生活的记忆那样在积上灰尘。

朵拉深居简出，头发盘成发髻，猫静卧在膝盖上，端坐在壁炉旁——面对着毕加索描绘的漂亮而年轻的朵拉肖像消磨时光。她也时常打开抽屉、盒子，欣赏毕加索用烟盒为她做成的头像，抚摩他为她雕刻的小卵石；她将留在身边的毕加索用过的小物件一件件都好好地收藏，每一件都写上小卡片，她视这一切为生命。收音机成了她不可或缺的陪伴，她只在购买一些东西，诸如半导体收音机用的干电池和画画的纸张时才偶尔出门。

她常去的地方只有教堂或者隐修院，在那里她一遍遍地对着上帝讲述，倾听上帝的隐视和自己灵魂的声音。在教堂里，人们发现每当轮到女人们念唱经文时，她就站起来默默地离开了，她把自己封闭得严严实实。60 年代以后，她除了去教堂，再也不外出了。

1997 年，89 岁的朵拉孤独的离世，没有一个亲人朋友在身边。

值得庆幸的是，虽然与罗丹的情人卡米耶一样有过精神失常的经历，但朵拉挺过来了，没有终老于精神病院。是呀，朵拉没有杜拉斯的魄力，能掌握住自己和男人的一切，也没有波伏娃的睿智，坦然接受与萨特"各有各的偶然爱情"的生活。朵拉就是朵拉，她带着心上密密的刀痕，皈依天主教。也许，对她来说，被弃是凤凰涅槃，是第三条道路。

毕加索的至交、著名诗人保罗·艾吕雅的女人娜什（她同时也是毕加索的情人之一）病逝，他难于忍受孤独之际，征求了毕加索的同意来追求朵拉。他想用他的爱情来恢复和唤醒朵拉那已经丧失殆尽的智慧以及敏感、微妙的艺术感觉。然而朵拉拒绝了他："毕加索之后，只有上帝。"她保留了一个被爱毁掉的女人最后的尊严。同时关闭了她走向新生活的唯一一扇窗口。她再也不哭泣了！

在信仰上帝前，毕加索是朵拉的"上帝"，他以"爱情"来引领和毁灭了她。

而爱情又是什么？它是朵拉的毒药，它是女人的毒药。

破碎的隐喻

弗里达全身赤裸地躺在车祸的废墟里，钢管穿过她的身体，鲜血像触目的花朵，闪烁的金粉洒满她的全身。她的身体仿佛被打扮得惊世绝艳，锁在一根金属管子上。这就像是一个隐喻，千疮百孔，然而却美得惊人。这是影片《弗里达》中的一个镜头。

面对这么奇特的女人，有谁能说：我比她还自我？还富有个性？

我一直试图让弗里达远离我的视线，可她能离开我的视线却不能离开我的内心，她的作品让我的生理和心理产生很强烈的反应。

弗里达·卡罗是墨西哥现代史上最富传奇色彩的女性画家，也是一位颇有争议、魅力四射的人物。她是第一位艺术作品被卢浮宫收藏的拉丁美洲画家，在世界艺术史上具有不可磨灭的影响力；美国邮政总局为她发行肖像邮票；欧美热映电影《弗里达》；美国作家海登·赫雷拉撰写她的传记，并被译为中文。

　　仍然是她，一生经历了大小 32 次手术和 3 次流产，最终瘫痪，依赖麻醉剂活着的女人，一个用自己的画写自传的女人……

　　一个艺术家的作品与他的经历是密不可分的。弗里达的作品就多为自画像，每每袒露出赤裸的五脏六腑，似乎与她传奇的一生同样地惨烈。她像一朵奋力开放不容摧毁的花朵，也许那就该是罂粟——恶之花，于黑暗中绽放出最浓烈的影像，成为一个暗藏叛逆、优雅，总是与众不同、有着独特装扮的弗里达。

　　我第一次接触弗里达是多年前看到一幅画，《我的诞生》，一个房间，一张床、床头一幅画、床上一个蒙着面的女人，女人的下体有一个正在出生的脑袋，血腥、充斥着死亡的意味。人是矛盾的，弗里达的画作让我生理产生巨大反应的同时，我深深地记住了她，并有意识地去寻找有关她的资料和画作。

　　弗里达·卡罗的故事开始和结束于同一个地方。一幢有着许多绿窗户的蓝房子位于墨西哥城伦德雷斯街和艾伦街的交叉处，它是女画家的家，也是她生后的博物馆。这里有弗里达·卡罗的调色盘和画笔，床边放着她的丈夫迭戈·里维拉的毡帽；衣橱上写着："弗里达·卡罗 1910 年 7 月 7 日出生于此。"院子里的蓝墙上也刻着一行字："弗里达和迭戈 1915 年至 1954 年生活于此。"这个地方见证了弗里达·卡洛一生三件重要的事：出生、结婚、去世。

实际上弗里达·卡罗1907年出生，但她后来多半自称出生于1910年，也就是墨西哥革命那一年。这无伤大雅的谎言，是她说过的诸多谎言中的一个，有人认为这出于她喜欢编造故事的天性，也有人认为她拒绝承认小儿麻痹症带来的推迟入学。也可能，这只说明一件事：她怕老。而弗里达，没有来得及活到老。

弗里达的父亲是德国移民，有匈牙利犹太血统，出身于手艺人世家，从先人那里继承来的精到眼光，使他成为当时最杰出的摄影师之一。母亲则是墨西哥原住民，是西班牙与美国印第安人的后裔。有一段时间，弗里达对外宣称母亲是一位墨西哥公主。弗里达共有四姐妹，她是第三个女儿。众人盼望的男丁一直没有降生，母亲失望到拒绝给她哺乳，家人不得不请了一位印第安奶妈。但父亲很钟爱天不怕地不怕的弗里达，从小把她当作男孩来培育。

6岁时，弗里达患小儿麻痹症而成为残疾人，这使得曾经自我迷恋和开朗外向的弗里达的内心理想与外部现实世界形成了极大落差，孤独而又寂寞。童年的弗里达常常被别人嘲笑，这在她幼小的心灵上留下了一道深深的伤痕，应该说她从这里开始酝酿奇特的艺术之花了。但她从小就有惊人的美貌，她有黑色的长发，两条长眉毛就像鸟的翅膀，下面是一对迷人的大眼睛。

弗里达天性活泼好动，读中学时，就是个淘气的、爱做恶作剧的女生，她很快成为学校里一个主要由男生组成的惹是生非的小团体的头目。在学校里，弗里达第一次遇到了她未来的丈夫，著名的墨西哥壁画家迭戈·里维拉，他来为学校的礼堂画壁画。他们相识了但没有交集。

1925 年，18 岁的弗里达与男友去看电影，途中，他们乘坐的公共汽车与一辆有轨电车正面相撞：她的脊椎折成三段、颈椎碎裂，右腿 11 处粉碎性骨折，一只脚也被压碎。一根钢铁扶手穿透了她的腹部，剖开她的阴部，割开她的子宫，碎掉她的骨盆。弗里达事后以黑色幽默消解惨祸："这起事故，令我失去了童贞。"此后，弗里达不得不平卧，被固定在一个塑料的盒式装置中。

车祸后不久，为了纾解痛苦，也为了打发病床上的时间。她向父亲借来油画颜料盒、几支画笔和几张画布，开始作画。母亲还为她特制了一个能躺着作画的画笔。这是弗里达第一次正式作画，却几乎在第一个瞬间，就证实了自己与生俱来的天赋：她用血红、墨黑与黄褐，那是车祸惨烈的色泽。嘴唇是草莓色，脸颊是蜜桃色，秀发是巧克力色，她双眉连一眉，是一个浓烈的"一"字，如黑乌鸦的翅翼。《自画像》送给已经离弃她的小男友，画中的她，纤细优雅，微微扬起的手掌如兰花开放，希望挽回已逝的爱情。

从此她就开始画画，此后 30 年间，她共绘有近 200 幅作品，其中大部分都是自画像。她的美术作品同时也是她在医疗过程中的个人痛苦和斗争的编年史，源泉当然是她的天才和热情。她爱墨西哥的一切，它的色彩、民间艺术、传统服饰，以及重视诚信和家庭的价值观。在这些作品里，弗里达经常把她自己画成穿着墨西哥的传统服饰，周围是她的宠物和她家乡许多葱翠的蔬菜。她的作品极具视觉冲击力，有时是写实的，有时是幻想的，表明她的艺术和生活是不可分的，但充满悲剧色彩。

弗里达重新站起来，再次学会了走路，慢慢的，轻轻的，摇摇晃晃的，就像踩钢丝的杂技演员。20岁那年，她与迭戈·里维拉重逢。是朋友介绍他们相识，而弗里达喜欢向世人说的版本则是：她带着初试啼声的画作去找正在脚手架上作画的迭戈，迭戈爬下梯子，一幅幅认真地看。"每看一幅画，他就发现一种少见的能量爆发，线条灵动，凝重与精致兼备。迭戈习惯对专弄技巧、哗众取宠的新手大加批评，这次，他却找不到取巧或虚假。画布上的每一厘米都是真实的，都满溢着这女人的性感，呼号着她的痛苦。"这一双相爱的灵魂，就此找到了对方。

1929年，弗里达成为信仰共产主义的里维拉的第三任妻子。里维拉当年42岁，贪杯好色，体重近300斤，结婚两次，创作的都是鸿篇巨制的大幅壁画；弗里达则年仅21岁，体态娇小，弱不禁风，利用画架创作，鲜有大型作品。这段姻缘被弗里达的母亲，伤心地形容是："大象娶了白鸽。"

弗里达曾画下她与迭戈在一起的样子：一袭绿裙、肩裹红披肩的她，色调对比强烈到令人眼盲，挽着他的手，怯如惊鸟。迭戈给过她很多帮助，他率先建议她穿着墨西哥本土服饰，以营造独一无二的个人 Logo。又在艺术上给予她极大肯定，带她入艺术家的圈子，他盛赞弗里达是"是艺术史上第一个女人，以全然鲁莽的真诚以及安静的残忍，在她的艺术里潜心钻研常见却独特的，仅仅关于女人的主题"。但他们并非佳偶。弗里达后来说："我一生经历了两次致命的意外打击，一次是撞倒我的电车，一次是里维拉。"

但是身为墨西哥女性、爱寻花问柳丈夫的妻子，她宁愿拿死亡来赌，努力地用她那由碎片拼成的身体孕育孩子，一次、两次、三次，均流产。她与迭戈的婚姻，是另一种痛。迭戈与所有相识的女人偷情，甚至包括弗里达的妹妹克里斯蒂娜。发现了爱情与亲情的双双背叛后，弗里达痛不欲生，以报纸上登的一桩杀妻案为题材，画了她最血腥的一幅画《轻轻掐了她几下》：女子被暴怒的丈夫所杀，横尸于床，血光四射，连画框——读者与画者之间的边界上都沾满血污，打破了艺术品与现实世界的藩篱。

弗里达将她所有的感情倾注在画布上，她画她暴风雨般的婚姻带来的愤怒和伤害，画痛苦的流产，以及车祸带来的肉体上的痛楚。

弗里达爱迭戈，也恨他。他是她的导师、丈夫、伙伴与爱人。影片中，当弗里达与迪戈的摄影家女友在舞会上相遇，两个女人翩翩起舞。在这场阴柔中暗藏刀锋的较量里，弗拉明戈节奏的歌曲仿佛把舞场变成了战场。他们的婚姻里这种场面常常出现。婚姻已经变成互相折磨，1940 年，他们离婚。随后她的健康状况急速下降。两个月后，迭戈意识到弗里达不能单独生活，需要自己的照顾，于是与她复婚。第二次婚礼简单朴素，当天迭戈就去画他的壁画了。

弗里达缓了过来，那之后，弗里达的声望持续升高，在现代艺术博物馆、波士顿当代艺术学会和费城艺术馆，都将她列入最有威望的艺术家名单。1946 年，她得到墨西哥政府的奖金并在年度国家展中获官方奖。她还在一所新型的实验艺术学校授课，以非传统的方式教授学生，曾经师从过她的画家们，后被集体称为"弗里达门人"。

从 1944 年起，她身体痛苦加剧，迫使她不得不依赖吗啡。为镇痛，她一天要喝一瓶龙舌兰酒，哌替啶（杜冷丁）也成为家常便饭。破碎的脊椎不再能担负她的体重，她被锁在支撑衣里，挂在器械上，脚上悬着 20 公斤的重量，到去世为止，她共用了 28 件支撑衣。疼痛、酒精和麻醉药物的共同作用，令她的画风呈现笨拙无序的风貌。

尽管弗里达的生命中充满了痛苦，但她仍然是一个爱交往的人，朋友称她是 Party 动物。她常常是不停地说脏话，唱黄色歌曲，喜欢喝龙舌兰酒。她会对客人讲色情笑话，使所有人，包括她自己，都深感震惊。她所到之处，人们都被她的美貌征服，他们停下脚步注视着她。

弗里达充盈机智，有点男孩气，又极具女人味，她大笑起来非常有感染力，或表达欢愉的心情或是对痛苦之荒谬宿命的认可。雕塑家诺古奇爱上了她，苏联的政治人物托洛茨基也爱上了她。法国诗人及散文家布雷顿形容她："呈现在我们面前的，正如在德国浪漫主义最辉煌的岁月里一样，是一位有着全部诱惑天赋的女人，一位熟悉天才们生活圈子的女人。"在克里斯蒂娜事件后，她更放肆了，勾引她看上的每一个人，随意上床：男的，女的，老的，少的，艺术家，诗人，共产主义者……她性别不限，男女皆好，只要你够美丽或者有名。迭戈对这件事的反应是很"男人"的，对她的男性情人，比如日裔雕刻家野口勇，他怒火中烧，持枪威胁，吓得野口勇翻墙落荒而逃。却对她的同性恋情满不在乎，会把自己的女伴介绍给她，让她们陪她过夜。

1954年，弗里达的右腿因为肌肉坏疽从膝盖以下已经被切除，她陷入极大的痛苦中。弗里达的朋友们知道她即将离去，努力在墨西哥城帮她组织了她生前在自己的故乡的唯一一次个人画展，也是她平生唯一一次个人画展。那时弗里达的健康已非常糟糕了，医生告诫她不要去现场。来宾们刚被允许进入画展，外面就响起了警报声。人群疯狂地涌向门外，那里停着一辆救护车，旁边还有一个骑摩托车的护卫。弗里达·卡罗睡在担架上，从车里被抬出来，进入了展厅。她的床放在展厅的中央，人们上前祝贺她。弗里达对着人们讲笑话，唱歌，她甚至还整晚地喝酒，所有的人都很开心，画展很成功。弗里达告诉记者说，"我不是生病，我只是整个碎掉了，但是只要还能画画，我都会很开心"。

同年七月，弗里达最后一次出现在公共场所，是在一次共产党的示威活动上。之后不久，她睡着了，再也没有醒来。根据报道是血栓塞，却不排除自杀的可能。一位评论家在《时代》周刊中以一篇题为"墨西哥式的自传"的文章中写道："要将她的生活与她的艺术分割开来是很困难的。她的画就是她的自传。""我希望离开是愉快的，我希望再也不回来。"这是弗里达日记里的最后一句话，却和她的最后一幅画《生活万岁》不相矛盾。生活太痛，同时也很美。痛和美，同样要用身体和能量来承受。身体瓦解了，只能让灵魂飘惚。

只是迭戈在弗里达死后才意识到她的爱有多么强大，弗里达落葬的那一天，据朋友的形容，他"像被切割成两半的灵魂"。三年之后，迭戈便随弗里达而去，遗言是与弗里达合葬。但最终他被女儿——非弗里达所生的女儿——葬于墨西哥公墓，与弗里达很远很远。

情节跌宕的爱情往事。但让我感怀的是弗里达的初恋，她的初恋在她的内心延续了一生。也许可以说，是她的初恋促使她成为一个画家。学生时代，她是卡丘查的领袖人物阿里亚斯的女朋友。她写给他的信鲜活地展示了她从一个小姑娘进入青春期最终成为一个成熟女人的发展进程，还显示了她极具诱惑性以及那种倾诉自己生活和感情的强烈冲动，一种最终驱使她画大部分自画像的内在需求。她把发生在自己身上的事画成画——《一个吻》《生病在床》等。她告诉阿里亚斯："一到夜里，死亡就来到我的床边跳舞。"她的第一幅真正的画《自画像》是这时送给阿里亚斯的，她成功地将自己画成一个美丽的、脆弱的，但有活力的女人。她的自画像成了对她命运起关键作用的有魔力的护身符。她对阿里亚斯说："我留给你我的肖像，在我不在的日子，你依然会有我的陪伴。"

在整个一生中，弗里达运用她的聪明、她的魅力和她的痛苦来牢牢控制那些她爱的人。然而，弗里达日渐增强的痛苦和渴望使他们的关系难以维持下去。

弗里达的人生，就如她的画，"有时甜美如同微笑，有时绝望得如同生活的苦难"，这大概就是造物主想让她展现的生命华彩。造物主给她非常人所能承受的深重苦难，是为了激发出她灵魂最深处的渴望，让她展现出深藏在她体内的常人所没有的璀璨光芒。

她的一生都在用心灵在炽热的岩浆上舞蹈着，直至再也不能承受，不能承受……，而坠落、坠落……

同名电影《弗里达》作为 2002 年威尼斯电影节的开幕片，由女导演茱莉·泰摩执导，她用超现实主义的表现手法，充满想象力和才华，很出色地配合了弗里达的绘画。弗里达一角历经多位一线女星的争夺，最后落在塞尔玛·海耶克（Salma Hayek）身上。此片在弗里达的家乡墨西哥气势如虹，首映周就占据了票房宝座。如果不是弗里达，情况会怎样？

我将让她就此离开我的生活，各自前行。

花神咖啡馆的情人们

浪漫之都的法国有很多著名的咖啡馆，其中演绎了不少的故事，或香艳，或隽永，或悲情。

花神咖啡馆（Café de Flore）是巴黎的一座咖啡馆，位于巴黎第六区圣日耳曼大道和圣伯努瓦街转角，因当时门前有一尊古罗马女神 Flore 的雕像而得名。咖啡馆虽小但名头不小，它成了萨特与波伏瓦旷世奇情的见证人，因此也就是"存在主义"的摇篮。它用满室的咖啡香氛滋养了许许多多文艺人士的灵感，例如毕加索、杜拉斯、徐志摩等。

有两个法国影片与"花神咖啡馆"有关，有一部直接就是《花神咖啡馆》，还有就是这一部了，完全两码事儿。

说到波伏娃和萨特的这种复杂的情感，有不少人会问？他们是否相爱？他们最爱的是谁？是什么让他们在一起能超过 50 年？这部片子的基调还是很客观的，不似不少的文字将他们的这种关系引致极端，高蹈而不食烟火，神圣而没有规则，甚至是成为滥爱的借口。

1980 年春天，萨特离世时，拉着波伏娃的手一字一顿地说："我非常爱你，我亲爱的海狸（波伏娃的昵称）！"这话，萨特与波伏娃相识后就开始说，整整说了半个世纪，临死时还是这句话。而波伏娃在总结一生时也说道："您就是我"，"我一生中最成功的事情，是同萨特保持了那种关系。"这就是说尘埃落定时的那一瞬间，那些风风雨雨已经不重要，比如萨特一生的众多情人，波伏娃离世时手上只戴着美国情人奥尔格伦的订婚戒指。波伏娃死后，与萨特合葬。

影片以波伏娃的同学、同性恋情人罗拉之死为开篇，痛斥了男权社会对女性的极端贬低，并发誓不成为男人的附属品；以萨特保有知识分子的独立性为由拒领诺奖结尾。这两位从多方面给予了波伏娃宿命般的影响，以此塑造了波伏娃，当然还有其他来自社会和家庭的影响。如此一来，波伏娃特立独行的形象立体了起来。

命运真的是从童年开始的，不少成为作家的人，是把童年里的种种难以忘怀的东西延续最为充分和持久的人，他们有一种非普罗大众的天性。

波伏娃在她的回忆录里说道："我最大的幸福，就是在清晨撞见那苏醒的草地……我独自一人承载着世界的这份美丽和上苍的这份荣耀……"年长一些，她很清楚自己要的是什么样的男人，"等有一个男人能以他的智慧、学问和他的威信征服我，我便会去爱"。并且，很坚定地选择长大后"当个作家"。

这个人——萨特，就来了。

萨特在自传体小说《文字生涯》里讲：我是在书丛里出生成长的，外祖父的工作室里到处都是书……我早在不识字的时候就崇敬书籍，这些竖着的宝石，有的直立，有的斜放，有的像砖一样紧码在书柜上，有的像廊柱一样堂而皇之间隔矗立着，我感到我们家是靠了书才兴旺的。书不离身使我有了一个清净的过去，也使我有了一个清净的未来。少年萨特的信仰就是：没有任何东西比书重要。他最大的幻觉就是万物谦恭地等待着他的命名，也就是他的写作。

同样迷恋抽象高远的事物，同样以写作为生命的两个人，偶然相遇（似乎又是必然的），一旦相遇就有不凡的开始和发展。相爱或者相毁，或者别的什么情感事故。上帝创造了这样的人就不是让他们循规蹈矩的（当然，是什么规矩？）、不是守约和趋于完美。

1929 年，24 岁的萨特和 21 岁的波伏娃相识，从波伏娃对萨特的不待见发展到相知相恋，时间很短。波伏娃在日记中写道："不得不承认，他的思想有着强大而特殊的吸引力，我深深地被吸引住了。我很欣赏他，而且感激他能如此慷慨地表露自己。我觉得，他是一个杰出的知识传授者。"继而还写道："萨特完全是我十五岁时渴求的梦中伴侣，因为他的存在，我的爱好变得愈加强烈，和他在一起，我们分享一切。"她被他征服了，从精神上。

萨特遇到了波伏娃，喜出望外。此前，他从未见过像波伏娃这样高贵、优雅、灵秀的女子，最重要的是她还拥有跟他不相上下的智力水准，和她交流的顺畅与愉悦感，以前从来没有过。"从现在开始，由我来照顾你！"这是承诺，还是誓言，或者仅仅是萨特脱口而出的一句情话？多年以后，当他们老了，在巴黎的街道缓缓地散着步时，才会慨叹这句话在他们一生中的意味吧。

两个人之间从来都不会和谐，这似乎是真理。他们也遇到了这样的问题。时间一长，很多问题就会出现在眼前，只看你如何对待。

萨特在离开巴黎去服兵役之前，充满温情地向波伏娃提出了一个爱的协议："亲爱的，让我们定一个协议吧，为期两年"，在他离开巴黎的这两年里，波伏娃可以找一个合适的工作，两个人就像夫妻一样，过那种最亲密的生活，但是不必结婚。"在此期间，你和我将把自己的全部给予对方。此后，在真诚相爱的同时，各自可以也应该保持自己的独立和自由。这种时聚时散的同居生活并非什么义务或习惯。而是一种很特别的爱情形态。""我们之间的爱情是一种必然的爱情，但我们也可以有一些偶然的爱情。""双方不仅不应互相欺骗，而且不应互相隐瞒"。波伏娃听后稍稍犹豫了一下，点头答应了。如果波伏娃不是一个智慧、有头脑的女子，我估计听到这种有违伦常的话理应扭头就走，或者会给他一个耳光。这是这个身高不到一米六、眼睛斜视严重、长相极为平常的一个男人对着一个智慧的、美貌的女人说出的话。

俗语说：瞌睡碰到了枕头。19岁时，她从自己父母的婚姻中得到体会，从道德角度质疑婚姻这种形态了，她在日记中写道："婚姻这种选择不能更改，而且很可怕，因为它不仅限定着今日，而且预支了未来，这一点足以证明婚姻是不道德的。而我，永远不会像他们一样做出这种选择……"那时，她还不认识萨特。

萨特要的是自由，绝对的自由。而波伏娃不仅深爱着他，自己也独立、浪漫，追求自由，是一个只有在思想的力量中才能感觉到幸福的女人，一个有足够的心智与萨特相呼应的女人。通过萨特的这几句话，她已经迅速地将他们两人的关系提升到了一个高度。她明白了，她不可能是萨特的唯一，他们之间的情感也好、关系也罢只能靠自己的力量和时间的持续来维持，而不能通过任何其他的方式来正式化。

因为他是萨特，因为爱，所以一切顺其意愿而为。他们只保留情感的部分，不要婚姻、不要家庭、不要孩子；他们避开了精神生活以外的生活负担和社会责任，拥有自己的独立的居所。"我只是位作家——一位女作家，而所谓女作家，她不是一位会写作的家庭主妇，而是一个被写作支配了整个生活的人。"

在这种不确定未来的路上他们走向未来。波伏娃曾说："我们之间存在着某种别人不可能有的东西"，那就是两人之间既幸福又冒险，既透明又神秘，既是结合在一起的灵魂，又是独立的形骸。波伏娃此时也不独立了，她离不开萨特，"他类似我，在他的身上我看到了自己。和他在一起，我可以永远分享一切。他还给了我另外一件重要的东西：面对未来，我突然再也不是孤身一人了。"

1939年，这个已经过了限期的协议再次被萨特提出来。那时，萨特再次离开巴黎，应征入伍。在兵营里，写着长篇小说《理智之年》和哲学巨著《存在与虚无》的萨特，在一个晚上写了封信给波伏娃："我的爱，你给了我十年幸福。我最亲爱的海狸，我要和你立即再订一个新的十年协议。"这其中有两人十年不消弥的爱，还有萨特从生到死都带有的一种深刻的自由感。

事实上，萨特与波伏娃的这几十年生活中，也是有过结婚的打算的，一次是与波伏娃，一次是与一位法国女子旺达，当然，最严重的被逼婚也是有的。1931年，波伏娃要离开巴黎去马赛教书，他们随即要分离。她不愿意离开巴黎，更不愿意离开萨特，左右为难之时，萨特提出可以结婚而改变这种情况。女人毕竟是女人，不管她内心如何强大，仍然有柔软的一面。她为萨特的这种改变自己的生活原则的行为而感动，也为他对自己的爱而感动，但她拒绝了。1945年，萨特告诉波伏娃他要结婚，他一定要结婚，但对象不是她，是她的最亲密的女学生奥尔加的妹妹旺达，但最终因为时局的变化，这婚也没有结成。萨特与波伏娃都松了一口气。而萨特一次美国讲学，就与一位美国女子多洛莱丝相恋，并告诉波伏娃他将每年去美国住几个月。多洛莱丝想到巴黎看萨特，于是，他设法将波伏娃安排去美国讲学，离开几个月。

这一次，波伏娃问了萨特一句女人都会问的话："你是爱她还是爱我？"萨特的回答是："我本来想在美国定居，但我还是回到巴黎。"多洛莱丝坚决要取代波伏娃的位置，狂热逼婚，不想结婚的萨特招架不住，央告波伏娃和他一起出去躲避，波伏娃此时再次成了他的母亲、姐姐，而不是情人。他们在乡间生活了几个月，多洛莱丝愤恨之下无奈地回了美国。从女人的角度来说，波伏娃在这场男女战争中，取得了胜利。她切实证明萨特永远是她的萨特。

奇女子波伏娃偶然的爱情也不断，一生情人不少，男女不限，老少不拘，有的持续时间还真不短。她拒绝过两次求婚，一次自然是萨特，一次是狂热爱着她的美国作家奥尔格伦。这个男人，让波伏娃真正体会到女人的幸福，那是男女之间炽热的性爱，经过奥尔格伦性爱的沐浴，她觉得自己的欲望和激情，肉体和器官，又一一复苏了。人生就是这么奇怪，萨特与波伏娃相恋不久，就再没有正常的性爱了，他自己也奇怪为何和别的女人性爱就有一种合符生命节律的深层的和谐，而与波伏娃就不举？而此后，波伏娃除与那位男学生也只能说有性无爱的经历之外都是同性之爱。

女人真是能忍也容易满足。

波伏娃从肉体、从灵魂深处爱上了奥尔格伦。远隔重洋的爱情之书中，波伏娃深情呼唤：丈夫，我亲爱的丈夫。时时亲吻着他们的订婚戒指。奥尔格伦与多洛莱丝一样，要完整地、独自拥有自己的爱人。波伏娃和萨特都在煎熬之中，萨特反对波伏娃的这一次婚姻。

最终他们都做出了自己的决定，相守一生。1948年7月19日，波伏娃给奥尔格伦的信中道出了自己对萨特的真实感情："我的爱，我知道，为了你，我可以放弃比一个好的年轻小伙子更多的东西，可以放弃大部分的东西。如果我放弃和萨特的生活，我就不是西蒙娜·德·波伏娃了。我不能比现在更爱你、更想念你了……但你也必须了解萨特在哪些方面更需要我。外表上他非常孤单，内心充满痛苦、矛盾，极不平静，我是他唯一真正的朋友，唯一理解他，帮助他，和他一起工作，给他一些平静和平衡的人。近20年来，他为我做了一切。帮助我生活，发现自己，他为我牺牲了许多东西。现在，1945年以来，是我可以回报他为我所做一切的时候了。他帮了我那么多，我也要帮他。我是决不能抛弃他的。我可以离开他一个时期，或长或短，但不能把整个生命交给别人。我实在不愿意再提此事，我知道失去你的危险，也知道失去你对我意味着什么……不可能有超越我感受到的对你的爱，肉体的爱，心的爱，灵魂的爱。但是，要去深深刺疼，真正伤害为我的幸福做了一切的人，我宁可去死。"这是波伏娃对萨特的爱的誓言，当然也充满了感恩之情。

男人都会说，是萨特造就了波伏娃，没有萨特就没有她的成就。在影片里，当波伏娃说想要离开巴黎去美国结婚时，萨特激动地站了起来，他不许她结婚，不许她离开巴黎，"你要知道，没有你就没有萨特，没有萨特也没有波伏娃。"

这一句话其实就是他们两人的关系的明晰定义，没有孰轻孰重，没有谁主谁次。他们之间，除了爱，除了相互依赖，更重要的是牢不可破的写作上的关系，这所有融合在一起，才有了这让世人瞩目的男女关系。

他们几十年的生活场所大都是旅馆，一个楼上一个楼下，或者一个左边一个右边，只到老年后他们各自买了房子，也是相距甚近。他们的写作，与朋友同行的交谈，甚至与各自恋人的交流都在咖啡馆。他们这种生活只是为了纯粹地写作，不要有家的负担。

萨特老了，病了，但追求女人的热情丝毫也没有减退。

他对着波伏娃撒娇式地抱怨：海狸，您瞧，我现在的工作时间太少了。

波伏娃微微一笑说：亲爱的，这是因为您身边的年轻女子太多了。

老萨特孩子一般地抵赖：但这对我是有益处的。

波伏娃点了点头：是的，这样你可以对生活更有兴趣。

老萨特有点得意地说：似乎我从前没有像现在这样讨女人喜欢。

波伏娃宽容地笑道：我觉得您一直都很讨女人喜欢的……

老萨特向前来探望他的病情的年轻人说：知道吗？孩子，不算波伏娃和西尔维，目前我的生活中还有九个女人。可我什么也做不了，甚至看不见她们的模样。可我喜欢她们，我喜欢和她们待在一起的感觉，我喜欢闻她们身上的那种气息……

萨特和波伏娃出大名了，记者来采访拍摄，让搂着波伏娃的奥尔格伦靠边，这时，这一对男女的复杂心绪通过尴尬的表情展露出来，美式的洒脱和法式的拘谨同时出现。最终，奥尔格伦离开了咖啡馆，离开了波伏娃。

从二十出头相爱，相伴生活，直至死亡，波伏娃和萨特就这么走完了一生，给后人留下了丰富的话题。人们没有休止地谈论着婚姻与爱情的关系，得不出任何的结果。男与女，爱与情，本身就不是一个定数。

因为要凸显波伏娃的理性，片中的女演员总是那么严肃刻板，让人感觉过于生硬，即使是面对恋人，即使是做爱之时。女人就是女人，再理性的女人遇上了心爱的人也会有感性时刻。萨特、波伏娃、奥尔格伦，我宁愿波伏娃与后者远走高飞。

女人一代记

"归根到底，女子不就是为了滋润男子心灵的干渴，填饱男人心理上的饥饿才被特意创造出来的吗？"

这话是日本女作家濑户内晴美说的。法国作家杜拉斯从另一个角度也说过类似的话："对付男人的方法是必须非常非常爱他们，否则他们会变得令人难以忍受。我爱男人，我只爱男人。"

濑户内晴美是位日本作家，日本情色文学的女性代表作家之一，如今，高龄 92。晴美是她 51 岁前的名字，之后，她的名字成为濑户内寂听。"寂听"是一个佛家法号，晴美出家当了尼姑。尼姑"寂听"仍然是一个作家。

其实晴美最初也不姓濑户内，而是姓三谷。1922 年 5 月，她出生在四国德岛市的一个卖佛龛的小商人家庭。她在家行二，还有一个姐姐。后来，父亲做了濑户内家的养子，她随父亲改姓。

小小年纪的晴美就表现出了非凡的文学禀赋，小学三年级就立志长大后要当个作家。她尽可能地阅读文学名著，大家认为她那个年纪读不懂那些大部头的书，但她读得津津有味。母亲做家务时，她就在旁边把书的内容讲给她听。

1935 年，濑户内晴美以全县第一名的成绩考入县立德岛女子高中，这所学校的教育宗旨是培育贤妻良母型的女子，实行"斯巴达式严格教育"。学校的文学季刊《后雕》上，每期都登载她的诗文。从这个时候起，她由衷喜欢上了描写平安时代（794—1192）贵族的理想与现实的长篇物语《源氏物语》，对以恋爱与烦恼为中心的风流的审美世界，生发共鸣。

1940 年，她考入了东京女子大学国语专业。1943 年，在毕业前她结婚了，丈夫是她的老师也是她的老乡，是一位研究中国古代音乐史的历史学者。婚后，丈夫成为日本政府公派到北京的留学生，后来留任在旧辅仁大学（现北京师范大学）和北京大学，主要从事中国古典音乐研究。晴美提前毕业，先是去了叔叔就职的城市哈尔滨，然后赴北京，夫妻团聚。在北京生活的两年零八个月，晴美与丈夫的小日子过得平稳幸福。并于婚后第二年，在北京生下女儿理子。

当时侵华日军正频繁向晋察冀等各抗日根据地进行不同规模的"扫荡"，无数中国人因此流离失所，过着非人的生活。而初为人妻初为人母的晴美，却正在北京的新家里，努力经营着属于自己的"正常的家庭生活"，她内心充满深深的内疚。

1945 年，日本宣布战败投降，所有在华的日本人，都一批接一批地被遣送回国。晴美的丈夫，虽然很想一辈子扎根中国，甚至想在自己死后连遗骨也埋葬在中国的土地上，但作为日本人，当时的中国已经没有他们的容身之地。

1946年，晴美领着年幼的女儿，跟随丈夫一起，搭乘最后一班遣送船，被遣送回日本的家乡德岛。

晴美是一个异乎寻常的性情中人，她实在受不了做一个本分的贤妻良母式的女人，她酷爱波澜起伏的人生。"同声相应，同气相求。水流湿，火就燥"，回到家乡不久，丈夫离家求职于东京，晴美带着孩子在德岛，她与相识于北京的丈夫的学生小川文明开始了狂热的婚外恋。

一个生命与另一个生命不期而遇、相见恨晚的时候，每个生命的密度就注定了。女人的爱与欲，是从来不可分割的。无论是身还是心先行一步，总有一天爱和欲会大一统，炽热地集中实现在同一个男人身上。

她与年龄小自己4岁的小川文明可谓是一见钟情，但碍于有婚姻有家庭，他们维持了几年柏拉图式的情感，最终走到了"火星撞地球"的地步。她后来对朋友说，那才是她的初恋，与这个男人在一起，她明白了什么是情爱，什么是性爱，什么是水火交融。虽然结婚了，但她与知名学者丈夫没有爱情。

几个月后，到了秋天，丈夫要晴美带着孩子去东京。居家的日子无法锁住她荡漾的春心，但在丈夫和孩子面前，她竭力压制住自己纷乱的心绪，努力让自己安于平静的生活。学者丈夫其实也觉察到了一些端倪，晴美只得坦诚告知丈夫自己的恋情，他愤怒地将晴美打得鼻青脸肿。1948 年中国农历春节前，她抛下了丈夫和女儿，与她的檀郎文明先生私奔去了京都，借居于大学同学丸本恭子家，在一家出版社谋了一份职。

任何喧嚣都会归于平静，任何欢场都会成为静寂之地。半年后，一场轰轰烈烈的恋爱降温了，据说是因为男方承受了巨大的家庭和社会压力，继而他们分手。在那个年代，与一个已婚生过孩子的女人生活在一起，压力真的不会小。晴美无法接受小川的离去，她自杀未遂，回到东京，开始卖文为生的独立生活。

1950 年，丈夫与她离婚，放各自一条生路。她去夫姓，以"三谷晴美"之名写童话和少女小说。《文学者》杂志的编委小田仁二郎颇青睐晴美的创作潜力，给予她很大的鼓励，两人开始了一段从文学到"人学"的恋爱、同居生活，历时 8 年。8 年，小田来往于妻子和晴美之间。女人的一生能有几个美好的 8 年呀！

小田之后，她还与几位男人发生过情爱之事，40 岁左右的她太过沉溺于男色。也许，正是这些日后在她的脑海中发酵的一段段情事，成为她的写作素材，让她成了一个女性主题的"写真"作家。

晴美已经从狂热的姐弟恋中体会到了情爱与性爱带给她的欢娱，爱之于她，不是一蔬一饭，肌肤之亲，是一种不死的欲望，是颓败生活里的闪耀的光芒。

在小田的提点下她正式开始写小说，在 1956 年 12 月的《新潮》上发表了处女作《女大学生曲爱玲》，以她在北京生活时的一些故事为素材。这个小说一发表就引起了很大的关注，获得了她文学生涯的第一个奖项——新潮社同人杂志奖。

8 年后，晴美疯狂迷恋上了"情痴作家"丹羽文雄的作品和人，这真的应了"物以类聚，人以群分"，两人趣味相投。在丹羽的影响下，晴美的写作愈发大胆起来，写出了中篇小说《花芯》，同样发表在《新潮》杂志上。这个作品是晴美第一次赤裸裸地呈现自己对"性"和"爱"的理解，直白地道出"琴瑟不足喻其和，钟鼓不能鸣其乐"的肉体交欢是她的追求。在《花芯》中，她频繁地用到了"子宫"这个词，来隐代女子的性开放和性体验。她承认，这个小说是通过肉欲来描写作家的真实生命和精神性。但事实上，晴美在作品中并没有露骨的官能活动场面描写，就是涉及性欲的描写也很含蓄。

记得在一本书里读到一段莎乐美的话："如果说性欲是一件完美的礼物，其间没有任何内心的矛盾，那么上帝只把这样的一件礼物送给了动物。人会在爱与不爱之间感到紧张，而动物只会感知到那种性欲发作的生理规律，动物的性欲表达是热烈、自由、自然而然的，只有我们人类才会有不贞的观念。"这段话浅显易懂，我想她想说的是，我们的每一个个体都在为人类整体的文明付出代价，我们为了共同的秩序，或者为了自己的生活不那么起伏，时常会戴起虚伪的面具，但偏偏有那么一类人，无所畏惧，还原了自己的动物本性，所以他们能体会到动物那种"热烈、自由、自然而然的"性的极乐。

凭此一个作品，她迅速成名并赚得了可观的稿费。但多位权威评论家批评她写的东西太色情，并称她是"子宫作家"，她一怒之下在报纸上撰文骂那些批评家全是阳痿和性无能。她为文坛抛弃，5年的时间。这5年对于她来说是生不如死的日子，与丹羽之间也产生了很大的矛盾。同为写作者，他俩清楚自己和对方的实力，如果能惺惺相惜那这日子还能过下去，否则……

丹羽一次酒后对晴美说出了心里话："我就是受不了你比我强大，比我有名气，比我有钱。"

晴美虽然为评论家所抛弃，也只是为数很少的却掌握话语权的评论家，但她却很讨女性读者喜欢。她虽然写"性主题"，但其精髓并非为了表现肤浅的性爱与肉欲，并非大胆无忌告白自己挑战道德的性体验，而是通过性欲，探索女性灵肉世界的黑暗与烦恼。作为女人，她极力提纯自己的人生质量，忠于自己的内心要求，不仰男人鼻息，主动享受女人的灵肉幸福。她以这种人生态度反击旧道德，因而表达了众多女性内心的真实憧憬。

一天，失落的晴美偶遇已经穷困潦倒的小情郎小川，从前的那一段时光如过电影一般重新出现在她的眼前，她义无反顾地离开了有妇之夫的丹羽，重投小情郎的怀抱。用自己积蓄下来的丰厚稿酬好吃好喝地供养着小情郎，期盼能重温往日的情与爱，两厢厮守。但时过境迁，激情不在，爱与性都不复原样。更让晴美没有想到的是，这个小白眼狼情郎把晴美赚的钱拿去自己开了公司，最后娶了公司年轻但不漂亮的女职员。

晴美是谁？她经历的多了，本不会为这么一段情感而悲泣，也许我们会这样想。但错了，晴美也会一哭二闹三上吊。她要小川给一个离开她的理由，小白眼狼给她的理由是——"你太不平凡了，我只是个凡人，要和凡人生活在一起"。晴美一听这话，立马狠踹了小白眼狼几脚。但又能怎样？

这个年代，男性已经被定义为不能读懂女人的心而只想消受女人香的某种雄性动物，杂志上铺天盖地的文章都是在指导女人们如何去原谅男性的动物性，并与其作战，捍卫自己情感世界的领土完整。可是当女性这么做的同时，会发现原来爱情远远没有想象中那么简单，甚至不是一个等价交换的交易。如果你不是一个精通恋爱心理学的高手，那往往是所有的努力适得其反，最终心力交瘁，所有的天真纯情不再。

小川根本不懂得经营，公司垮台，他从豪宅搬进了破房子。晴美就买了一套位于那破房子对面的漂亮大楼里的公寓，每天只是对着窗子欣赏那一对男女如何潦倒，以此聊以自慰。

再一次的被抛弃，晴美受到了很大的打击，她仍然与小川第一次离开她时感受到的愤怒、痛苦一样，她再次自杀，未遂。这个时候的她似乎再一次开始开窍，再一次认识到，相爱瞬间的喜悦就是痛苦的开始。她甚至意识到爱情并不存在，男女之间有的只是激情，在爱情中寻找安逸是绝对不合适的，甚至是可怜的。但如果活着没有爱，心中没有爱的位置，没有期待的位置，那又让我怎么活呢？她就在这种纠结中勉强度日。这个女人呀，怎么会活得这么"粗鲁"？

在离开晴美12年后，小川债务缠身，不堪重负而自杀；第二位情郎小田也因为口腔癌离世。晴美闻听后，感觉天塌了一半，痛苦之中，她第三次经历了自杀未遂。我想，晴美从内心来说是不想死的，但她面对袭来的痛苦时，必须有一个仪式来应对，安慰自己。

男女之间的关系有时真的很奇怪，不少的男女分手前是你中有我，我中有你，两人到死不分离，最终，兴头上的诺言落了空，分了手，立马成了仇人。只要看到自己当年倾心相爱的人失意、落魄、悲惨，他（她）心里那个爽呀，甚至找着机会也狠狠地踩上一脚。但有一些人却不如此，虽然因为种种原因分了手，但却一直让对方生存在自己的生命之中，息息相关，晴美正是如此。虽然她多情，甚至自认"水性杨花"、离开男人就无法生存，但她从没有淡忘自己的小情人，因为是他，她才成了一个真正的女人；也从来没有忘记小田，因为他，她才成了作家。他们都是在她心灵上打下了烙印的人。

1962 年，晴美根据自己与这两位情人的爱情经历，创作了私小说《夏日的结束》，获得了 1963 年的日本"女流文学奖"，确立了她实力派作家的地位。对于从小立志成为一名作家的晴美来说，作家地位的确立是梦想得以真正实现的结果。

历经无数人生酸苦与情感波折的晴美，越来越厌倦俗世，她开始有一种"自我苍老"的感觉，渴望摆脱人生的枷锁，去做性情所至的自我流放。47 岁那年，晴美在随笔《关于放浪》一文中写道："出家遁世与放浪，现在成为我日夜的憧憬，挑逗着我的心。"

这个时候晴美开始反省自己。她想起与小川分手后，回到德岛的老家，被父亲赶出家门。父亲对她吼道："你抛夫弃女，已经从人伦世界进了鬼魔之道了；既然成了鬼，那就干脆当个恶鬼吧。"这话常常会在她失意时回想在耳边，令她心生恐惧。

摆在晴美眼前的有两条路：或者在自我放浪中任生命终结，或自己动手结束生命，彻底解脱；或者出家遁世，如同凤凰涅槃一般，令"过去"死去，让"未来"重生。

晴美不想死。于是，茫茫然的晴美找到了信奉基督的远藤周作，拜托他介绍一位可以接受洗礼的神父。远藤先生介绍的神父是一个非常有名的人，但是并没有同意给晴美施洗。

晴美虽然没能成为基督教教徒，但通过信仰来抚平自己心灵的想法依旧没有改变。也许，晴美要出家最初只是一时冲动，但是当她遇到恩师今东光和尚的时候，出家的心思就变得坚定了。这位日本天台宗掌门今东光和尚，也是日本佛教界极为活跃的人物，以"毒舌说法"著称。他的哥哥是当时日本政府文化厅长官，自己则是兼和尚、演员和参议员于一身。早年生活糜烂，醉生梦死，是和菊池宽齐名的优秀作家。1973年，晴美在今东光和尚（法名今春听）的导引下于中尊寺出家，法名寂听——出离者寂然听梵音。

随着长发飘飘落下，心沉静下来，"晴美"这个名字也成了过去时。从世俗浓艳煎熬苦痛的"晴美"走到超凡清淡虚静安详的"寂听"，是一个极端的走向。

遁入空门后，寂听说自己是：出家前，虽活尤死；出家后，虽死尤活，是"死去的活着"。从前那个为男人生，为男人死的"晴美"消失了。人的一生着实短暂，女人的美好年华更是如此，还是好好爱自己比好好爱男人重要。纵观与横观之后，将幸福寄托在男人身上的女人注定不快乐，更别提幸福。女人们，既不要活着的死去，也不要死去的活着，而是要真实的"活着"，活好当下。

不再背负着"爱情的重担"，寂听潜心于研究佛法。有趣的是，她又成了一个活色生香的"花尼姑"。她活通透了，神色泰如，面容慈祥，活动频繁，犀利俏皮。这一切，在她剃度时，媒体云集的现场报道就已经预示了她不会真正沉寂，她永远都是一个燃烧式的焦点人物。

虽然出家当了尼姑，但她作为小说家的生活仍旧继续着。不仅仅是个延续，可谓是一个转变与提升。濑户内寂听于 1992 年凭借《问花》获得了文坛里评价十分高的谷崎润一郎奖。而从前的《花芯》又被新一批评论家捧红了。她成了"尼姑作家"。

寂听仍然活得真实，仍然开朗、幽默。她出家后，还是喜欢喝酒，僧尼称酒为般若汤。她四处讲演，说道：我能喝酒，曾喝得烂醉，滚楼梯受伤了。她把她的寂庵戏称为"骚庵"，因为造访者太多；她还说，"我对于小说家营造安稳的家庭很感到怀疑，小说家本来是品行不端的人干的。"她在日本 NHK 做主持人，以轻松幽默的生活语调弘法；身为女尼和高龄老太，她毫不忌讳地大谈不伦之恋的美妙滋味，告诉人们"没有爱，不可活"。

1999 年，她出版了长篇小说《更加美丽》，再一次"深入性爱之魅中，一时哗然"。日本媒体还爆出她迷恋上了梁朝伟，《花样年华》剧组到日本宣传时，她要求和梁朝伟见面，并当面坦承为他心动，说他是最好的婚外恋对象……也许这就是所谓的色即是空——她看清了，领悟了，放下了，超越了，于是可以百无禁忌嬉笑调侃了。

这只是寂听的一面。而另一面的她，孤独地审视自己的灵魂。她的寂庵处于嵯峨野无边的竹林旁，幽深静寂的林中小径，是她每日散步的地方。走不远，是《源氏物语》的发祥地，书中故事都在嵯峨野的苔痕深处发生。寂听爱嵯峨野，曾写过"无论走到哪里，回到嵯峨野，在寂庵的门前举头望月，便觉心安"。她也爱《源氏物语》——物语中至情至性的女人们，一个一个相继出家了。寂庵设在此地，是一个女人波折一生的憩处。

在日本最平和温良的平安时代，以描写男女情事为主的作品开了日本情爱文学的先河。这类作品女性作者较多，她们用敏感而纤细的笔致，赋男女情爱以高贵、优雅的气息。其中，紫式部的《源氏物语》和清少纳言的《枕草子》被并称"双璧"。透过许多缠绵的情节和引人入胜的风流韵事，将恋母情结、家族情绪、近亲相奸、见异思迁、性错乱及无穷无尽的色欲，都揭发出来。《源氏物语》最后达到日本文学传统之一的"物之衰"——认为在人的世界经过性的欲望和荣华富贵后，最后还是空虚的悲哀。但这一连串的意淫、肉欲和人性之无可救药，无疑是触目惊心的。

寂听守着她的寂庵，历时 10 年，将她心爱的整本《源氏物语》翻译成白话文版本，为日本文学做了一大贡献。这本译著行文、语气优雅平静，但还是充满女人的怨念。这种怨念既有对同性的，也有对异性的，更多的是对社会的控诉。

日本女性文学史上，昭和文学占有十分重要的地位。兼具作家和僧尼双重身份的濑户内寂听无疑为昭和女性文学添上了一抹神秘的色彩。

十几年前，日本曾拍过一部《女之一代记》的纪录片性质的电影，就是记录她从"晴美"到"寂听"的过程。影片一开头，粉嫩粉嫩肤色的光头老尼对着大家说："婚姻最美好的是婚外恋。"她还慈眉善目地说影片没有把她当年在东京的真实生活全面表现出来，"那时，我有很多男人，这里没有说。"

这一个女人用文字书写纸上的人生，用身体书写一个女人的人生。这是一种有争议的、用身体思想的人生。

"我写女人是为了写我，写那个贯穿在多少世纪中的我自己。"

维生素 B 小姐

我所有的空中城堡都像雪一样消融了，

我所有的梦幻都像水一样流尽了，

在我爱过的事物中，我只留下了

一片蓝天和几颗苍白的星星。

风在树林中轻轻移动。

空寂安歇。水沉寂。

老云杉树警醒地伫立着思念。

他在一场梦中吻过的白云。

（索德格朗）

　　费雯·丽站在伦敦郊外的诺特里庄园门前，流下了眼泪。

　　1960 年 7 月 20 日，费雯·丽从伦敦回到美国，沉默不语。第二天，她对惊呆了的新闻记者发表了简短的、措辞明确的声明："奥立弗夫人声明，劳伦斯爵士提出离婚，以便与琼·普洛瑞特小姐结婚。当然，奥立弗夫人将满足他的一切要求。"

费雯·丽再一次经历了婚姻的失败。但好强的她很决绝，一点儿也不给另结新欢的奥立弗以后悔、重新思考的机会。可是从内心来说，费雯·丽一辈子挚爱奥立弗——这个她视若生命的男人。这就是真实的费雯·丽，她与她所扮演的角色有一个共同的特点，就是以独立的精神，以一个有骨气、自主的女性的理想和自己对人的尊严的理解来与周围世界相对峙。

爱情像一切生物一样，永远不停地运动。它增长、减弱、害病、康复、达到高峰或者破裂。费雯·丽认为把自己的意愿、痛苦、问题以至于自己本人强加给他人是最没有人性的做法。爱情是自由的。

然而，20年前，她终于与霍尔曼离婚，与奥立弗结婚时，绝对没有想过被抛弃、不为人所需要是什么滋味。

1931年，当31岁的霍尔曼在街道上遇见18岁的费雯·丽时就急于与她相识，这位一向举止得体的律师竟目不转睛地盯着眼前那张令人神往的脸：俊俏的下颌，唇线清晰而优雅，双眸闪动出夺人心魄的聪慧，面庞秀丽得举世无双。霍尔曼律师按部就班的人生由此突然出现了爱情故事。他感觉这个女子是突然出现在面前的一朵布朗百合般，内敛羞怯，散发着清幽的香。

终于，霍尔曼在街区的舞会上得以与费雯·丽相识，他用最绅士的风度带着她起舞，他关切地与她聊到她的生活和愿望。身材瘦削的费雯·丽，脸上有安婉恬淡的光，她常常沉默。外形虽然纤弱，却让人感觉到内里的刚毅。她似乎总是小心翼翼躲开燥热的欲望之流，暗影妖娆，暗地芬芳。霍尔曼认定这是一个美好女子，她走进人群之中，如同遗世独立，她的存在让他人立时感觉空气发生变化。

对于在修道院长大的费雯·丽来说，霍尔曼律师成熟的亲切与温存是她从未遇到的。第二年，费雯·丽考上了皇家戏剧学院。于是，霍尔曼每天都在她下课的时候等在学院门口。出身名门，剑桥毕业，在伦敦有自己的事务所，还有众多事业有成的朋友，霍尔曼所具有的一切令费雯·丽感受到一个男人的智慧是多么值得敬重。后来，霍尔曼律师所有的朋友对那时的费雯·丽记忆最深的是：美丽而柔顺。

只有母亲了解费雯·丽的生命里其实潜藏着不可遏制的激情，她知道这一点是温文尔雅的霍尔曼根本无法理解也不可能接受的，她警告费雯·丽钦佩一个人并不等于爱这个人。但是，费雯·丽从 6 岁起就独自与修道院的嬷嬷一起生活，这让她后来一生遇事总是习惯于首先揣摩别人的愿望，哪怕要隐忍下对自己的伤害。所以，当霍尔曼律师向她求婚时，还是学生的费雯·丽答应了。

费雯·丽成了霍尔曼家安逸的女主人，生下了一个漂亮女孩儿苏珊娜。不久，费雯·丽就告诉霍尔曼，她要回皇家戏剧学院继续学习。她没对霍尔曼说的是，她想成为一名优秀的女演员。霍尔曼律师对舞台不屑一顾，他对费雯·丽的想法表现出不理解与排斥，他不明白妻子内心的渴望。他先是愤怒，继而嘲讽，后来就沉默。而费雯·丽期盼着走上舞台的同时，又不愿伤害霍尔曼和女儿。费雯·丽天性的敏感令她深切地感受着自己的痛苦，她在这种苦痛中获得了她对男女情爱最果敢也是最伤怀的理解：爱情应该是自由的。

1936 年 5 月，费雯·丽被告知，她将与奥立弗合拍电影《英格兰大火记》。费雯·丽见到奥立弗时说："很高兴我们在一起工作。"奥立弗说："片子一旦拍久了，我们很可能要讨厌对方。"事实是，当《英格兰大火记》停机后，奥立弗已经不能忍受与费雯·丽分别的时光，他成为霍尔曼律师家每天必定出现的客人。

当奥立弗忙于演出时，费雯·丽天天晚上坐在剧院里看他演出的《哈姆雷特》。回到家后，霍尔曼的冷漠令她倍感孤独，只有通宵达旦地读书。一边是爱情、一边是家庭，双重生活折磨着费雯·丽与生俱来的优雅，直到有一天不堪承受。她告诉霍尔曼，尽管他不同意离婚，但她也必须离去，因为一个人应该葆有心灵的健康，她要和一个懂得她的人生活在一起。而奥立弗对他的朋友说，他们两个都克制过，但已经无法坚持。奥立弗有过贫困的童年，有过等待成功的屈辱，费雯·丽给予他的无限的爱是他从未遇到过的。而奥立弗的支持也令费雯·丽的舞台生命更加动人，并最终使她走向了世界电影史上的不朽之作《乱世佳人》。

人所选择的爱人，其实是另一个自己。爱一个人，是因着他身上能够映照出自我。如果一个男子，没有让一个女人感觉因为他的存在，而更喜欢自己，没有让她觉得自己比独处的时候更敏感丰盛。没有通过他作为介质，而确定她的隐晦个性和特质，并因此而认定是一种魅力。没有让她感觉像月亮一样发出光泽，并影响到内心的天地。那么，她将不会爱上他。此时，费雯·丽深深地爱上了奥立弗。

1938 年，为了能与在好莱坞拍摄《呼啸山庄》的奥立弗相会，费雯·丽越洋过海来到美国。此时，全体美国人民正为一件事而争论不休：谁演电影《乱世佳人》中的郝思嘉？制片人大卫对所有试演过这一角色的女明星均议而不决，这令越来越多的美国人为《乱世佳人》操心不已。奥立弗知道费雯·丽非常想扮演郝思嘉。12 月 10 日晚，通过奥立弗的引见，大卫的弟弟迈伦将费雯·丽带到了大卫面前，他说："喂，天才，我给你带来了你的郝思嘉！"大卫看见费雯·丽那双灰蓝色的眼睛既温情脉脉又流露出猫一样的狡黠，他感受到了费雯·丽高贵的外表下压抑着的瞬间即可爆发的情感力量。费雯·丽没有一丝的怯懦和造作，她的柔媚可人中混杂着惊人的桀骜不驯，这种非凡的个性可以让一个女人在任何时候都与众不同。大卫终于为《乱世佳人》找到了郝思嘉。1940 年，电影《乱世佳人》获得了奥斯卡最佳影片奖，费雯·丽获得了最佳女演员奖。《纽约时报》评论说："费雯·丽所扮演的郝思嘉如此美艳动人，使人不再要求演员有什么天才；可她又演得如此才华横溢，使人不再要求演员必须具备这样的美貌。"而费雯·丽为电影《乱世佳人》所付出的却是她永远无法重新得到的——美国南方的红色尘土令她患上了肺结核。

获奖的这一年的 8 月 28 日，奥立弗与妻子、费雯·丽和丈夫分别离婚，两天后他们结婚。费雯·丽懂得，爱情能够展示人性的美丽与尊严的时候才是有价值的。她坚信她与奥立弗炽烈而忘我的爱情能够经受住一切考验。20 年后，当她发现自己错了时，竟难以置信。

费雯·丽之后又出演了电影《魂断蓝桥》《汉密尔顿夫人》《安娜·卡列尼娜》。1951 年，因出演《欲望号街车》，费雯·丽再次获得奥斯卡最佳女演员奖，随后又获得了戛纳电影节最佳女演员奖。

令朋友们惊异的是，费雯·丽毫不在乎自己在银幕上的成就，她仰慕着奥立弗杰出的舞台表演，因为奥立弗说过，只有舞台才能真正展现演员的才华。奥立弗说："必须去感受。痛苦、热情、忧伤，一切的感受都会使你永远地失去一些东西，而一切的感受又会使你的内心更加丰富。"

费雯·丽在奥立弗面前一向以"学生"自居，奥立弗也认为费雯·丽拥有的是美貌而不具有艺术才华。一直到《乱世佳人》的上演，奥立弗对费雯·丽的演技由衷地感到惊讶，他对朋友说："我真没有想到她有这样的才能。"

对艺术、对心目中艺术的化身的奥立弗，费雯·丽一生都贯穿了一种炽热的感情，这种感情对于她既是生命、生存意义的所在，也是她所追求的美的体现，失掉这种感情，就意味着生命的终结。

从《乱世佳人》开始，奥立弗感到了压力，虽然他不说。他暗中与费雯·丽竞赛，但是他仍然以"老师"的身份引领她，而她也着实让他得到了内心的满足。在费雯·丽的心中，奥立弗是全能的。奥立弗知道妻子的理解与表达都朝着出神入化的程度发展，但他内心并不愿意承认和接受这个事实。

毫无疑问，对于费雯·丽的天才的形成，奥立弗是起了很大的作用。但另一方面，很难说两位演员当中谁应该感谢谁，以及这种"感谢"的程度有多深。奥立弗支持了费雯·丽献身舞台艺术的决心，也是他帮助她去参加丹麦的演出。对奥立弗的热爱也曾是强有力的创作动力，这对费雯·丽来说，很重要。

好的男人，能够帮助一个女人提升自己。带她摸索灵魂的另一个层面，替她打开一扇门，看到别处的天地。她因此更喜欢那个被一双聪慧的手雕琢过，有了高贵的线条的新的自己。女人对一个男人的态度，要么如同隔岸观火，心里惊动，但却无关痛痒。要么就是冷暖自知，血肉纠缠，不依不饶。没有中间状态。

事实上，与美貌、举止优雅的费雯·丽的相识也改变了奥立弗的命运。这个复杂的、尚未忘却童年的贫困与屈辱的男人，从来还没有遇到过如此无私和无限的感情。谁能说出，在 1937 年至 1938 年他取得的成就中，费雯·丽的爱情究竟起了怎样的作用呢？他自己知道，他变成了另一个人，并知道珍视灵感了。

在与费雯·丽结识以后，奥立弗进入了一个新的世界，她为他争得了一整个世界，帮他摆脱许多不愉快的事，使他经受住了命运的打击。她艺术修养好，文学鉴赏水平高，奥立弗与费雯·丽相处所获得的东西，正如费雯·丽观摩奥立弗的演出时所得到的东西一样多。

在一次记者招待会上，一个少年——当地市长的小儿子发问："为何大家都称费小姐为维生素 B 小姐？"奥立弗回答道："因为她总是给人们带来快乐呀。"

美丽只是表层，美德才是本质。美丽常常表现在眼睛一视之下的一种震撼。尤其女人，往往在许多细节处的妥帖、整洁、精致乃至于时尚，都带给人说不出的对生活本身种种活跃的想法。而美德是一种高蹈的元素，独立、善良、慈悲、纯净、智慧、公正、谦逊、正直、诚实、勤奋、感恩、宽容，还有施爱。当美貌与美德完美地融合，那是上帝的恩宠。

奥立弗的艺术主张主导了费雯·丽，这对她来说几乎是致命的。她太真挚，总是动情地感受他人的命运，又从来表里如一，于是她所表演的每一个悲剧故事都在消损着她的健康。《魂断蓝桥》中的玛拉因为爱而死在车轮下，《汉密尔顿夫人》中的爱玛因为尊严而失去了一切，《欲望号街车》中的布兰奇因为不愿忘怀而被强行送往精神病院……一次次忘我地置身于这些角色中的费雯·丽终于病了，她患上了狂躁型精神病，脆弱而又紧绷着的神经时常会突然崩溃，而此时，她拍《乱世佳人》时染上的肺结核也更加严重。

虽然奥立弗一直高扬舞台表演艺术，贬抑电影艺术，但他一直没有放弃在电影艺术上的追求。1944 年，由他监制、导演和主演的《亨利五世》使美国影评界惊叹不已，获第 19 届奥斯卡最佳影片等 4 项提名，虽然最终没夺得金像，但奥立弗本人却荣获电影艺术与科学学院颁发的奥斯卡特别奖。他的另一杰作——《王子复仇记》（《哈姆雷特》）的上映轰动了世界影坛，一举获得四项奥斯卡金像奖。此后，莎剧《理查三世》《奥赛罗》和《威尼斯商人》也相继由他搬上银幕。

和奥立弗共同生活的那些年，费雯·丽很清楚，奥立弗宁可让她做一尊"德累斯顿的雕像"，一个以美貌取胜的女人，而不愿她做一个艺术超群的演员。为了不让奥立弗产生嫉妒心，她从不把她的奥斯卡金像奖拿出来。当奥立弗将"小金人"放在家中显眼的位置时，费雯·丽才将自己的已经蒙尘的"小金人"拿出来，放在门后，作为挡门的家伙。

1946 年，奥立弗不让她演莎剧《李尔王》中三个性格迥然不同的女儿，却让她演戏份微薄、无法体现演员表演水平的《理查三世》中的安夫人，她十分愤慨，他们之间的关系已微微出现了裂痕。1947 年 1 月，奥立弗把《哈姆雷特》搬上银幕，他不让费雯·丽演女主角奥菲利亚，却起用了一位 18 岁的新人琼·西蒙斯。奥立弗通过化装和照明的效果，使这位没有经过演剧训练的美丽姑娘在外表上酷肖当年的费雯·丽。在奥立弗心目中，费雯·丽已经是人老珠黄了。

费雯·丽原本十分优秀，人也漂亮，风华焕然。一袭裙裾，还有那白皙的如大理石一般典雅的面孔和高贵的气质，都使她在众人面前呈现出一种神秘。她处在传说中，人们以一睹她的花容月貌为幸事。并且她又生活在一群优秀的男人身边，在相互的切磋交流和不散的语境中，她无形获得某种历史视角和形而上的维度。再加上她极其出色的直觉和感受性，那感觉裹着的思想就非同寻常了。她是绝妙风景，一个美轮美奂的女人却极其迷恋艺术，一种极其柔软温婉的外形与一种极其艰涩晦暗的内核矛盾而又和谐地结合在一起，她带给人的是希望和遐思。一个如此清丽优雅的女人，她是那样超逸，她被神秘、柔媚的光芒笼罩着，仿佛永远不老，永远明艳。这样的女人，如若在超验之光照耀下，又结合自己的经验而言说，她将说出多少令世界惊骇发颤的话。她本身便是存在之谜，令人纷纷解悬，又构成言说资源。

1947 年 7 月，奥立弗接受了英国皇家爵士的封号。这件事十分重要，因为它破坏了他们夫妇多年来努力维持的相互平衡关系。第二年 2 月，他俩应邀到澳大利亚巡回演出。旅行一开始，奥立弗就和别人保持一定距离，以显示自己的特殊地位，还神气十足地训斥一般演员。人们明显地感到，他架子大了，和同事们的关系疏远了。费雯·丽则和他完全相反，她平易近人，和蔼可亲，和全体成员都交上了朋友。两人作风截然不同，说明他们的思想和生活态度已相距甚远。

1951年在戛纳国际电影节上，费雯·丽当选为最佳女演员。同年4月和5月，她在舞台上同时成功地主演了萧伯纳和莎士比亚笔下两个性格不同的克莉奥佩特拉，将自己轮流地置于两个不同个性的克莉奥佩特拉。评论家们一致认为她是可以和奥立弗并驾齐驱的伟大演员。但在实际生活中，这对夫妇的关系更加恶化了。有一位名叫梯南的青年评论家故意公开贬低费雯·丽，奥立弗虽然作出"勃然大怒"的样子，立刻找了去澄清事实，但后来，他们却成了好朋友。自从这次风波以后，费雯·丽与奥立弗之间的误会和争吵越来越多了。

1952年3月，费雯·丽因主演电影《欲望号街车》而荣获第二次奥斯卡奖。这时她精神病发作，这是她一年来精疲力竭地扮演极其复杂的性格角色所带来的恶果。

1953年初，为了挽救奥立弗演出公司免于破产，费雯·丽不顾大病初愈，毅然签订了到锡兰去拍摄美国电影《象径》的合同，以拿到15万美元酬金。锡兰潮湿闷热，费雯·丽不能适应，经常长夜不寐，白天又拼命工作，等外景拍摄完毕，她的病又一次发作。

"女艺术家凡有杀身而化入艺术的感受者，也会有流血而铸成文字的体验。"（苏珊·古芭）

1955年6月，费雯·丽和奥立弗同台演出莎剧《麦克佩斯》，由于对角色理解不同，二人关系进一步恶化。更为不幸的是，费雯·丽为拍《南海波涛》一片，又唱又跳，到 8 月间，她怀的胎儿流产了。以后她发病的次数愈来愈多，身体愈来愈虚弱，和奥立弗之间的感情也愈来愈淡薄。奥立弗对妻子产生了无能为力和厌烦感，他害怕粉雕玉琢的女人从此物华苒休满目憔悴。他越来越长时间地离开家去巡回演出，费雯·丽曾在极度绝望中给奥立弗写出长达 22 页的信，诉说她的孤寂和思念。

是的，艺术的女人是将有流血铸成文字的体验。男人肯定对女人的这些做法十分反感，他不愿意承认女人有艺术的能力，因这种能力使他们感到自己再也抓不住什么。男人太强势，强势到认为自己语言一出，便可以将所有的人打倒，最起码是要将女人覆盖。

大多数的男性并非全在理性的、智慧的女性那里寻找慰藉。因那慰藉的寻求所付出的代价太大，它是以一个男人的尊严来换取，而这又恰恰是男人视为生之要义的东西。他们在异性面前，第一需要的是审美感官的满足，再则是休息——自尊心得以认可的轻松愉悦的休息。他们需要女性的是对自己偶像式的崇拜，是自己能够体味到的那种甜蜜蜜的丢不下的心悸亢奋热醉狂迷。而妻子，只能给他带来安定，却不能给他带来骚动。这里面潜伏着深刻的危机。

拖到 1957 年秋天，奥立弗和年轻貌美的新星琼·普洛瑞特已搭上关系。费雯·丽写了一封 20 多页的长信给奥立弗，力图挽回危局，但为时已晚。进入 1960 年，奥立弗卖掉费雯·丽用心经营的诺特里庄园，并提出离婚，对费雯·丽避而不见。经过煎熬的费雯·丽知道爱意味着尊重别人和尊重自己，男女之爱最不堪重负的是虚伪和强迫。她不愿意让不再爱自己的奥立弗再次经历 20 多年前的那种痛苦。这样的理解令费雯·丽在一往情深的爱情逝去时表现出了惊人的勇气。1960 年 8 月他们正式分手。

奥立弗的离去，使费雯·丽不会再爱别人，只能是凋谢。

7 年后 7 月里的一个晚上，费雯·丽独自在她的寓所死去。在她去世的前一天，她曾给朋友送去两棵玫瑰，她说："如果你现在种，它们很快就会生根。种花人把第一棵叫作费雯·丽；另一棵是你，叫作超级明星。"朋友说："这就是说，两棵玫瑰都是你。"费雯·丽的眼睛一下湿润了，过了很久她才说："所有的花都应该好好施肥……"

湄公河岸的中国情人

我已经老了，有一天，在一处公共场所的大厅里，有一个男人向我走来。他主动介绍自己，他对我说："我认识你，永远记得你。那时候，你还很年轻，人人都说你美，现在，我是特地来告诉你，对我来说，我觉得现在的你比年轻时更美，那时你是年轻女人，与你那时的面貌相比，我更爱你现在备受摧残的面容。"

杜拉斯辞世之际，挣扎着递给她晚年的伴侣扬·安德烈亚一张字条，那上面所书不是财产清单，而是"我爱您。再见。"

这让我想起了萨特辞世之际，拉着相伴一生的波伏娃的手一字一顿地说："我非常爱你，我亲爱的海狸（波伏娃的昵称）！"

一生活得宏宏阔阔、热热闹闹的杜拉斯，绝对地写作、绝对地爱的杜拉斯，到晚年时与年轻的扬·安德烈亚也达到了萨特和波伏娃那种生死相依的境界？什么样的情爱，让人一生牵连不断？

我对杜拉斯这个女人的最初记忆肯定是迟于对梁家辉、简·玛什的记忆的。很多年前，一部《情人》，发生在湄公河畔的情感故事深深触动了我，除了玛什那似乎没有发育完成的小身体之外，还有梁家辉那深情的裸背及清瘦的臀，我承认它们对我产生了影响，让我思绪飘摇心绪波动，悄悄地回味那情与欲。多年后，读完杜拉斯的原著后再重新细品这部影片，年轻时的感觉一成不变。

与原著相比，我更喜欢改编后的电影《情人》，导演让·雅克·阿诺对杜拉斯的小说语言作了最好的镜头诠释。可贵的是他将杜拉斯小说的极强画面感和节奏感表现了出来，也将小说精练的对白、繁复的心理变化展现了出来并强化了它们。

"中国男人"形象是香港影星梁家辉至今为止演技的最高表现，而"法国女孩"，十五岁半、杜拉式的特质、导演的精密要求，都可能导致简·玛升在《情人》之后难以再有超越，事实也确实如此。

有人说杜拉斯是许多中国女作家的偶像，她擅长的自传性文学作品深深影响了一大批"新派"的女作家们，以至于她及她的作品在中国大陆形成了一股风潮，几乎被捧成女性文学的"圣人"。任何的存在都有它的现实意义吧。

《情人》自1984年出版以来就热捧，获得法国文学上的较高荣誉——法国的龚古尔文学奖。被翻译成42种语言文字，中文文字就有8种语言版本。

故事发生在 1929 年，湄公河畔。"我"是一个法国驻越南小领事的女儿，有着欧洲殖民者的骄傲。在父亲去世、母亲投资失败后，一家四口极度贫穷，"我"15 岁就打扮得成熟妖艳，遇到富裕的中国情人后，出于经济目的发生两性关系。在这场爱情游戏中，只有中国人迷恋我，而我对中国人的情感却非常模糊。第一次见到情人时："他是胆怯的，开头他脸上没有笑容"，他拿出一支烟请"我"吸，手打颤，"我"感觉到了他的自卑感。"我"一直羞于承认与中国情人的关系，"你看我怎么能，怎么会和一个中国人干那种事，那么丑，那么孱弱的一个中国人"，但"我"对中国情人的富贵生活充满了羡慕。

男青年自幼丧母，在父亲的严厉管教下，在爱情中寻找解脱，这与在家庭中和白人中未能找到感觉女孩一拍即合，似乎各取所需。她从未想过要和一个中国人结婚，而中国情人的父亲也绝不允许他与异族女子通婚，并从家乡为他迎娶一位中国女子。

最终别离之时，轮船的离岸，码头上孤独的黑色的小汽车。"我"感觉到内心对他的不舍还有爱。后来，回到法国，虽然"我"有了几次婚姻，但"我"忘不了中国情人，因为那种被宠的感觉再也找不回来了。

我们完全可以将片中的"我"与杜拉斯本人重合。

1971 年，他在巴黎，打电话给杜拉斯说依然爱她。1991 年，他病逝，杜拉斯哭了，"我根本没想过他未死"。一年后，杜拉斯又写了一本《中国北方的情人》，那种柔韧的情感也许是我们所想象不到的。

几年来，我几乎读完了杜拉斯的小说，在那情与欲之外，我读懂了一颗孤独而坚强的心，多年来它以一种强劲的力度跳动。"身处几乎完全孤独之中，这时，你会发现写作会拯救你。"从此，她那张被写作、爱情、酒精岁月造就和摧残的脸，专注的眼睛深深地印在我的脑海中。但多年以后，我才读懂了她的脸。

杜拉斯从少年至 82 岁告别人世的那一刻，都在自己所认为的、所想象的世界里生活，不遵从任何规矩，任何模式，以孤独作为自由的代价，并最终以此作为她的标志。尽管她有着各样的情人，各式的爱，但与伍尔夫一样，内心的孤独伴随她一生。

一个在殖民地成长的孩子，长大后，离经叛道，不可一世，冲进一切非常规的生活里充当主角。她的情人们，她的湄公河，她的黑暗和暴力，她的决绝和空茫，她写作的一生，从少女时代开始，她就注定是一个传奇。

巴黎第六区圣伯努瓦街 5 号时代的她，不爱去盛名场所，不喜欢同时代的萨特和波伏娃。她和她在文学艺术圈子里极有影响力的丈夫——"七星文库"的出版人罗伯特·安泰尔姆常常要在此招待法国精英知识分子。那时的她不仅被看成是一个把激情投入到写作上的知识分子，还是一个迷人的主妇。她欣赏罗伯特的智慧、慷慨，他相信她总有一天会成为一个伟大的作家，如果她不过分自恋的话。

在此，她开始用"杜拉斯"的笔名发表了第一本小说《无耻之徒》，并在1943年至1961年间，发表了许多代表性作品，还完成了电影《广岛之恋》的写作。

如果她只有越南，只有湄公河，那她注定成不了一个作家。从殖民地到宗主车，从世界边缘到世界文化中心，空间的移转，她有了多重身份和眼光。仅仅只有巴黎第六区圣伯努街5号，这种文学般的生活往往比文学更重要，她认为这不是好事情，不合适于她，天性狂野、暴烈、具有复杂个性的杜拉斯需要另外的空间寄寓。恰此时，她发表《抵挡太平洋的堤坝》后被法国共产党开除。社会对她的不认可，让她有了巨大的反应。

她远离喧嚣，在巴黎郊外买下了独院绿荫的诺夫勒城堡，在这里她舒展、稳定，可以几个月不与外界联系，深陷酒精与写作之中。她享受着情人迪奥尼斯为她建造的一座迷宫似的花园，远处传来的钟声，还有夜晚与村民们的喝酒闲聊。这种生活接近她的童年生活。在这里，她女人的天性生发了出来，成了一个好母亲好情人。就在这儿，她和迪奥尼斯，还有儿子乌塔，以及许多的合作者制作完成了很多部电影。她在城堡创造了一种有别于圣伯努瓦街知识分子圈的集体生活方式。

庞大必须要有细小相对应，宽阔必须有狭窄相对应。正如无边无际的天空和大海更能显现人的渺小和内心的孤独，杜拉斯，沉湎这种对比之中。特鲁维尔的大海把她带入了更广阔的想象之域。她在特鲁维尔黑岩区的居所迎来了她的最后一个情人，扬·安德烈亚。那是 1980 年，她 66 岁，大学生扬 27 岁。

杜拉斯是扬的偶像，他只读杜的小说。扬让她签名。后不断给她写信，杜拉斯未回。直到扬成了大学生，来到了杜拉斯的身边。或许是扬让她想起了她昔日生活的某一部分，或许是这个年轻人羞涩的优雅、绝对的真诚打动了她，或许更主分的是生命流程里潜在的秘密，杜拉斯柔情地拥抱了他。于是，扬和她一起度过了风风雨雨的 16 年。

扬不是一个自信的人，但他陪杜拉斯去医院做戒酒治疗，让她从酒精的浸泡中挣脱出来；和她深夜长谈，舒缓她的不稳定情绪；和她一起哭；还给她补充营养。他们相互依恋。一个男人的成就和辉煌对一个内心满足或者走向暮年的女人来说，一点儿也不重要，她需要的是爱。扬造就、陪伴和见证了一个新的杜拉斯。

杜拉斯说过：从露台上眺望大海，那是一项难以置信的奢侈，"看海，就是看一切"。这种心境只能是经历过生活之海情感之洋跌宕之人之感，一个写作的女人，她需要这种野性、波峰、暴风雨。

写作成就了她的名声却毁掉了她的身体。当她的写作、爱情和生活彻底混合之时，她必定要经受剧烈的爱与痛。这个充分享受过欢愉和爱情传奇的女人，她首先是一个写作的人，并且永远在写作。回顾自己的一生，她说："我再也没有看到过比我的生活更贫乏的人了。"

爱情以及死亡是她不变的主题，这种不知疲倦的重复只是想讲出她理解的人性或者人生的残酷真相，存在的种种悖论。"当我发现爱情不是我认为的那种时，我不说被抛弃的爱情是虚假的，而是说它已经死了""我爱的是爱情本身"。这也许就是她的文学能有力地普遍在影响他人的原因吧。

尽管杜拉斯也酷爱名声，但她极为迫切地保持真实。她靠真实的写作来清理她混乱而真实的生活，难以解释的东西清楚了，灵魂的秘密就暴露了，这就是她的发现。她要的就是这种发现，超越生命，突破自己的局限，但一定得用疼痛作代价。扬说，如果杜拉斯不写作，她会成为一个真正的疯子。

无论这个世界怎么看待她，谁都无法否认她是 20 世纪后半叶法国最奇特的女作家。这似乎印证了为何她的写作，她的一生成为无数文学青年真正的写作教程。

《情人》，仍然还是那深深触动我的一幕。轮船缓缓离开岸堤，母亲一直流着泪，因为离开此地而控制不住地愉悦。那黑色的小汽车静静地隐蔽在一角，见不到"中国男人"的身影。但雨永远只会从天下掉下来，"我"爱着你是因为"我"走不到你身边……

第二辑

愿汝永远天真

　　我们回想那布满星空的夏夜里，风轻吹，水静流，生活继续。一切都如青萍之末。

愿汝永远天真

艾伟的长篇小说《风和日丽》的最后一句话是："她（杨小翼）实在控制不住自己，又一次潸然泪下。"我合上书，潸然泪下。女人的命运何当如此？

我找出两年前艾伟从宁波寄来的那张纸笺，上书两行清秀的小字："愿汝永远天真，如屋顶之明月。"这是《风和日丽》那首诗中的一句，那首诗为艾伟自己所写而非引用他人。我记得收到这张纸笺时，是风和日丽之时。而现在，南方的天空渐渐暗了下来，坐在黑暗中，这两行字一直在我眼前闪现。

愿汝永远天真，如屋顶之明月。

想起那次与艾伟的深圳对话。我与温和从容的艾伟相见于"深圳晚八点"（深圳中心书城的一档读书节目），一个多小时的节目，我们聊了很多内容，我和听众朋友了解了《风和日丽》如何而来，艾伟的写作生活及其他。我习惯做完对话节目后与采访对象有一个后续的环节，其实也是有私心的，就是让他（她）在我的提纲本上写下一句留言。那天，因为诸多原因，过于匆忙，没有完成这一个环节。艾伟回到宁波后，寄来了这张纸笺。这两行字，给予我无限的想象。

我想起了，因为这档节目我与不少老朋友相聚，也与不少新朋友相识；了解了作家更多作品后面的状态，也得知了不少令人唏嘘的往事。

我记得我与之对话的第一位是80岁的白桦先生，老人家戴着白色的帽子，穿白休闲上衣，穿了一双多彩的鞋子，状态很好。我戏称老人是"80后"，精气神足着呢。而我呢，因为是第一次出现在这样不小的场面，不免紧张，加之所坐的椅子略高了一点儿，所以，我的脚不能完全平放在地上，于是，我的听众朋友就看到我的腿不停地颤抖，声音也在哆嗦。而白桦老人很平和地轻声地与我说着话，我渐渐平复下来。这位令人尊敬的老人，历经了无法用语言表述的精神和肉体的灾难，而今归于"沉寂"。我们聊了《苦恋》，聊到了老人和老作家叶楠的兄弟关系，还有老人的家庭情况等。我的内心沉重，我想，场上的听众也与我一样，我和他们表达了对老人的敬意并祝白桦老人和夫人安康。没想到，回到上海后，老人很细心地用一张小学生作文格子纸写下了："为了给历史展示 / 一面勇敢的旗帜 / 于是 / 就有了舍生忘死的一跳 / 一条瀑布随即挂地绝壁上。"几年过去，据说老人的身体出了状况。

接下来的这位老人与白桦先生完全不一样，他年已八句但声若洪钟。当然，金敬迈老人年轻时是话剧演员。因为他的激情更因为他的传奇经历，引来了众多听众，那天会场爆满，并且，节目时间到了，听众仍然不愿意让老迈（几十年来大家对金敬迈的昵称）离场。风趣的老迈对着听众鞠了一个躬，说道：我感谢大家能听我这个老头子在这儿胡说一通，辛苦你们了！你们应该因家去休息了。那天，是一位朋友开车送我们到的深圳，然后我陪着老迈去东莞看朋友，所以忙得就忘记了让老人留下一句话。前不久，我打电话给老迈让他"补充材料"，他笑着说：一句顶一万句。

其实我一直想与几位年逾八十的老艺术家对话，但因为他们的身体状况及其他原因未能如愿，所以，我的目光转向了重温生活之美和人性之美方面的"70后"作家群。

我首先请来了河北的李浩，鲁迅文学奖得主李浩，我看重的是他作品思想的一致性，作品的个人化色彩鲜明。有意思的是，他是一个很细致、羞涩和易紧张的人。也许你会说：不会吧？他那么大的块头，羞涩？紧张？确实，节目开始之前，他说如果有何不合适的就让我提醒他。这么一来，我在整个一个多小时的过程中，有一些小小的不经意的动作都会让他紧张，看看我的表情，然后他才能继续下去。我们聊了许多有关文学创作的方法，以及西方文学的一些名著的阅读。结束后，他对我说：要写就不写一句话，写很多。过了好些天，我收到了他寄来的用宣纸写的许多的字，仿若一封表扬信。

接下来，自然就请来了徐则臣，实力派作家，这一位极为善谈，让我省了不少心。正因为他的能言，第二天，深圳大学又将他请去做了一次讲座。当年，我在《作品》杂志任编辑部主任的时候，他把一个短篇《镜子与刀》发给了我，我也给予了极高的评价，但却没有通过审核，这让我心里很不舒服，虽然不久这小说就在《大家》发了出来，而且产生了不小的影响，但多年过去仍然感觉遗憾。于是，我常想，一定要和他有一次很好的合作，可是这次合作最终不是在我编发的刊物上，而是这么一个场合。但好在我们都年轻，一定会有机会成为"最佳拍档"。他在我的采访本上写道："合作愉快！谢谢老姐，你比我认真。"这话没说错。这些年来，则臣的实力越来越坚实，影响力越来越大。我一直想着一个词：火种。这个词，则臣和李浩是懂的。

接下来我得将香港大学的老师葛亮与来自唐山的小公务员张楚放一块儿讲。与葛亮对话前，我通读了所有能找到的他的文字，很喜欢他作品中营造的艺术氛围，同时也考虑到听众的非专业性，必须要有一些文学之外的话题，有趣的是他的一位"粉丝"林培源（如今是清华大学的在读文学博士，格非教授的高徒）对我的某些提问的非文学性提出了意见，可见，年轻英俊的小葛老师的影响有多大。是不是香港来的作家与大陆的青年作家就是有一些不一样，新潮？节目一结束，他就问我是什么星座。之后，他写下了："张鸿老姐，真正见识到您星座的魅力。"张楚来时，葛亮从香港来到深圳，陪同了整个过程，正好那天我的朋友，甘肃的女作家习习也在深圳，他俩当了一回认认真真的听众。之后，张楚与葛亮与一众朋友去宵夜，我和习习回了酒店。想想，还是有一件事情没有做，于是我拨通了张楚的电话，让他回来时来一下我们房间，他大笑起来，说："葛亮刚告诉了我您的习惯性做法，他正在纳闷为何今天你少了一个让我留言的环节呢。"夜深了，他俩回来了，居然没有喝多。张楚写道："我们爱你，美女姐姐！"这话听起来真舒坦。第二天早晨，我们四人在一个酒楼饮早茶，刚坐稳，习习就对服务员说："请问，有小二吗？"葛亮和服务员同声问："什么是小二？"我和张楚愣住了，我对习习说："习习老师，您还想喝早酒呀？我真的为我是你的朋友同时还坐在这里而感到羞愧。"几个人大笑起来。那女汉子习习淡定得很："不是要分别了吗？喝点。"可酒店能拿来的都是大瓶的白酒和啤酒，就是没有小二（小瓶的二锅头）。白酒是不敢玩的，于是我们四人，就一人一瓶啤酒。张楚说胃不行，不敢多喝，他说，因为胃不舒服，估计已经吃下去了一双皮鞋了。哈哈，那时正说着问题胶囊的事情呢。他在那儿扭捏着，这边厢，葛亮已经一杯、两杯、三杯啤酒下肚，脸部从上到下以三分之一的进程迅速地红下来，最终让我们不忍让他再喝。相聚甚欢但无法约定下一次喝酒的时间。

说完了张楚的这一句留言，就不得不说马小陶了。一下子从"70后"就跨到了真正的"80后"。小陶是我在鲁院英语班的同学，我是她的班长，在与我一个多小时的抬杠过程中引来了听众众多的笑声，听众很喜欢这淘气的熊孩子。一到让她留言，她一看到鲁院同学张楚写的话后就迅速地写下："亲爱的班长，张小伟（张楚）已经代表我爱你了，我就祝你幸福吧！"还没落下在后面划拉一张笑脸。

那时正在努力地读宁肯的大部头书，于是就将他请来了深圳。他讲了他当年在西藏当老师的经历，讲了许多他的充满神奇的故事，还告诉了大家如何能更方便有效地阅读他这本书。宁肯的"三尺之上有神性"正是他那天讲座的主题，我们是否应该敬畏什么？

还有海飞的"路上有风景"、徐坤的"张鸿亲，给好评哦！"、葛一敏的"中央散文局秘书长，辛苦！辛苦！辛苦！"这每一个留言都让我感受到了留言者的不同个性，沉稳、淡定、俏皮，还有许多值得我回味的温暖。

他们，我的朋友们，生活在不同的地方，或者匆忙、精彩，或者从容、安宁。我们不常联系，但通过各种方式感知对方的情况，唯"愿汝永远天真，如屋顶之明月"。

一砚一江湖

友人送端砚一方，我不事书画，束之高阁。

去了多次肇庆，见了许多的所谓高低贵贱之端砚，越发喜爱这冷冷的石头。

今日收拾书房，我将高阁之砚从匣中取出，静置桌面。思顿后，将笔墨、纸张搁其侧。

一瞬间，山水氤氲。风雨飘摇，岸边芦苇低垂，戴斗笠的钓鱼老人气定神闲，小篷船静定，鱼竿虚置。我用手慢慢地摩挲砚石，冷石渐渐温润，质感越发细腻。

此砚为一本书的大小，色为深猪肝红，由不规则的一块石头打磨刻成，基本为长方形。砚边未经加工处理，砚面左边有一些凹凸，右边的砚面有一层石黄，正好雕刻家把它设计成了芦苇。右上角，钓鱼老人静坐小船头，其余的砚面，皆借石头天成之纹，形成了风刮起的雨丝。砚边刻成了大波浪形的水纹，俨然湖面。边角处刻着一枚印章：陈炳标。砚的背面也只是将其收拾平整，没有下什么大功夫。

观其砚画和印章，大巧若拙。艺术家如果不刻砚也当是一文人画画家。此砚气韵生动，之清灵之寒意又有儒雅之致，用笔疏简清逸，不作多余渲染。虽然鲜见刻画，然错落有度增加了砚的层次感。以石色当水墨，他随手刻画，山水人物皆传神，于温雅之中别有一种生拙之趣。湖天渺茫之景致，无波的湖水和明灭变幻的雨丝用留白烘托，湿而浑厚。端庄、方正，油润如脂，有一种与生俱来的高贵之态、清隽之气和历史感的画境。砚由石做，石不能言，人以之言。苦瓜和尚（石涛）在《题春江图》时写道："吾写此纸时，心入春江水。江花随我开，江水随我起。"真乃我此时读砚的心绪。

友人为端砚收藏家，大大小小，厚厚薄薄，各种形态，已过百方。我常去他的书房观砚，久之，他也就知道我的喜好。我越来越感觉到好的砚雕作品，艺术创意生发于砚料，构思紧扣砚料的形，一方砚是天成的面形、色泽、石品与人为的创意、艺术表现浑然一体的佳妙结合。因形生意，以刀代笔。写意，好比国画的手法，太过则为劣。制砚又全然不同于书画，是一刀一刀，慢工雕出的细活。

这位雕刻家的砚面画有着明代之陆治的画风，而陆治的山水喜仿宋人，勾皴劲健爽利，湿笔淡墨渲染，造成清远空旷的景域感，静中有动，意趣横生。以雕刀替代画笔，笔力是要重许多的。

我不知这位陈姓艺术家的情况，我也不知道这砚价值几何，但我拥有和了解了他的这一方砚，定当好好收藏。

　　说到藏砚，我倒想起一典故。米芾任书学博士时，有一天宋徽宗与蔡京在艮岳谈论书法，召米芾前来，命米芾写一幅大屏条，指着御案上的端砚让米芾用。书写完毕，米芾捧着砚台下跪请求："这方砚台已经被臣弄脏了，不能再送到皇上的书房里去，恩宠到这里打住吧。"皇帝听了哈哈大笑，就把砚台赏赐给了他。米芾手舞足蹈地谢过，随即抱着砚台急步退出，尽管剩下的墨弄脏了衣服但喜悦之情现于脸上，宋徽宗对蔡京说："米芾的癫名果不虚传。"蔡京进言道："米芾人品着实高雅，真是不可无一，不可有二"呀。是呀是呀，得好砚一方怎是一个"满足"了得。

　　这砚面的老人，是钓鱼还是看风雨，那只有他自知。他的静坐风雨中，倒是昭示内心湛然的一片光明海。内外明澈，顿觉真如。"一笑水云低"，说尽过去和现在。

　　风雨飘摇，不如归去，做一个闲人，一壶酒，一杯茶……

艾斯肯

面对着陪伴了艾斯肯 30 年的木帐篷、60 年的捕鹰杈、70 年的牛皮公文包，我在平静的老人的脸上寻找密密扎扎的生活痕迹和历史故事。

能够发现艾斯肯的存在，首先要感谢生活在也拉曼的金斯金，那时我已经住在他家好些天了。一天夜里，炉火正旺（10 月份以后，也拉曼的牧民就把炉火移进了屋子，火炉里燃烧着牛粪块，暖暖的，滚着一壶开水），我总觉着这大山脚下的小山村里也许藏着许多我不知晓的秘密，除了牛羊的生长，大山的沉默。看着我不停地发呆，聪明的金斯金半天不出一言，只等着我习惯性地向他发问。

"也拉曼有什么好故事？"我问。

"什么好故事？很多。你是想听关于牛羊的，还是想听关于草原的？"金斯金问。

"关于故事的故事，也就是关于人的故事，越老越好，越老越好，你知道的，最古老的故事，哪怕就是一个也行啊。"我说。

"比这个村子还老吗？"金斯金问。

"当然。"我答。

听了我的话，金斯金对着炉火也开始发呆，手里握着烟卷，烟灰从空中飘下来，落在炉火前，我感觉，金斯金正在穿越，在沉默里回到了他出生的那一天，然后，是他在炉火前长大，会说话，听到各种各样有关村庄的故事，他要从这些故事里搜索出我最想要的那一个。金斯金重新点燃一根烟，想了想，说："走，坐摩托车走，到庄子前面的那个人家去，他们家嘛有一个老人，是村子里最老的老人，我认识的，你去看看有没有你想要的故事嘛。"

坐在摩托车上，我真实地体会到了凛冽的滋味，风把耳朵都要吹走了，面部强烈地皱着的褶皱里，风把细沙打进去，又抽走，生疼，皮肤上起了一层层的鸡皮疙瘩。摩托车在积着厚厚的雪的泥地上跟跟跄跄地行走，高大挺拔的金斯金几乎是用脚支撑在地面让车往前挪，我在车后座前仰后合地配合着。就这么一步一挪地走了近二十分钟，金斯金的摩托车停在了半山坡上一个十分破旧的土院子前，土院子外面，用几根长长的铁丝围了起来，对着马路的一扇旧得失去了颜色的木门被一把大大的铁锁锁住了。

随着一阵狗叫声，一个年轻的哈萨克族妇女从屋子里走出来了。

"谁嘛？"她扯着嗓子问。

"来看你们的人。"金斯金回答道。

妇女笑吟吟地过来给我们打开院门，看到我，她用流利的汉语说："哎哟，这是谁嘛？该不是政府派来的人吧？自从十几年前政府派人来送过两袋大米外，政府就再也没有来看过我们嘛。政府都把我们忘记了嘛。"她的幽默感，一下子就把我们逗乐了。

进到帐篷里，抬头一看，真是吃惊不小，原来这个帐篷是哈萨克族人搭建的木帐篷，这种纯木搭建的帐篷，别说是布尔津县，就是整个阿勒泰地区也是罕见的，由于生活习性与汉文化的不断相融，现在，这种用纯木搭建的木帐篷几乎是没有了，我们看到的这个木帐篷，至少也有 30 年的历史。

在金斯金说明来意后，年轻的哈萨克族妇女快步走到门口，用哈萨克族语大声叫喊着："阿塔——阿塔——"，不一会儿，一个老人进来了。这一次，又把我惊得张不开嘴。大皮帽下，白发，白胡，白眉，老人无牙，瘦，长马靴，弓着腰，走路慢而迟疑，一双典型的哈萨克族男人的眼睛沉陷在眼眶里，笑的时候如果不用力就像是阳光刺着眼睛了一样有点睁不开的困惑。年轻的哈萨克族妇女冲着老人的耳朵用哈语大声叫道："阿塔，他们是来看你的。"说完，又笑着回头对我们解释道："阿塔的眼睛不行了，看不清楚，只能感觉光；耳朵也不行了，听不见，要大声叫，他才能听到我说话。我们的阿塔，他老了，老得不行了，已经 91 岁了。"

91 岁的艾斯肯老人当年是"新疆王"盛世才的部下。熟悉中国历史的人都知道，当年盛世才在新疆的所作所为，自然让他留在大陆的部下，最终都没有好的生活状态。当年，艾斯肯与大批的军人一道在盛世才随蒋介石去了台湾之后，就被共产党接管的当地政府"退役"了，他退役时军衔为上尉。多少年来，艾斯肯就过着我无法用语言言尽的苦难生活，熬了这么多年，仍然坚韧。看着老人那深邃的却几乎看不见物的眼睛，我这位曾经的新时代的军人，流下了眼泪。我问那位妇女一个很苍白无力的问题，老人这么多年生活得好吗？他听了她的翻译后激动了起来，说了一大段话。那女子笑着对老人说："阿塔，慢点说，我记不住了。"原来，这么多年来支撑他挺过来的是一个信念：他是一个爱国的军人，他也参加了抗日战争，他不是反动派。因为身份的特殊，他一直没有任何的待遇和福利，直到九十年代末期，他才获得了由中华人民共和国国防部、中国人民解放军新疆阿勒泰军分区司令部专门为他补发的退役证书，自发了退役证后，老人才开始享受参加过抗日战争的军人补助费，一个月领国家津贴189元，直到2005年之后，每年开始向上浮动一些，现在，老人每月可以领到退役军人津贴300多元了。

在老人去取他的宝贝的时候，年轻的哈萨克族妇女介绍说，老人名叫艾斯肯，是她的公公，她叫古丽巴合提·拉孜汗，是艾斯肯老人的儿媳妇，老人一共有八个子女，四个儿子，四个女儿，古丽巴合提·拉孜汗嫁给了老人最小的儿子别尔克波力·阿斯布后，老人就一直跟着他的小儿子生活了。我们看到的这个木帐篷，是艾斯肯老人60岁的时候搭建的，所有的木头都是老人从山背后的林子里亲自砍好背回来的。当时的年月，老人的儿子们要娶媳妇，没有住的地方，老人就搭建了这个木帐篷，用来给儿子们娶媳妇，儿子们成家了，过好了后嘛都分出去住了，到了小儿子娶媳妇的时候，艾斯肯老人家里有了新修的土房子，这样，艾斯肯老人就独自住在这个木帐篷里。小儿子现在在县城里打工，本来媳妇也要去的，但为了照顾老人和孩子，她就留在家里了。

和艾斯肯老人一起生活在这个木帐篷里的，还有安安静静地待在角落里的一个上了小锁的皮制公文包，里边放着跟随他几十年的永远无法抹去的那些珍贵记忆与珍藏品：1998年的退役补发证一本，中国人民抗日战争胜利60周年纪念章一枚，新疆退役军人特殊津贴证书一本，1949年出版的阿勒泰地区哈文版《少数民族抗日战争回忆录》书籍一本，四十年代部队军用水壶一个，这个真皮包是70年前部队统一发放的行军专用背包。我能明白，它们对于老人来说有多珍贵。它们，被老人颤抖着的双手从牛皮背包里掏出来，摆在我们面前，每拿出一样，老人就努力用语言描述着当时的情形。那本哈文书籍里，记录着当年毛主席为纪念参加中国抗日战争的少数民族军人们亲自提出的感谢词，那些少数民族军人的名字中，就包含着如今91岁的哈萨克族退役上尉艾斯肯的名字。据艾斯肯老人的回忆，1920年出生在阿勒泰地区的艾斯肯老人，由于家境贫寒，16岁时就参加了革命成了一名骑兵，于1945年跟随地方部队与苏联红军一起，共同参加了中国的抗日战争。

艾斯肯老人回忆说，那时候的骑兵就是没日没夜地跑，主要是负责前期的侦查工作，了解作战的地形地貌，为后防部队打响战斗作好地理环境的定点和定位，这样一来，军用水壶和牛皮包是离不开的，水壶里装着活命用的水，牛皮包里装着救命用的枪、子弹和干粮。说这些话时，艾斯肯老人热泪盈眶地抖动着双手一遍遍地抚摸他的牛皮包。我还看到了一小叠人民币，我说：还有钱。老人的儿媳笑了，说那是政府发给老人家的所有的补贴，他一分也不用就藏在包里。"是他的他就留着，我们不要。"她转身对着老人说了几句什么，老人笑了起来，阳光下，老人的笑容灿烂。

这时，儿媳古丽巴合提·拉孜汗会迅速地将放在桌子上的那把小铜锁套在牛皮包的锁扣上将包锁起来，然后，将钥匙交回给艾斯肯老人自己来保管。"他不放心别人，他也不放心我们，这个包，他平时从来不打开，只有来了人，要看看他的军功章时，他才舍得把包打开。这是他活了一辈子的命。"儿媳古丽巴合提·拉孜汗半是抱屈半是认真地拍拍牛皮包说。

"老人现在身体怎么样？"我问她。

"好呢，好得很，他没有什么病，就是牙不好，耳朵不灵，吃饭还可以嘛。"她说。

"那老人还干活吗？"我又问。

"干，闲不住，院子里有些小活，羊圈里嘛也有些小活，他都帮忙干的，有时候嘛，也帮我们看看孩子，怕孩子乱跑嘛。"她回答道。

话说到这里，艾斯肯老人忽然抬起穿着长马靴的双腿，费了点劲地爬上炕（他不让人扶），从墙上取下一个油光发亮的捕鹰杈，老人似乎已经忘记了他还穿着长马靴，直接站在炕头上，用手举着捕鹰杈继续回忆起来，一直说着说着。原来，部队解散时，政府将艾斯肯安置到了布尔津县，直到结婚后，他才搬到了远离县城的也拉曼村。那时候，家里孩子多，吃不饱，老人便想到了自己当兵时练习过射击，用驯鹰的办法到户外狩猎动物，这样，孩子们就可以增加一点肉食。说到这里，老人的眼睛里，流下了两串亮晶晶的泪水，这是一位老兵的泪水，令人唏嘘感叹又倍加尊敬，我陪着他流泪，恍若他是我的父亲。

临走时，艾斯肯老人握住我的手，一直不让走，说我来看他，带了这么多好吃的还给他钱，陪着他说了半天的话，还没有尝尝他亲手晾的熏马肉，一定要吃了熏马肉再走。他拉着我弯腰走进木帐篷，让我看高处两条绳索上挂满的风干的或者熏制的牛羊马肉和血肠，老人咧着嘴笑。虽然天还蒙蒙亮着，但也接近晚上十二点了，金斯金握住艾斯肯老人的手说："明年她还来的，你嘛，等着。"老人这才松了手，蠕动着嘴角算是答应让我们离开。

出了院门口，金斯金的摩托车发动了，我又跑回到院子里拉住古丽巴合提·拉孜汗的手也拉着老人的手，向她交待:"照顾好你的阿塔,明年我会争取再来看老人的。"走出大门口,我向着往我这个方向"看"的老人敬了一个军礼!古丽巴合提·拉孜汗也像一个军人一样回礼,笑着说:"我会像照顾自己的眼睛一样照顾他老人家的。放心。"

我这个军礼,是我这个曾经的军人向老军人艾斯肯表达的敬意,而这是老人最应获得的也是他乐意接受的。而长期生活在老人身边的古丽的这一个不标准的军礼,是生活给予艾斯肯老人最好的敬礼!

这是一个远在阿勒泰山脚下的名叫"也拉曼"的小山村的一位老军人的故事,所有乘车去喀纳斯旅游的人都可以看到这一个路牌,它在前往喀纳斯方向的左手边。人在,故事在,泪水在,荣誉在,就让这一切的存在述说也拉曼的岁月吧。

寂静的房子

　　这所寂静的房子，不是土耳其作家帕慕克用笔建造出来的。它真实地坐落于广东高明的一个小村子——西梁村。

　　八月酷暑，行走在高明的村落之中。龙岗山下，绿树成荫，我偶遇梁发的故居。典型的岭南民居风格的房子，坐东向西，水磨青砖墙体。挤在一群民居中间，逼逼仄仄，其貌不扬。一间堂屋、一间书房、一间卧房、一间厨房，面积不大，小巧精当，妥妥帖帖。

　　它的主人是梁发，中国第一位传教士、中国报业之父。他在这所房子里出生、成长、结婚、生子，他67年的生命中有一半是在此度过。这所房子，经历了喧嚣和隐藏的历史，也曾为混乱的声音所淹没，可贵的是它曾经充盈着暖暖的爱。

　　混乱的社会背景下，一座老宅子，无法保持它的安详。

　　这所原建于清代，毁于民国年间，现照原样复建的房子里似乎还回荡着母性的声音，"月光光，照地堂，年三十晚，尽欢堂……"袅袅绕梁。

多年前，我记住了《中国新闻通史》中的梁发；此外，我还记住了他，是因为在广州，我居住地的附近有一个叫凤凰岗的地方，不知是否当年有凤与凰栖息，但历史上在那儿有一个墓，是梁发的。后来墓被岭南大学（现中山大学的一个学院）首任华人校长钟荣光迁至怀士园内，钟荣光生前曾有遗愿，要求死后葬于梁发坟墓之旁，与之结伴为邻，这便是历史上著名的"岭大双坟"。根据《梁发传》记载，"岭大双坟"位于草坪中央，四周有石栏，南面是怀士堂，北面是珠江。如今，怀士堂成了一个小礼堂，小礼堂的北面确实是一片宽阔的草坪，但是已经没有丝毫坟墓的痕迹。

此时，我在高明，这站得高望得远的地方，这梁发的故乡，再一次记住了梁发。

在《中国大百科全书》新闻出版卷中，专门有一词条"《察世俗每月统记传》，19世纪西方传教士出版的第一个中文刊物，历史上第一份中文近代报刊。1815年创刊于马六甲。英国基督教（新教）传教士马礼逊和米怜创办，梁发作为传教士米怜的重要助手在马六甲参与创办并身兼刻版和撰稿人二职。"于是，梁发成为中国近代第一位报人。

梁发由于当年传播基督教而受到清廷追捕和驱逐，儿子又为鸦片战争的英方担任翻译，所以他一直背负着"洋奴"的指责。历史上，唯一对他著书立传的英国传教士麦沾恩。他借助曾在广州传教之便，搜集梁发材料，写了一本《梁发传》，并于1930年在广州出版。他写此书是因为这位在国外有着赫赫名声的中国第一位传教士的身世鲜为人知。

历史，常常在伸手覆手之间将一个人的命运玩弄于指间。历史，亦如一张硕大无边的棋局，将无数人的生命任意摆放在某一个角落。一不留神，便被岁月蒙上灰尘，湮没于历史的荒冢古道。在历史落幕的一百多年间，在高明，有谁会记得有一位堪称历史功臣的生命曾遗落其间？没有人会记得，当林则徐在虎门升起猎猎硝烟风旗的时候，在这之前，早有人将鸦片丢弃在中国人性解放的黄榜上。"苟利国家生死以，岂因祸福避趋之"，当后人声情并茂地吟咏林则徐的经典格言时，他们却怎么也没有想到，一个关键的人物被他们从意识里除名了。这个人就是——梁发。

白云苍狗，时代风云际会。在这酷暑之时，游走于昔日的故所，一种幽然的历史凄楚感却扑面而来，令人在这炎炎之日沉湎于历史的种种纠结和感人之处。所幸，今日，梁发，一个在中国被埋藏了200余年的名人，已被列为"岭南109位先贤"之一了。于此非常之时，遥想当年长者遗风、缅怀历史往事，也就显得箭在弦上不得不发了。

梁发，生于乾隆五十三年（1788年），卒于咸丰五年（1855年），原名梁公发，世称梁阿发，简称梁发。清嘉庆五年（1800年），梁发11岁，进村私塾读书，15岁辍学，只受过4年的私塾教育。1810年，梁发在高明同乡于广州开办的雕版印刷厂工作，四年时间，他成为一名技艺精湛的印刷工，还练就了一手好字和通畅的文笔。这些都为他以后传教和成为一位报人打下了良好的基础。经广州十三行"东印度公司"华人蔡卢兴推荐，认识马礼逊，这成为他人生的大转折。梁发为马礼逊雕印《四福音合参》《使徒外传》及保罗书信手稿，接触的是耳目一新的基督教思想，开始受到熏染。然而，促成梁发对这一宗教思想形成一种信仰的应该是马礼逊的助手米怜。他使梁发戒除一切陋习如聚朋豪饮及赌博等，得到了一种向上的引领。

因为清朝政府对米怜的禁止居住，梁发跟随米怜到了南洋马六甲。两人惺惺相惜，梁发协助米怜创办了中国近代第一份中文报纸《察世俗每月统记传》，1818 年又在马六甲创立第一间中英文学校——英华书院，因为梁发熟读四书五经，成为学校的中文教师。在马六甲期间，梁发还为米怜雕印了中文版耶稣传《救世者言行真史记》。1818 年 11 月 3 日米怜以基督教的仪式给梁发施洗，从此梁发成为真正的基督信徒。之后，梁发回到家乡，与黎氏结婚，次年为妻子施洗，黎氏成为第一个受洗的中国妇女。因为散发福音小册子，梁发被捕入狱，后因为马礼逊的出面干预才得以释放。随后他又回到了马六甲。

起初，梁发协助米怜在马六甲创办的是《察世俗每月统记传》中文版，后来增加英文版、马来文版，梁发在排版过程中，接触并掌握了西方标点符号的运用。梁发又把这些标点符号运用到中文期刊中，这是一个极其重要的革新和创造。《察世俗每月统记传》停刊后，他还参与出版了《特选撮要每月统记传》《天下新闻》《东西洋考每月统记传》。十多年后，梁发因派书传教受挫而漂泊到马六甲后，他又为在这里传教的牧师麦都恩创办的中文期刊《特选撮要每月纪传》供稿，并与之一同编排。也正是因为梁发在开拓中国报业的重要贡献，他以"中国报业之父"的身份被载入中国新闻史册。

1822年米怜去世后，梁发又回到中国，带着他在马六甲写成的布道书《救世录撮要略记》去广州十三行拜见马礼逊，马礼逊非常欣赏他的认知和通俗易懂的语言，决定印刷出版200本。这部书被认为是中国人所作所印的第一本布道书。此后，他在马礼逊身边从事传教工作。1823年，回到马六甲的他帮助出版了马礼逊和米怜翻译的首部完整版中文圣经（《新旧约全书》）。同年，马礼逊为梁发3岁的长子梁建德施洗，且在澳门，马礼逊回英国探亲前，亲手按立梁发为宣教士，梁发从此成为一位华人神职人员，领差会工薪达30余年。

与此同时，梁发也开始撰写书籍和小册子，向人介绍基督教信仰。最为著名的当属1832年出版的《劝世良言》，此书共九本，内容有信仰教理、圣经注释、宣道讲章、护教辩道等章节，洋洋洒洒10万字。这书是专门写给那些到广州参加科举考试的秀才们看的，这秀才之中，就有洪秀全。

1836年，洪秀全再次到广州应试名落孙山时，邂逅了一位传教士在传布福音，得到几本一套的小书，题为《劝世良言》。这部著作对洪秀全的未来起到决定性作用。洪秀全更是按照《劝世良言》，自行"以水灌顶"，作为洗礼的决志，承认自己是耶稣的门徒。此后，洪秀全创办"拜上帝会"，在今广州花都乡间聚集信徒，1851 年建立太平天国。《劝世良言》也许在无意识之间就成为一本影响近代中国的著作，梁发富有中国色彩的神学思想也由此传播开来。

研究太平天国革命的中外学术界人士都非常重视梁发当年的《劝世良言》对洪秀全萌生创建拜上帝会的思想，以及后来太平天国运动的唤醒作用。

洪秀全，在中国近代史上重重地写下了一笔，但这一笔中没有出现梁发这个名字。

在 19 世纪的中国，外来传教士本质上的错综复杂，使得人们对与之常交往的梁发众说纷纭，历史评价难以定夺。但任何事物都具有两面性，后人们是否应该以历史唯物观来对其历史价值予以考证？中国从封建社会迈向近代化的趋势迎合了外国传教士来到中国传播西方资本主义文明，兴医办学办报纸，引进先进文化技术。但是侵略者的立场意在建立殖民地统治，压榨中国民众，纯粹唯利是图，变本加厉，所进行的强盗性的蹂躏与掠夺。这一切是不争的事实。

在这种背景下，后人研究梁发，不应局限于他从事的宗教神学方面，而应看到他给中国带来的是基督教文化，促进了中西方文化交流，兴医办学办报纸，促进了文明进程。中国的近代史能够不写上梁发的名字，但不能不写上梁发所著的《劝世良言》，在发展溶化于大世界的今天，更不会忘记梁发所开拓的放眼看世界的思维模式。

那个年代，做基督徒需要付出极大的代价。当时清廷禁教，皇帝颁诏禁止中国人信仰基督教，并且严禁印刷和分发基督教书籍。1834 年，在清政府的严格监控下，梁发的信教传教、印刷基督教书册等都要冒极大危险的。而当时中国人又"人心傲倨"不愿信教使得梁发的布道极为艰难。

为了躲避追捕，梁发曾数次逃亡，最后他带着儿子梁建德逃到马来西亚和新加坡。在这段流亡南洋的生活中，梁发看到不少华人吸食鸦片的惨状无法忍受，写成《鸦片速改文》，印成单张派送，宣传戒吸鸦片，指出鸦片的危害，还呼吁在华的外国朋友写信回国，劝说国人勿再参与鸦片贸易，杜绝毒品根源。面对自己经历和看到的一切，梁发沉静地在书信中写道："我知道传扬我主耶稣基督福音的人必然要经受逼迫，尽管我不能与保罗和约伯相比，但我却愿意效法先圣，让我的内心常存平安"。

1839 年，来广州禁烟的钦差大臣林则徐因身体不适岭南气候，到梁发工作的博济医院看病。梁发在做翻译的同时，与林则徐聊到了禁烟，并把自己两年前写的《鸦片速改文》呈给林则徐。林则徐喜出望外，并采纳了文中禁烟的建议。后来，梁发把曾给英国人当翻译的长子梁进德推荐给林则徐当翻译。梁进德此时的工作非常重要，不仅每天要为林则徐翻译澳门、印尼、马来西亚出版的英文报纸和商务信函，还翻译一些世界地理、科技文化资料，让林则徐对国外的国情有了更多的了解。《四洲志》《海国图志》就是梁进德受林则徐之命翻译国外书籍、资料编著而成的。梁发因多次被林则徐召见而成为幕僚，他们父子利用一切能想到的社会关系，为林的禁烟献计献策，出钱出力，希望偌大中国不要为鸦片所戕害。

我们清晰地知道，梁发理应是中国禁烟倡议第一人。

在英国人大兵压境，准备发动鸦片战争前，笃信基督教的梁发依然恪守"国家兴亡，匹夫有责"的古训，不忍见双方干戈相向。于是到十三行找到马礼逊的儿子——时任英吉利国驻广州领事的马儒翰。当时，梁发还是清廷缉拿的在逃"要犯"，冒着生命危险，他和儿子梁进德向马儒翰苦苦谏言，希望他能尽一切努力说服英军统帅义律不要发动这场战争。他曾对马儒翰说，如果英政府派遣军队到中国来，杀害中国人，那么中国人此后再也不会接纳圣经和英国传教士了。但他们面对的是帝国的强大的利益，最终未能阻止这场战争爆发。

林则徐禁烟，世人皆知，可其中，仍然没有梁发和他的儿子梁建德的名字。

梁建德对世事失望了，他失望的还有心中的上帝。

鸦片战争后，1843 年英华书院随伦敦会宣教中心迁移新殖民地香港。梁发父子也迁居香港。当时梁进德任英华书院校长理雅各助手。他在鸦片战争中尤其目睹外国某些传教士直接参与战争蹂躏中国人的罪恶。这个第一位受洗礼的中国婴孩从此开始怀疑基督教，进而，梁进德开始彻底脱离基督教。以后梁进德协助总税司设立中国海关，受任潮州分卡秘书长及代理卡长直至 1863 年去世。

梁发，他一定没有想到他的思想和行为直接影响了如此多的人，洪秀全、林则徐、魏源、容闳等。此外，这个名单是可以加上孙中山、詹天佑等人的。也许，我们可以说，在某种程度上，他的作为直接影响了中国近代史的书写。

我也因此沉郁，梁发，一个对中国近代史有着如此影响的人物，一个推动了中国近代的文明进程的人士，一个有着爱国心的知识分子，为何会落得一个鲜有人知的场面？即使在故乡，也是知者甚少。据西梁村的一个 86 岁的梁姓老人说，因为怕受到牵连，当年，村里都不希望梁家人回乡，甚至，只要他一回来，就有人报官，他们一家人只好漂泊在外。十几年中，他辗转马六甲和港澳，在这些地方坚持办期刊，影响民众。

斯人已殁，风范犹存。陶渊明说："死去何所道，托体同山阿"。当我们还在为某个人的际遇唏嘘不已之时，历史已经湮没于滚滚的尘埃之中。对于历史的沉疴，凭谁也无法改观，江河东流亦是历史必然。只是，当我们站在历史的某个节点，站在过去与未来之中的今天，扶手往昔之时，是否能还原一个真实的生命脉络？

还是在高明。此时，我眼前看到的一坐教堂的废墟，这是 1828 年梁发和赵天青开设的第一所基督教的私塾，既是小孩子读书的学校，也是早期的新式教堂。

"滚滚长江东逝水，浪花淘尽英雄。"梁发是否是英雄，这有待历史的公论。时间能证明一切，但人们要经得住时间的考验才行。

好在，好的时代能让一座宅子焕发生机。

如今，高明，这思想解放的"高明"之地，准备兴建梁发纪念馆，让他的后人、传人们可以到西梁村"寻根"。让名声行走在欧美大地上的梁发魂归故里。

时逢盛世，"要光就有了光。"

正如，基督教布道书有句名言：早晨要撒你的种，晚上也不要歇你的手，因为你不知道哪一样发旺；或是早撒的，或是晚撒的，或是两样都好。

寂静的房子。种子发芽，开出馥郁的玫瑰。

郁孤台下一萍飘

　　赣州予我的印象是片断的。一口冬天氤氲的古井，一架岁月流经的浮桥，一段写满故事的老城墙，一位踽踽独行的谦和老人。赣州，安稳、淡定，似乎是一位睿智的老人，站在那城边不高的贺兰山上从容四望，有郁孤之高却无孤郁之气，那么亲切。

　　在赣州，我认识了一位老人。不对，应该说早在到赣州之前我就认识了这位老人，她是我的一位作者。今年春节过后，东莞的一位朋友发给我一篇散文稿，说是一位年近九旬的老人写的。正因如此，我更认真地读这篇文章，但有好多处我没有读懂，于是我问那位荐稿人，这些我弄不明白的是什么语言？他说也没有读懂。想了好一阵子，我料定这文是以客家方言来写的。我找来一位客家人朋友，让他帮我读几个段落。哈哈，这文写得野趣十足，极有味道。我对这位老人感兴趣，指不定我能培养一位"老作家"。在2013年第五期的《作品》杂志上，我将她这篇文章编发出来，标题是《夏夜》，作者是蓝一苹。

世事无巧不成书，六月我就到了赣州。与赣州本土作家简心一提及这位老人，她居然与她相熟，于是，当晚我们没有与老人联系就去拜访她。老人住在福利院，她似乎预感到有朋友来访，很晚了也没有休息。她说："我怎么也不想睡，感觉会有人来看我。"

老人名为"蓝一苹"，可现在成了"兰一萍"，我问为何？她告诉我，她当时迁入户口时，办事人员说："怎么会有这样的姓，肯定不对，于是就成了'兰'。"办事人员还说："'苹'写错了，应该是'萍'。"于是，一个极雅致的、爹妈给的名字"蓝一苹"就成了今天身份证上的"兰一萍"。

我惊奇于生活在赣南腹地的蓝阿姨为何操一口京腔，韵味十足？

蓝阿姨的祖上是满族，爷爷是宫里的太医，生活在北京，所以她出生于北京。她的童年一直跟随着爷爷和大爷（大伯）生活。大爷聪明，多才多艺，手也巧。她跟着大爷学了不少好玩的东西，还学了英语。

她小时候没有玩伴，只能自己和自己玩儿，现在老了还喜欢玩玩具和各种小玩意儿，基本上都是自己动手加工改造。她回忆起小的时候，妈妈扔几块布、几个烟盒子让她自己玩去，无聊了她就去爷爷书房里看医书。《本草纲目》，还有好多线装书，有字有图，很好看，就那样她就开始认字了。爷爷很奇怪，这么一个小孩子怎么就认得字了呢。识字一多她就爱看小人书，有《儿童时代》《小朋友》《小学生》，有商务印书馆的《东方画刊》，有丰子恺的画集，还有叶浅予的画。有一回她对大爷说那个姓叶的画的美女呀，手指翘翘，多柔软呀，实在是喜欢。大爷就拿起一支笔手把手地教她画。多少年后，她一家子在"文革"中下放到于都县，没有纸也没有笔她就用卷烟纸和木炭画下了当时住地门口的一个场景，两个小桥成丁字形，一个土坡子还有一棵大树。孩子们一看可惊奇了，原来妈妈还会画画呀。

她下放的那个地方缺水，村民家家一样穷得叮当响。可老百姓对她好，好得让她受宠若惊。阿姨对几个孩子说，如果她去世了有抚恤金的话就要给那个小学建一个图书室。那里的孩子多纯朴哟，天老爷呀，吃到嘴里的东西都会拿出来给她吃。那些孩子教她发了工资不要乱用，去买锄头时喊上他们，他们带她去那个好的地方去买，不要让人骗了钱。她被请去村民家吃茶，有果子、点心吃，都是村民自己种植的家产品，小孩子在外面就告诉她要多吃花生、吃米果，不要吃芋头干、萝卜干。阿姨说着说着声音哽咽："我只是在那里做一些极简单的农活，百姓照顾我不让我做。在那里我享受了最高的待遇，到那里的第一天，正逢上农民收割，分给我三百斤芋头，三百斤番薯，我不敢要呀，他们说我命好正碰上收获，我是毛主席的人也是他们的客。后来我就把六百斤芋头番薯放在大队部，大队开会时就让他们吃。这样一来，村民就对我们更好了，还分了我们一块地种菜，他们常来帮助我们种菜。每一家杀猪我们都有肉吃，每一家扎米果我们都有米果吃。现在的农村是变了，但还没有离开根本。后来我上调回到学校以后，做回了我的本行。他们还是会来看我，来城里赶集赴墟的时候总会放把菜在我门口，我也不知道是谁放的。是一大早菜新鲜的就送来了，而不是傍晚卖不掉的给我。我下了课一看门口放了一大堆菜，眼泪都止不住，感觉自己犯了什么错误似的，委屈。我真是感动，受之有愧呀。"

阿姨说她曾经写过一篇有关农村妇女生活的文章，感慨于她们怎么那么能干呀？她隔壁的一个妇女，将有毛的芋头放在门口的一个石臼里，脚穿草鞋，顺着石臼用脚踩芋头，手上用锅刷子刮芹菜叶，下面用竹匾托着，五分钟都不用，芋头也没毛了，芹菜叶也刮好了。再过一会儿端来碗米汤，米汤上飘着芹菜叶子，又香又好喝又好看，真是做梦都会想起这个香味。搓麻织布做蚊帐纳鞋底，那个能干哟，城里妇女绝对无法比。一分钱不花，就可以把所有的农产品都做得好吃，吃了还想吃。不是为了吃，而是佩服得五体投地。停顿一会儿后，阿姨接着说，想想我自己，有一点不如意还很不耐烦，看看人家。

那时候，蓝阿姨下放地的隔壁大队也有一户下放的家庭，夫妻两个都是工程师，过年分一斤花生一斤油。可蓝阿姨，老表家分多少她就分多少，一大锅的花生油，抬都抬不动，只好全家一起出动。哪怕是当种子用剩的花生，他们也同样给我一份。阿姨也不晓得他们为什么这么好，她一直在强调"真的不知道"："他们的生活也那么困苦，可他们对外来人还那么好，我承认要是我我做不到。"

说起老人住在福利院，我有些不好启口，她感觉到了。她说现在的人的观念要改一改了，住在福利院、养老院没有什么不好。她爽朗地笑着说："我愿意住在福利院，我把这小屋子收拾得干干净净，我不愿意别人误解是我的孩子们没有良心，把老娘搁在福利院；我不愿意让人误解我是一个没有要的老婆子，所以我一天到晚开心得很，哈哈大笑。我这儿经常有好多大朋友小朋友来，小朋友一来就喜欢我的小玩意儿。我就给他们出题目，答对了就给他们一样小奖品。我在一元店里买好多这样的小玩意儿。没答对就让他们趴在床上，把屁股撅起来，打他们的屁股。"老人开心地笑了，笑出了眼泪。

老人送我一幅小木刻画，是她在一个小店里看到的，喜欢就多买了几幅。她说，这是你的家乡的景致吧，白桦林。我告诉她，我的家乡在北方的海边，没有白桦林，但这幅小木刻我很喜欢。老人说，白桦树，北方人也叫它"老等"。这个掌故我第一次听说，让我内心生出了一些苍凉之感。

酷暑之下，老人的房没有安装空调。我问她热吗？她说不习惯空调，尤其是不喜欢关门关窗。这引发了她的许多话语，阿姨说她不怕冷，孩子们小的时候家里穷，没鞋也没有袜子，当妈妈的自然也不能穿，所以养成了穿得少的习惯，就是现在的冬天她也不穿袜子。再冷也不用电热毯也不用厚被子，两床薄薄的被子就过冬了，但不感觉冷。把身体的热保护好了就行了，穿得多并不一定就暖，越怕冷就越冷。阿姨生过9个孩子，也没有什么坐月子吃什么补品，虽然与日子穷有关系，但主要还是观念问题。她开玩笑说，你看那野生动物有公费医疗吗？小兔子小鹿子病了还不是自己弄一些草药就治好了自己？母猪生崽它哼哼了嘛？这就是一个感觉，你认为疼就疼，你认为不疼就不疼，不去想就没有感觉，这叫自愈能力强。

当然这与身体素质有关。在北京的时候，家是四合院，她还很小，冬天，爷爷早上5点让她起床，站在院子里吃半斤肥肉喝半磅牛奶，坚持了几年。所以现在练成了老人的好身体。说到子女与父母的关系，老人说："儿子的钱我从来不要，寄一千还一千五。我一辈子独立，老的不赖小，自己想怎么样就怎么样，自在多好。年纪大了，牙口不好，不想影响孩子们的工作和生活。换位思考大家都好。"

阿姨的爷爷是晚清时的太医，医术精湛，兴趣广泛。爷爷对她的教育方式很独特，从不打骂瞪眼，也不娇惯溺爱。阿姨五岁时，他们一大家子到了晚上就开家庭音乐会。爸爸拉小提琴，叔叔吹笙，大姑吹箫，小姑姑弹风琴，老爹（最小的叔叔）弹月琴。爷爷规定天天晚上要演奏《满江红》《苏武牧羊》。吃完饭，爷爷咳嗽一声，音乐会开始。开始她听着也没啥感觉，听的时间一长，就懂了一些，会哭。爷爷就问我，怎么了？我告诉爷爷，苏武好可怜，那么老，一个人待在那么一个地方，没有人说话，又冷又饿，为什么呀？爷爷就会咳嗽一声，音乐会结束了。现在想想，爷爷其实是用音乐来进行家庭教育。阿姨从来没有见过哪个家庭是这样的教育方式，太特别了，而且这种教育决定了她的性格，再也改不了，那就是绝对不会做汉奸叛国。后来爷爷做了汉口市市长吴国桢家的家庭医生，一家子搬到了武汉，大爷去了吴佩孚那里做事情。这一生，爸爸是会计在另一个地方工作，顾及不到她，爷爷给她的影响最大。她的一生就这样一直处于动荡之中，有现实的动荡也有内心的动荡。

阿姨说起她曾经在吉安生活过，十几岁时，给共产党的一个刊物投过稿也发表了，但是标题给改掉了，她很不满，就找到那个编辑部去理论。当然，改是改不过来了，他们鼓励她继续写，写出好文章。阿姨说当时她还见到了那个刊物的主编，据说是一个很有名的人，可惜的是那人的名字她没有记住，后来也没有见过。

日本鬼子来时蓝阿姨已经结婚了，她和婆婆逃到会昌。有一天外面敲锣，她在楼上往外一看，有一个木笼子，上面挂着一个人头，长头发，脸惨白，眼睛闭着，原来是抓到了共产党，把头剃下来游街。她彻底吓蒙了，刺激不小。

阿姨继续说着，断断续续。她说起大爷离开吴佩孚部队，应该是参加了共产党，可至今音讯毫无，她说起他的小叔叔为了"信仰"离家出走，音讯全无。"那天，小叔叔去参加聚会回来，竹白色的衣服上滴满了鲜血，他说是那些高挂的共产党员的头颅滴出来的血，滴在他们的身上。他在家摔东西，和爷爷奶奶发生了争执，然后就走出了家门。其实他是不明白不理解爷爷呀。"

话题有一些沉重，老人眼里满含泪水，我也一样。我转移了话题，仔细观看老人房间里的小摆设，这都是她收集来的漂亮的废品，然后把它们拾掇设计成一些艺术品，将它们送给朋友或者去交换其他的小玩意。老人的柜子门上贴着一张航母的照片，她连连说太好了太好了，为祖国的强大而自豪。

这周遭许多的小物件，使得整间屋子显得温馨，有着小女子的温婉之气。老人听我这么一说，哈哈大笑，说起了她家的一个故事。她大儿子处了一个女朋友，要上门来看看。家里只有极简单的床和桌子凳子这些东西，要给女孩子留下一个好印象怎么办呢？她就到合作社求着售货员卖给她几尺绿布，给桌子凳子做了罩子，贴上小花小动物，还用黄泥巴塑了球王贝利的头像，涂上颜色，哈哈，姑娘可喜欢了，兴奋地说这些我都喜欢。她的儿子后来对她说："妈，这个媳妇是你骗来的。"

我们的交谈是愉快的，后来我略知老人的些许情况，她早早地失婚，一个人苦累拉扯大了 8 个子女，如今，个个生活还都不错，有自己的事业。临别，我抱了抱她，说，好好活着，我还会来看您。我们下了楼，天大黑，她的剪影印在二楼，一直印在那里。

老人蓝一苹的一生到底有怎样的经历，我不清楚，我也不必清楚。我只希望老人如她所言，平安、快乐地生活于这一安稳的小城。

每位老人都是一部书，有厚有薄。有的可为历史经典传承于世，有的可为家族记忆，成为小历史，都有存在的价值和意义。

我们曾经谈到了她的那篇散文《夏夜》，一个北方人用客家方言写的文学作品。我们回想着那布满星空的夏夜里，风轻吹，水静流，生活继续。一切都如青萍之末。

牙香街的女儿香

"这是一个快乐的果林，飘溢着香料的香气。"这是一首翁布里亚人写于 1352 年的诗 CursurNundi 中所描写的天堂的景象。产自于东方的香料，西方人认为是生长于天堂之物，甚至被认为是接近福音真理的东西。

在东莞寮步，这个馥郁之地，我不是来寻找那不切实的天堂，只是要找到牙香街，找到传说中的女儿香。

"女儿香"，是莞香的一种，她的词面就很香艳。而莞香是以地域命名的一种沉香木，沉香又有一个名"牙香树"。沉香的用途广泛，它的树脂可制成香料或供药用，木材可制线香，树皮可用来造纸。女儿香是莞香中的极品。也是种香人家的女孩儿在晾晒香木时，选中一些精细靓纹香木，切割成小块，或藏香于衣袖，或挂于胸前，香木浸透女儿之体香，而油亮浓香。香农家的女儿把自己珍藏的香拿到墟市换来喜欢的物件，从而引来那些追香慕名的男儿以重价购之，于是便有了"女儿香一片万钱，香价与白金等"的历史记载。

莞香莞香，自然是以东莞之地名命名。东莞寮步，古称香市，是因早在宋明时期，久负盛名的"莞香"集散于此。明末诗人屈大均所著《广东新语》卷二"四市"记载："东粤有四市……一曰香市。在东莞之寮步。凡莞香生熟诸品皆聚焉"。（寮步香市与广州花市、廉州珠市、罗浮药市被称誉为广东"四大名市"）。那条史上有名的专事买卖莞香的街市自然就命名为"牙香街"。

当年各路香商、药商、香客、文人雅士、才子佳人慕香而来，云集牙香街，整条街终日人声鼎沸，香气缭绕。而今，外地人来要找到牙香街，不是一件容易的事情。

终于，我们找到了这一条安静的，空空小街。小街狭窄弯曲，只容三人并排行走，约100米长。

在牙香街的一间小院里，我们见到了一位已经80多岁的老奶奶。她正在院子里吃饭，一椅一凳，凳子上放着一碗菜。我们和她聊起了莞香，81岁的老奶奶指着院门口说，"现在牙香街已经没有香卖了，几十年前，可热闹了。那时来买莞香的人多，村民挑着大担大担莞香来卖，巷道两旁摆着满满的都是莞香。那些卖莞香的人一边烧莞香，那时的牙香街真是好香。"老奶奶说，她家原来也是来这儿卖莞香的，她小的时候，也会帮父亲卖香，识得什么样的香是好香。后来父亲就在这街上买了这间屋，一直住着。现在她和儿子一家住，几个儿子家都不卖香了。

老人身上挂着一块香木，油亮油亮，我们问老人是不是莞香，她说是女儿香，一直挂在她身上已经快70年了。她自言自语：这是不卖的，是我老豆（父亲）给我的。她用布满岁月的手细细地摸着香块，眼神飘向了远处……

现在真正有莞香卖的地方已经不在牙香街了。走出牙香街，在街口的塘边市场，我们见到了香佬李和他的女儿。香佬李是电白人，采香制香卖香已经 34 年了。他曾经在东莞市区、茶山、樟木头、大岭山等地销售莞香，今年专程来寮步老街卖，主要考虑寮步香市有着悠久的历史，寮步人有烧香的传统。他的三个女儿两个儿子，三个已经上了大学，参加了工作。他几个孩子都会加工莞香。在店里，李家的大女儿给我们点燃了一小块莞香木，还端出了他们自己研发的莞香茶。

李家大女儿是学法律的，在北京读的大学。工作几年后，她发现还是喜欢和父亲一起"侍弄"莞香，于是放弃了工作，来到了寮步。每天，对着这些香木，她开心，看到父亲采回来的新香木，她兴奋。她着力于"香佬李"这个莞香品牌的推广，自如地应对各方媒体的采访，对莞香的历史侃侃而谈。她告诉我们，一定要有品牌意识，但又一定要立足于民间，这样才能发展得更快更好。她借助互联网、媒体来宣传她的父亲，"父亲就是我们家的品牌，是莞香的品牌，是我们的莞香茶的品牌。"她热情地再为我们续上莞香茶，她问我们有没有品尝出茶的那种特殊的味道？她说这茶不光好闻好喝，还有一定的药用功效，有保健作用。

我们看到她的颈项上也挂着一块莞香，她大声而娇嗲地对着父亲："阿爸，他们问这个。"然后，很羞涩地说，这是父亲为她挑的一块好香，不卖的。

"女儿香"在清朝时期，是专供皇帝的贡香。而今，女儿香在民间氤氲。一代代莞香熏陶的女儿们，再没有生活在"兰馥易迷蝴蝶梦，脂浓深透鹧鸪斑，一炉领略绕滋味，几净窗明好伴闲"的情境之中。她们活跃在香市寮步这个生机盎然的地方，点缀生活也推动生活，她们不虚妄和空乏，她们品香论道，读书论画，她们安然而知足地面对所有。

手捻一香，"窗延静昼，默坐消尘缘；将无限意，寓此一炷烟。"

山高谁为峰

这个散文写好后，我一直搁着，总感觉有一些缺憾，言而未尽。

我与远在帕里的贺烈烈联系上，我在那里体验生活时，一直想与他聊聊，但没有机会。他给我发来邮件："也许给您发完这篇我这边就完全停电停网，刚入冬，10086就短信通知大家暴雪黄色预警，不知道一两周后气候会变成什么样子；不过单位的条件很好，锅炉房也运行起来，整个宿舍都不冷，制氧站每天向宿舍供氧气2小时。"

王艺儒在微信里告诉我：张老师，帕里下雪了！

虽然这两位年轻人语气里满含兴奋和知足，但我知道，下雪，就意味着给他们的工作和生活增加了不小的难度。

2014年8月，我和几位作家到西藏自治区公安边防总队日喀则支队帕里边防派出所体验生活。帕里位于喜马拉雅山脉群山之中的亚东县境内，常住人口2000余人，面积361平方公里。不光是大中城市外来人口多，就是这个远在天边的小镇现在生活居住在此的外来人口也不少。

帕里镇最初的发展，缘起于移民。200多年前，位于西藏南端的帕里草原上只有几户牧民，后来从各地来了一批批移民，有逃来的农奴、有传播宗教的教徒、也有一些寻找机会的商贩。人多了，帕里开始有了贸易，到了20世纪初，帕里已经发展得有些规模，成为西藏的一个"宗"（旧西藏行政区，相当于现在的县）。

帕里镇俯瞰孟加拉平原，自古为藏南军事重镇。与不丹一山之隔，扼居亚东通往腹心地区的第一道咽喉，通往锡金、不丹、印度的交通要道。当年亚东商埠鼎盛之时，帕里成为四面八方的中转站，"帕里"的名字也随着往来的商队传遍世界，历史上就有"世界第一高城"之称。

我曾经当兵多年，与部队有深厚感情，加上我一直对边防军人有一种由衷的敬慕。25日，我毫不犹豫地从平均海拔11米的广州直飞海拔3650米的拉萨，第二天一早乘火车到达海拔3800米的日喀则，午饭后乘中巴到达目的地，海拔4300米的帕里镇。这种海拔高度地直线上升，我想，再好的身体也得要有一个适应期。

到达帕里的傍晚，我们已经穿上了干警们的军棉衣，窝在他们自建的玻璃阳光屋里，一动也不想动。教导员师胤嗣让我们出去看卓木拉日雪山的落日，我们也提不起精神。《解放军文艺》的副主编殷实坚持不住，发烧躺倒了，接着，《人民日报》副刊的"80"后小伙子虞金星也躺下了。剩下了我、《西藏日报》的女编辑杨念黎和正在西藏挂职的中国作协的程绍武。其实，我一到拉萨已经有一些不适，到了帕里就感觉很不舒服了，尤其神经刺疼。我也算是一个户外运动爱好者，有着多年的西南高原行走史，但这次居于海拔这么高的地方多天，还是第一次，我真正感受到了高原反应是怎么回事，胸闷、气短、呼吸不畅、失眠。在我的强烈要求下，随队医生小曾给了我一盒止疼片，几天时间里，这一盒药片被我消灭殆尽可神经刺疼依旧。我只能无奈地对大家说：没有办法，我就是这么一个女神（女神经病）！

我裹着棉衣，倚在圈椅里，看着墙上官兵们自己制作的"梦想墙"，每一个军人都写出了自己的梦想，贴上了照片。我对名为龙熙的干警产生了兴趣。但我并没有在所里看到这个小伙子，他休假回家了。众多人中之所以他会引起我的注意，是因为他的"民族"和他的"梦想"。

"穿青"，这个民族的名称如此好听，但目前还是 56 个民族之外的族群，只被称为"穿青人"。在居民身份证上，这个族群的人只能标以"汉族"或者"其他"，到今年的 5 月，"穿青"才第一次正式出现在居民身份证上。

入伍近 6 年的龙熙想当一名"像郑渊洁那样的作家，为孩子们的童年带去更多的乐趣"。按常理来说这并不是一个有啥特别的理想，可常年工作、生活在海拔 4360 米以上雪域高原的边防派出所，在缺氧、寒冷，生活条件差，工作环境恶劣的情况下，他的这种简单而纯净的理想却显得严肃了起来。

我站在梦想墙边许久，一位一位看过去，他们有毕业于大学中文系的、有毕业于医学院的、有学公安侦察专业的，还有自入伍就在所里工作，至今已经十几年的老士官。他们每个人的梦想都那么具体和现实，有说将来要陪着家人周游世界的，有说要有平凡的生活有自己的小屋的，当然有这种理想的自然是女警官。几位藏族干警都有着坚定的想法：在部队好好干，学好技术，做出成绩，让家人骄傲。我背对着众人，眼睛潮湿了。他们是军人，他们也是父母的孩子、妻子的丈夫。他们大多是80后、90后的年轻人。

念黎站在我身边，递过来一张纸巾。

晚上，我和念黎住在女警官宿舍，她们都回家休假了，一位是我的老乡，来自辽宁的贾琼，一位是来自江苏的归来，这是一个很诗意的名字。

我失眠，夜已深，我听到院子里有压低的说话声，接着是车辆起动的声音。

第二天一早，起床号响过之后，我们应时起床，也试着与干警们一起出操，但完全没有能力绕着小院跑6圈，半圈都不可能，腿就压根儿抬不动。程绍武还不错，跑了两圈。接下来我们也只能围观他们的军体拳。

高出地面近一米的球场的墙壁上，书写着几个金色的大字："艰苦不怕吃苦，缺氧不缺精神"。教导员告诉我们，昨晚山口有情况，有几位干警蹲守了一夜，今天没有出操。

当地人称神女峰的卓木拉日雪山就在派出所的东边，卓木拉日雪山是传说中喜马拉雅山七仙女中最小的一位，虽然海拔只有 7000 多米，但是由于山体险峻，岩壁几乎垂直向下，很多征服了珠穆朗玛峰的勇士都对它无可奈何。清晨，山峰烟岚缭绕。太阳升起，我们见到了据说难得一见的神女的面目。

突然一只卷毛小狗冲到我的身边，吓了我一跳。好可爱的小狗呀！女警官王艺儒一路跑着冲了过来，嘴里叫到"可可，可可，别乱跑。我得把你拴起来。"

我们的注意力都被这只小可卡给吸引过去了。小王告诉我们，她托人从拉萨买回来这只小狗，狗一到帕里也有高原反应，嗅觉不那么灵敏了。私养宠物是违规的，但可可给大家带来了不少乐趣，所以领导也就网开一面了。可她估计好景不长，很快就会要把可可送走了，因为，所里那个藏族小新兵索朗负责饲养的小鸡在长大，那是官兵们过年的福利，也是他的宠物，但是可可不管这一切，不放过任何一只小鸡，只要它看到了就要狂追，只到咬住、咬死为止。前几天，小索朗捧着一只死鸡来找小王："王警官，狗又咬鸡了。"

昨天小王告诉我："你们走后，发生了很多事情呀，可可长得很大了，前一阵子被送去了亚东。不送走不行，它又咬死了几只鸡，如果再不送走，教导员和索朗都不会允许的。它还把贺烈烈的鞋子给拖到了厕所，臭袜子咬到了院子里，再加上，所外的野狗会窜进来咬可可，有一次它几乎就被咬死了，好在执勤警官救了它。唉，还是送它走，过好日子去吧。几年后，它如果还愿意跟我回山东，我就带它走，不愿意我也没有办法了。"小王从中国警官学院毕业后援藏，4年后她就要回山东。从到帕里的那天起，她就在军裤内加上了秋裤，她说，要自己爱护自己，一直穿到离开帕里，因为这儿不仅冷，而且是出了名的风大。这个山东姑娘性格开朗、热情，她对自己的要求是用积极的态度对待消极的事情。

我与她时不时地有微信联系，似乎这就与遥远的帕里有了关联。她告诉我，她也与其他警官一起出去执勤了，因为有特殊情况，必须从公路下车后，走路上山口，五公里路，一直上坡，腿似灌了铅一般重，坐在石头上就感觉屁股沾在石头上了，真会拖战友们的后腿。

我想起我们那一次与警官们去山口执勤、走访牧民的状况。山坡上，牦牛吃着草，女主人在家打着酥油，普布桑珠和旺青成林与她们交流，了解情况，而我们只能通过他们翻译才能与主人交流。这两位警官给我很深刻的印象，普布威严锐利，旺青和善近人，都是派出所的重点工作人员，尤其旺青还是帕里唯一一所小学的法制副校长，获得过日喀则地区"优秀法制副校长"的称号。旺青与众人的装束有些不一样，与干警们极短的头发相对，他的头发显得很"潮"，教导员说这是为了便于开展工作。

帕里派出所1961年组建，期间多次更改建制，如今，这个派出所的人员既是边防武警又行使公安干警的职责。身处藏区，辖区内不是很长的边防线上有 14 条路径通往境外，情况复杂。还要解决当地老百姓日常生活中发生的问题，包括户籍、办证，甚至调解邻里纠纷，解决打架斗殴这样一些非正常生活状况。双重身份和特殊的地理情况，这使得维护祖国统一和边境安宁尤其重要，遵守民族、宗教政策也尤为重要，同时他们还要积极帮助藏族群众发展生产，脱贫致富，解决他们的实际困难。所以，藏族干警在其中要起的作用无法量化。在帕里镇，藏族老百姓都知道，有困难找派出所，到了所里那当然要找旺青、普布他们了。在藏区，藏族干警有工作优势，但他们为了更加便于工作的开展，每周一次教汉族干警藏语，将藏语和汉语的译音写在大白板上，放在饭堂门口，我试着读，挺有趣，比如："请出示身份证"，就是"克拉给土当拉起顿唐"。

殷实还真是不错，从前一晚的高原反应中迅速地恢复。我说：解放军老大哥，就是不一样呀。他居然能与普布桑珠等几位干警在中国与不丹的非常规线（未划定为国境线）上巡逻，一直沿着山脊攀上了另一座山峰。而我和念黎只能站在这一座低矮一些的山梁子上，用相机拍拍野草野花，用望远镜观望山下不丹的哨所。

这是男人的舞台！

返程路上，年轻的师教导员告诉我们，干警们为了抓走私，或者其他的一些违法的人，经常深夜要在山口蹲守，遇上严冬就更麻烦了，虽然寒气重，可人不能动不能说话，就是咬压缩饼干也得慢慢、轻轻地咬，以免有啥动静被犯罪嫌疑人发觉，更不能让自己睡着，一旦睡着，可能就这么睡过去了。连着几个晚上这么蹲守的情况是经常发生的。有情况的时候，干警要从公路那里开始一路蹲行上山，尤其是高个子，甚至要爬行上山，就是唯恐被发觉，打草惊蛇。虽然这种情况时常发生，但没有人抱怨苦和累。

这一帮年轻的干警，不只是能做力气活儿，所里一整套的原则、措施、制度，自然是新颖、实用、周到、人性化，无不体现着集体的智慧。技术装备、软件应用也尽可能地自我革新使用，对这一切如数家珍的是贺烈烈。我一直对这位如此用心钻研技术的贺烈烈有着诸多的好奇，这个 1990 年底出生的白净斯文、长着一副娃娃脸的孩子，毕业于四川警察学院侦查专业，在广东东莞做了两个月的深圳大学生运动会的安全保卫工作，获得东莞市公安局颁发的"第二十六届深圳世界大学生运动会东莞安保先锋纪念章"；在四川省岳池县刑侦大队刑事科学技术室见习，遇上过一周里三天解剖尸体的任务。他告诉我，他热爱现在的这份工作！

他很实在，诚恳地说，现在找份工作很难，找一个合适的工作更难，找到一个喜欢的工作最难。所以一个喜欢的工作、向往的职业，条件再辛苦都无所谓了！所以，在工作中，遇到问题，一定要想方设法去解决。尤其现在，所里需要加强技术力量，可没有配备专门的技术干部，自己喜欢接触这方面，所领导也全力支持，还有战友们集思广益，更有无所不能的互联网，确实感觉到没有什么事情办不好的。

他在邮件中很坚定地写道：有人说西藏新疆是"异次元世界"，不适合人类生存，还说在这里躺着都是奉献，我觉得如果大多数人都躺着，那我就做一个不躺着的人，能爬、能走、能跑就是最好的。不为什么，我就喜欢这样干！心告诉我。我是一个很自信的人，没有我想不到的，就算想不到也只是暂时的。而工作不能停留在按部就班上，在一个喜欢的工作岗位上，往往还需要自己去好好干，干出个人特色。

但不是没有遇到困难，困难还挺大的，中国的大地上，没有一个职业是轻松的，所以我遇到的技术问题都得挤出时间自行去解决。

像我们这样的基层，24 小时备勤，随时都要出动，边境堵截防控的，辖区治安管理的，有时候一周差不多 6 个夜晚都在加班甚至通宵。而且这是海拔 4300 以上的地方，有时候受伤了，一个很小的伤口没有两个月是不能愈合的，我们却不能因为受点小伤就休息，有时候因为任务和工作，不得不奋不顾身。除非起不了床，这样的情况前段时间单位就发生过，一个强壮的战士在床上躺了 2 天，2 天的时间，就瘦得皮包骨头，最后送去市里面救治。

今年六一儿童节那天，晚上我去一位小学老师家做客，估计是老师家的猫太好客，刮伤了我的手。我们镇上和县里都没疫苗，晚上又没车，而且疫苗最好 24 小时以内得注射，看似很好解决的一件事情，因为我们这里的条件不好，就成了一件很困难的事情。那天我的心情就如中了 SARS 病毒一样，第二天一大早赶了一天的车才到市里面，在军医院注射了疫苗。因为要分期注射六支，疫苗必须在特定的温度保存，一路上我用冰块裹着连夜赶回单位，放进储物罐。哪知半夜停电了，第二天早上才发现，还好前几天下了一场大雪，就把积雪放进储物罐继续保存！（最后剩了一支，给王艺儒用了，她被自己的狗咬到。）

烈烈是一个有想法的孩子，当我问他今后有什么打算时，他说自己很年轻，有很多东西都不会，这几年会继续留在西藏工作，把自己的事情做好，尽职尽责。现在除了自身学习外，继续完成自学考试，以后，通过一些政策性考试去一个想去的城市工作生活。

与官兵们一起生活的几天，很轻松愉快，虽然身体一直不适，但我感受着他们苦中有乐的生活。

那天，贺烈烈给我们放了一个微电影，名为《蜕变》。多年前我读老舍的《蜕》时，就悟到了这词的本义："是在昆明湖的苔石上，也许是在北海上斜着身自顾绿影的古柳旁，有小小一只蝉正在蜕变。"故有"蝉蜕"一说，还是一味中药呢。

这本是一个道家哲学的词汇，由边防官兵来诠释，我很直接发就明白了他们想说什么、会说什么。

女主角的饰演者是王艺儒，男主角是比周润发还帅的"发哥"周树润，小索朗在影片里也客串了一个角色。

发哥到边防派出所来看望女朋友小王，可小王因为工作忙，业余时间还要给小索朗补习功课，无暇陪伴发哥，让发哥很恼火，愤而与小王分手，离开时，小索朗脸上很无辜地拉着发哥说："哥哥，不要走。"看到这里，观众因为小索朗的紧张的表演、僵硬的面部表情而发出了笑声。接着，故事的情节设置上升到了一个高度，在高校即将毕业（我不记得是不是研究生毕业）之时，发哥与一位即将进入"世界500强企业"的同学有了一小段对话，这自然又是笑料，可我感动。故事的结局我已经想到了，也正是按我预想的那样发展，发哥与"500强"一起入伍进藏，与女朋友小王成了战友、同事。也许，影片本可以就这么结束了，可有了转折，小王因为工作需要，调离了该所，她将给小索朗补习功课的任务交给了发哥。结尾，发哥和小索朗送别小王，索朗拉着小王的胳膊说："姐姐，不要走。"我流下了眼泪，官兵们看着我，不言语。并不是因为我的泪点低，我为一种朴素的情感所打动。即使花絮中，发哥操着他的重庆方言与说山东话的小王对台词，也没有止住我的泪水。这个影片不精致甚至可以说比较粗糙，还是用一台照相机的视频功能拍出来的，可将它放在一个特殊的背景下，它一定会触动人。

可惜的是，我自以为我看懂了这个小短片，只不过是一个爱情故事，可事实却不是如此。片中小索朗饰演的角色是真实存在的，她本是一个为父母遗弃、与外婆生活的藏族女孩，是派出所的"梅朵公益行动"的扶助对象。拍此片时，恰好她在日喀则参加升学考试，无法参与拍摄，只好让出生于1995年、个子小小的索朗来出演了。如今这个女孩在格尔木的一所学校的藏族班就读，派出所的扶助行动也延伸到了那里。

如今，在无法改变大环境的情况下，官兵们改良小环境，在上级的关怀下，他们建起了蔬菜大棚、锅炉房、供氧室。近期还建起了阅览室，虽然所配书籍不多，但年轻的官兵们业余时间可以在阅览室读书，也可以在微信朋友圈里交流自己的生活种种，几位热爱文学的官兵还办了一份报纸。

烈烈在邮件里给我发来了一个链接，是今年国庆假期时西藏电视台播放的一段新闻，内容是在假期中，边防官兵加紧了巡逻，在高山之上，他们想找手机讯号给家里打个电话也是那么困难。我再次看到了参谋普布桑珠、旺青成林，还有其他两位小伙子，挺亲切的。

在广州，这繁华的大都市，看着眼前的这些孩子们，我想，他们生活在艰苦的环境下，会怎样？也许，他们也会与师胤嗣、普布桑珠、旺青成林、贺烈烈、王艺儒、周树润、康毕清、徐青、刘红卫、桑桂芳、李思润、张芸浩、袁林、陈昌荣、田浩洋、旦增索朗……一样。

山，就在那里，因人的仰视而成峰！

柚黄和蓝

那一个柚子放在那里好多天了，我无法剥开它。它就在朝着大海的露台上，看了好多天的海和空。我看着它好多天。

我想象，也许有一个下午，你会来帮助我，剥开它。

在干净的血液和头脑里，它就是一个实在的柚子，没有什么定语修饰它。

此刻，白鹭在露台外不远处的海面上飞翔。如果我血液畅快，快如疾风，意味着我的理想生活就在眼前，而这一切都包孕在这个柚子里。

整个下午我们都可以用来剥这个柚子。想象你就坐在我的对面，我试图突破世界上那些艰难的东西，拉近我们内心的距离。

天空的蓝，红树林的静谧，不确定航向的船是我们的精神背景。在我干净的血液里充满对你的思念，似乎过去了一个世纪。我确定不会有另一个人在远隔你的千山万水，让血液为了你流得如此干净。

当血液迅疾流动时，我们继续剥柚子。你很容易就剥开了它。

好在柚子不涩，正如我们血管的清与洁；它还有点儿酸，好像就是我很长时间以来的心情。如果不剥开，我不知道它是什么味道。

柚子一旦剥开，它就成了镜子。

于是。

我只说海和天空。我只说蓝。我只说静寂。我只说一个人的时间。

我只说记忆，它来自于镜子，在它的反光中是蓝，我只说那已经开始和正在消退的记忆。

它就是我所说的蓝。还有仿佛记忆中的柚黄。

我试着不去说我所见的月亮和那些深深浅浅的晚上，远处的渔火，近处传来的一两声咳嗽。

我试着不去说，在记忆的城市，我们是否一起仰望……

甚至，我还试着不去说那种颜色的重量，它相对一个人，如何在静寂中形成个人的风暴，如何成为一张潜在的网。

"我逃往何处？你充满了世界，我也只能到你身上逃避你。"

可是，可是，你不在我现在的晚上，你所在大江之畔。蓝有它的苦味，柚黄也一样，它们会让我的一夜长于百年。

一个夜晚，它好像无法投递的信笺，无论我说出还是写下。

"无论如何我不说"，本来我是这么想。但我急于知道柚子的滋味和蓝色的温暖。温暖是蓝色的异质，我偶尔忘了。

我突然理解了浪漫这个词，以及它所具有的纸的性质。

它不能用来包藏泪水，也不能包藏火焰，可我还是那样赋予，我不在意我手中打水的是不是竹篮。

"我逃往何处？你充满了世界，我也只能到你身上逃避你。"

我只说蓝。我只说静寂。只说镜子。我只说一个人的时间。不说柚子。

我说一只飞走的鸟草率地飞过，它使我的蓝有了伤口，你不要认为它会成为裂痕。

不会。

因为，我只能到你的身上去逃避你。我只能从你的镜子中看到你。

柚黄说话之后，别让蓝用它的声音开口说话。我承认这曾经是一种折磨，它指向我的血液，疼痛变成无法忍受。

但镜子让蓝随着那无向的航船远去，直到看不见。

蓝不会成为一片海洋，我的月亮像一艘船，而我在距离的岸上。

谁的泪水都不会湿透我的蓝，在柚黄开始变衰黄之时。

在广州过北方年

腊月二十四，爸妈就盯着我说："腊月二十四，掸尘扫房子，今天你别出门了，一家人打扫卫生。"我边出门边冲着他们说："一会儿钟点工来做，你们别干了，闪着了腰给我添麻烦。"

爸妈跟着我在广州已经过了好几个春节，他们因为北方寒冷早早地来到广州，过了年后北方稍暖就回去。可我妈老跟人说，南方人不过年。在广州，即使是吃了油角、逛了花街（花市）、看了舞狮，我爸妈觉得南方还是没有过一个正经年。

在北方老家，我家的过年习惯是从腊月二十几就开始准备，即使大人们都在上班，但过年的习俗基本一样没落下，打扫房子、贴春联、贴福字、包饺子、放鞭炮、守岁。小的时候，我和哥哥都乐颠颠地帮着妈妈做这做那的，期盼着表现好有新衣穿、有红包拿。现在这些仪式是能省就省了，年三十和年初一"交子"时要吃饺子这个习惯是一直没有改变。虽然每个除夕，大家还是会团团圆圆地聚在一起包饺子，还是会在个别饺里包上一枚硬币，但准备停当后，大家出门去餐馆吃年夜饭。早些年吧，爸妈对于出门吃年夜饭这事儿颇有看法，觉得年夜饭不在家吃那还是过年吗？！可他们自己年纪大了，孩子们工作也不轻闲，也就不给孩子们提要求了。

老两口在广州过年，慢慢也入乡随俗了。到了腊月二十五六就催促我陪着逛超市，买上几样广式年货，油角、蛋散、糖环、煎堆、红瓜子等，还学着街坊大妈的样儿，在市场边边上端回两盆盆栽的生菜、葱和芹菜，广州人重意头，说给年轻人来上这个，来年就勤勤力力，就会生生猛猛、干劲冲天。我妈还会叫上我爸去扛回齐齐整整的两根大红甘蔗，系上红丝带，然后放在家里大门后，这意味来年的生活似这甘蔗一样红火、节节高。

我先生是南方人，每年除夕前会从满街的"橘林"中搬回大大小小的几盆放在公司和家里，妈妈着手在枝上挂上几个红包，里边放上硬币，这谁都明白，就是大吉大利呗。

我妈以为油角是油炸饺子，依据她对饺子的永恒感情，也买了一袋回来，一尝完全不是那么回事，可她还是说，这玩意儿挺好玩的，买上几包回家送亲戚朋友。广州人过年要炸油角，油角的形状像"荷包"，就是钱包，还取"起镬"意头，是为求来年的日子也像那只油镬似的油油润润、富富足足。油角的馅是甜的，还拌以椰丝、炒花生、芝麻等搅拌而成，包在饺子皮里。与包饺子不同的是油角不用褶边而是锁边，对折黏合后，用指甲沿边一路轻捏成麻绳状。

腊月二十九，我爸就急着上市场买蔬菜，为除夕包饺子、初一素食做好准备。他说，一到除夕，市场的菜价那个贵呀。我笑话他说："大过年的，让人赚些钱呗。还是北方好哈，可以囤不少菜。"惹来他们一番责怪，说我不会过日子。

除夕之夜，吃年饭、守岁和逛花市是老广州辞旧迎新的三件大事。可我爸妈说，除夕的花市人太多，还要看春节晚会，还是提前一天年二十九去逛花市吧，轻松，不挤。

一年一度的迎春花市，是广州的一大民俗。早在明清时期，芳村的花卉种植已十分兴盛。清乾隆《番禺县志》(1774年)刻本记有："粤中有四市，花市在广州之南，有花地卖花者数十家……"花地观音庙是花卉集散地，称花埞，花埞因午夜开市、天光散市，习称天光埞。于是形成了广州人春节期间夜晚必"行花街"的一大民俗，只是发展到了现在，白天也一样可以"行花街"了。每年春节前夕，广州的大街小巷都摆满了鲜花、盆景，各大公园都在举办迎春花展，特别是除夕前三天，在政府组织下，各区都有一条主要街道搭起彩楼、扎起花架，四乡花农纷纷涌来，摆开花市，售花赏花，人潮涌动，繁花似锦，一直闹到初一凌晨，方才散去。

现在的花市多了许多内容，售卖的不仅仅是花卉，还有许多工艺品、全国各地甚至海外的食品，酸酸甜甜、麻麻辣辣、热热乎乎、凉凉爽爽。小孩子们骑在爸爸脖子上，一手举着糖葫芦，一手捏着画着脸谱的气球的线儿；一家几口推着轮椅上的老人，走在路边，眼睛一致朝向各式各样的摊位，他们停下，老人要买一枝金灿灿、果实累累的"子孙满堂"；许多大学生组成团队，满场吆喝，他们想趁着花市这几天好好地赚上一笔钱。

除夕这天下午开始，妈妈先要把家里的一些药品清除扔掉，这样来年就不再生病，接着她开始剁肉拌饺子馅儿，她说机器绞的肉不香；爸爸负责和面，俩人一块儿包饺子备用，我先生负责采购，儿子贴对联，我收拾屋子。傍晚，去餐馆吃年夜饭前，妈妈催着我们洗澡换衣放进洗衣机里清洗，初一就不用干活儿了。我妈过年时还有俩习惯：初一不动利器、不扫地，过年期间不能说责骂人的话，但她这习惯我们常常做不好。

央视的春晚老两口一定要看的，就是再犯困也要等到近十二点时煮饺子，等大家吃了饺子后，老人才觉得这年过得让人舒心。这么多年，我们只要不出门旅游都会顺应父母这些颇有仪式感的习惯来做。

其实，不论是在南方还是在北方过年，不论过年的风俗有何不同，对我来说，只要与父母在一起，就是真正过了一个好年。

塔什库尔干的夕阳

我到塔什库尔干的时候是下午，我一个人在干净的小城里走着。

随手拍下夕阳透过树林洒下的光、放学的天真可爱的孩童，还有路边餐馆门口摞着放的大大小小的馕，以及女主人正在炒制的油旺旺的手抓饭。

我将这一些照片发在我的微信朋友圈里，惹来众多朋友的反应。突然，我看到"她"在我发的街道风光的图片下跟帖：熟悉的地方。在小餐馆的图片下，"她"连续发了几个"垂涎"的图标，还发了两个字：馕啊。

我立即私信她：想吃吗？

她回复：想。不要洋葱、葱。

我回复：知道了，地址发来，立即。

我问另一位与她相识的朋友，她为何会熟悉塔城？朋友告诉我，她当年陪伴丈夫在塔城生活了4年。然后，去了乌鲁木齐。我恍然大悟，于是，迅速地买了12个大馕、12个小馕赶往邮局。可惜的是，我赶到邮局时是下午的4：25，10

分钟前，邮局下班了。

我拎着两大袋馕站在塔城美好的夕阳下，琢磨着该怎么办？于是，我决定打一出租车，让司机帮助我找一家快递公司，将馕快递去九华山。我刚一上车，告诉司机意图，他就指着斜对面说那里就有。

在快递点，我用了超出馕的总价两倍的运费，将这一大堆馕交付了出去。顿时心里轻松了。我走在路上，想象着她当时生活在塔城的情景，她那时就开始写诗了吗？我不知道。

我想起与她的相识。我们第一次见面是在乌鲁木齐，那天还有另一位女作家陈茉。我吃着椒麻鸡，听她们聊着天，知道她信佛，是虔诚的佛教徒。我与她们过了好一会儿才熟络起来。过了不到一年吧，有一天，她来到我办公室，拿出一袋东西，说是她送我和其他几位朋友的礼物。是她出家前给朋友们留下的最后的礼物。我愣住了，没有迟疑地我打电话给陈茉，确定她真的上了九华山，我哭了。我接受不了这么一个事实，陈茉对我说："既然是朋友要理解她的选择，接受她的选择。"我说："是的，我们祝福她吧。"

后来，我们联系上了，知道她的孩子先于她在九华山出家，师父说这孩子理应是佛家之人。后来，她也留在了山上，有几年她只是在庙里做事情，并没有最终出家。

2014年底，那时她已经剃度出家。我与我的战友方圆开车从南京到了池州，告诉她我们要是山去看她。她可高兴了，说让我们顺便从山下把另一位师傅的快件捎上去。第二天，我们乘缆车上了山，步行到了山顶，再向南下山，她当时所在的庵堂在山南。

我们吭哧吭哧地上山、下山，有一只小黑猫一直跟着我们。山的北坡冰雪晶莹，台阶上冰硬着呢，一到山南，阳光和煦。

这是我与她的第二次见面，与以前我对她的印象相比，她的气色很好，肤色健康。她带着我们去佛堂上香。她一个人守在庵堂，其他师父都下山去治病的治病、办事的办事，还有一位从浙江来的女居士也住在这里。

我们坐在阳光下喝茶，她用粗糙的手在围裙上蹭蹭，拎来了一热水瓶开水。她说：最好的山泉水泡最好的茶叶，这是多美好的生活。话音还没有落，几位来帮工搭蔬菜大棚的民工来了，她又赶紧带着他们到菜地，自己跟着动手搬石头、搭架子，把几架大棚整好了。

中午时节，我和方圆协助她做午饭，可还真的帮不上忙。她手脚极为麻利，我们在边上还有点儿妨碍了她似的。

很快饭就做好了，她一碗一碗盛好，那位居士也从房间出来了。真是很好吃的一顿饭，我们一直夸她。她告诉我们，因为屡次犯错误，她是被师傅赶出原来的庙堂的，她只好到了这家庵堂，好几个月了。也许，她改正了，师父会让她回去的。小和尚（她对儿子的称呼）去年被爸爸带回了家，在家里上学了，可他说，他最终还是要回山上的。

饭后，我们帮她洗碗，她用的是自己发酵的酵素来作为洗洁精，还可以用来洗菜，制作过程很有趣，别人、师父都到庵里来向她学习取经。

我们继续在阳光下喝着茶，我们聊起了小和尚。其实我不知道该如何称呼那位出家的孩子，一个对佛教音乐有着极致天分的少年。她和我们讲到有一天，她做完午饭后，在灶房休息，替师父管家的 11 岁的小和尚来到灶房，巡视了一遍，看了看她，然后说了句："你还是那么安静啊"，转身就出去了。那时，她说，小和尚不再是自己的儿子了，她必须接受这个事实。

她和我们说着山上的事情，但不愿意听我们聊一些山下的人和事，她说只关心当下。

为了赶上 16：30 最后一班缆车，我们得赶紧返程。她送我们到庵堂的路口，我说有空再来看她，她说下次来，她可能就回本庙了。从此，我们再也没有见面，偶尔联系，以至不联系，只读她发在朋友圈的师父的文字。我知道她回了本庙了。

我离开塔城，一路往西藏去。第六天，我收到了她发来的微信图片，她收到馕后，就供了佛，师父也吃了，很喜欢。"师父说你是有心人。"

去年年底，我在广州见到了她的前夫，孩子的爸爸，他说，去年春节后，孩子没有和他打招呼，一个人悄悄地回到了九华山。难道有感应吗？第二天，她给我发来一张照片，

13 岁的小和尚跟在师父的身后。随着图片，她发来几个字：小和尚回来了。我能体会到文字背后的欣喜。

我偶尔会读一读网上她的诗，看到仍然有那么多人喜欢那些有力量的字词。甚至可以在微信里看到有人对她以前诗歌的夸赞。她在九华山上，体会着四季带来的风霜雨雪，我不能完全了解和理解她，也正如她也理解不了现在的我一样。可我知道，什么样的生活都是生活，每个人的选择都自有道理。

正文师，祝一切好！

新疆老张

新疆，如此大的疆域，"老张"成千上万，但"新疆老张"只有一个，这是一个微信名，这个老张，是个男人，跑旅游的司机。

认识老张是偶然也是必然。每年，我都跟随我的摄影导师卢海林出门走一趟长途，基本上都在四川、西藏，前年我们去了新疆，从新疆去西藏。接应我们的是新疆老张和其他三位师傅，我们乘的这辆车的师傅也姓张，我称他小张吧。

我们用了22天时间，从乌鲁木齐落地开始行程，从拉萨登机，返回广州。我们四辆车一路从新疆往西藏走，先是到伊犁看杏花，可惜花儿没开，到了喀什，想好好转转有名的大巴扎，可新疆老张和卢老师不允许。后来，我们沿着叶尔羌河进了大同乡，塔吉克族居住地，如果不是整个行程的安排，我真想留下来住几天。我们到了叶城，"新藏线"的起点，也就是219国道的"0"公里起点。在这儿，我们来了一个集体大合影，之后，两辆车的朋友返程，从喀什飞回广州，其他两辆车继续前行。这两辆车领头的是新疆老张，断后的是我们这辆。

我不怎么喜欢新疆老张这个人，他的长相我就不评价了，还披着一头灰白长发，估计是懒得染吧，看不出他的准确年龄。他戴着一顶长檐帽，一取下来，头发紧着头皮，一点儿也不疏朗。我是没有情绪评价他的长相呀。他还话多，整个一个话痨，全场就他不闲着。可这人吧，也不让人讨厌，热情、细致、爱关心人，这都应该是一个好的旅游车师傅的特点吧。好在他还不让人感觉虚伪。我不在他的车上，自然与他的交往也不多，下了车大家也忙着拍照，顾不上花时间交流了。

此行年轻人都在我这车上，司机小张比我小两岁，国家地理杂志网站的阿贵比我小5岁，南方电视台的美女阿旺那是80后了。小张感觉闷时，就会用对讲机撩拨前车的老张，让他唱一曲呀，讲几句笑话，来几个黄段子。老张随口就唱，笑话也是张口就来，讲黄段子时还是有一些顾忌，好像还有些羞涩似的。这么说吧，那时，新疆老张对我来说，只是一个存在。

叶城往后我的记忆亮点是：三十里营房、康瓦西烈士陵园、狮泉河（阿里）、珠峰、陈塘沟、日喀则、拉萨。

新藏公路全长2140公里，北起新疆喀什地区叶城县，一路向南延伸至西藏西南部——阿里地区普兰县，再向东在日喀则市拉孜县与318国道中尼公路段相连。1957年10月通车的新藏公路是继川藏公路、青藏公路之后，进入西藏的又一条通道，这是世界上海拔最高、条件最艰苦，路况最艰险的路段之一。沿途穿越巍峨耸立的昆仑山、喀喇昆仑山、冈底斯山和喜马拉雅山，平均海拔4500米以上，高寒缺氧荒无人烟。老张吓唬人说，新藏线上有5把"钢刀"：车祸、洪水、雪崩、泥石流和高原猝死，刀刀致命。这是一条国防线，也是一条生命线。

离开叶城，汽车驶过几十公里后，眼前便没有了南疆的点点葱绿。公路沿山谷爬升，两边山体的颜色由土黄变成铁黑，岩壁如刀砍斧削般陡立。我们开始翻越第一座达坂——库地达坂。盘山公路成z型攀升，急弯陡坡让车中人大幅度左右摇摆。云在脚下飘，车在云中行，万丈深渊一会左一会右，心惊肉跳，不敢正视。走了很多的搓板路，筛子路，我们下午2点到了麻扎达坂。这是新藏线上最长的达坂。麻扎达坂垭口，陡升至5300米，它的实际海拔在5000米左右。麻扎在维语里是"坟墓"的意思，顺着弯道向上望去，曲折的路基宛若游龙，盘桓在如盖的穹庐之中，飞舞在寂寞的群山里。而山顶则被积雪长年覆盖，没有一丝生命的迹象。

这儿好像在施工，我们进了三间茅棚其中的一间，准备吃点儿啥，米饭不熟，来碗面吧。

只见几位军人在一张小桌子上喝酒，我们挤在他们的身边走动着，听着他们的对话。五位军人来自五个地方，其中一位刚刚探家回来。听口音有一位是我的老乡，于是，我和他们聊了起来。我拿起一只杯子，倒上一杯啤酒，为他在如此一个常人无法想象的地方驻边，而敬以一个老兵的敬意。这时，新疆老张挤了过来，也倒上一杯酒，说：算上我这个老兵一个。

当地流传说"库地险、麻扎长、黑恰令人愁断肠"，十分形象地道出这三个达坂的特点。从麻扎达坂我们去往今晚的宿营地三十里营房，经过黑卡达坂旋，九十九道弯。经历了险恶的"坟墓"，缓缓上升的黑卡虽然回头弯较多，却也没那么恐怖。一路戈壁大漠。白云在身边飘过。雪山近在咫尺。路上，新疆老张开始与小张谈路况，之后撩拨小张，这会儿，我感觉新疆老张的声音还是挺亲切的。

老张一路当着导游，他车速慢下来，提醒我们看右前方的一个黄色的"小土包"，说那是赛图拉哨卡碉堡，旁边还有土石结构的营房遗址。"别看碉堡小，当年它的作用十分重要。这里位于三条通道的交汇处，三面都架上枪，守卫就稳了。"赛图拉是喀喇昆仑山上我国西陲领土主权的见证。早在清朝乾隆年间，就有绿营兵在此设卡。光绪十五年，在赛图拉哨所以东三十里设苏盖提卡，为三十里营房的前身。解放军接管此地后，部队就进至三十里营房驻防。

于 365 公里处，傍晚，天还亮着，我们终于到了三十里营房。"三十里营房"现在改名为"赛图拉"镇。历史上，赛图拉是丝绸之路的南方交通线，可直达印度，晚清时是中国通往国外最靠近边境的居民区。此地海拔 3700 米左右，比拉萨稍高一点儿，但四周山上寸草不生，四月的河谷还是冰雪，氧气更为稀薄。我们从昆仑山脚下叶城的春天走到了三十里营房四月的深冬。

我们住在镇上据说是最好的一间旅馆，老张告诫大家，简单洗漱、早睡、女士少喝水因为上厕所不方便，晚上听到什么动静都别开门。

离睡觉时间还早，又没有电，我们站在门口。看到新疆老张要出门，我们三个"年轻人"跟着去。他直直地走到了一间小小的超市，买了伊犁老窖、烟，还有香烛，我有些奇怪，但没有张口没有问他要干什么，太私人的事情了。

回旅馆路上，他对我说：记住，有什么动静都别开门，把桌子顶着门。就他这么一句话，我几乎是睁着眼到天明。晚上还真有很大的动静，是当地派出所的来查身份证。到我门口时，我听到老张说，这是一个女人，一个人住。一切安静下来，我才开始迷糊起来，一会儿天就开始发白。

早上，我听到门外有动静了就开门出去，看到新疆老张在刷牙，就问他所说的晚上有动静就是查身份证啊，他说：不是啊，昨晚不敢告诉你，现在告诉你吧。你不知道，我们的脚底下全是骨骸，是中印边境自卫反击战争时牺牲的那些军人的。有很多人说，住在这里时听到有人说听不懂的语言，敲门。我待在那里，心里发毛，胳膊直起鸡皮疙瘩，脚走路也不利索了。不知道老张是玩笑还是说真的。

早上，出发时，老张对我们两辆车的几位说：对不起大家，我今天要绕一小点儿路，去一个地方，大家只能随我一起去。但大家可以不进去，在路边等我。

从三十里营房出发，沿着新藏公路往西藏的方向 75 公里有一条柏油岔道。我们看到路牌上写着"康西瓦烈士陵园"。在大路上，老张在对讲机里问大家要不要进去，如果不进去就在路边等他。我们一致同意要去陵园。

康西瓦，维语的意思是"有矿的地方"。它位于昆仑山与喀喇昆仑山交会点的正北方向。两条山脉的碰撞在此处形成了一个海拔 4700 多米的大，因此，康西瓦也是新藏线上令人生畏的 10 个大之一。陵园是世界上海拔最高的陵园。

在茫茫喀喇昆仑山的一块较平整的山坡上，四周拉起围墙，正面建起大门，即为陵园。从大门望去，正中矗立着高大的黑色大理石纪念碑，写着"康西瓦烈士陵园"几个遒劲的大字，其后则是一块块墓碑。陵园背倚白雪皑皑的昆仑山，面向日夜流淌的喀拉喀什河。

新疆老张拿出早已准备好的酒、香烛、香烟走到烈士纪念碑跟前，围着纪念碑倒上一圈白酒，在合适的地方点上香烛、插好，点上香烟摆放好，嘴里念念有词。我跟着他，听他说：老班长，我来看你们了，我代表你们的家人来看你们了。你们在这儿好好的哈。有机会我还会来看你们的。我是一个泪点极低的人，看到的听到的让我热泪盈眶。

雪域高原的早晨静悄悄，风却很大，寒气袭人。我们在静默中走在陵园里，向 105 位先烈们致敬。纪念碑的后方是分南北两块排列的烈士墓。一块块高出地面约 80 厘米的灰色水泥墓碑上，刻有烈士的姓名、生前所在单位、籍贯和生卒年月，他们来自甘肃、湖南、河南、四川、江西、新疆等祖国各地。每块墓碑的后面都有由一座高原黄土夹杂着暗红色沙砾堆成的坟茔。我认真看了一下烈士的牺牲年龄，发现相当一部分都在 20 岁左右，有的只有 18 岁。"将军百战死，壮士十年归。"如果他们能够从那场战场中凯旋，那么现在，他们应该是 70 岁左右，儿孙绕膝的花甲老人了。我看到有的墓形状有别于其他，老张说是依照个人的宗教信仰来建的。

是的，这是一场发生在 20 世纪 60 年代初，印度军队奉行所谓的"前进政策"，在中印边境西段不断越过传统习惯线，大量蚕食中国领土，建立了 43 处侵略据点。1962 年 10 月 20 日，印军悍然在中印边界东西段同时向中国发动大规模武装进攻，我被迫进行自卫反击作战，而这个康瓦西烈士陵园就是长眠着为祖国的和平而牺牲的烈士们，后来还安葬了几位在新藏公路建设中牺牲的几位军人。

康西瓦烈士陵园明显是维护、翻新过的，新疆老张说，2007 年由当地三十里营房驻军重新整修过，而且还有专门的维护队。因为烈士陵园地处高原，经过多年的风吹雨打，有的烈士坟墓都成了土包，有的墓碑碑文被岁月磨得看不见了。维修队将墓碑换成大理石碑，坟墓用砖和水泥硬化，陵园外侧修建了一道围墙，并重铺了一条通向新藏公路的柏油路。这些年他只要走新藏线就一定要来此处凭吊，很多的司机和他一样。

我们要继续赶路了，临行，新疆老张嘴里仍然念念有词，弯下腰，将纪念碑前的垃圾捡干净，将此前凌乱的凭吊物摆放好。他小声说着：这里风太大，所以家里也会乱，我来收拾干净，看上去也舒服。你们好好睡吧。

他脱下帽子，大风吹乱了他一头本来就乱的长发，右手抬起，敬了一个军礼。我站在他的身后，也抬起了右手，敬礼！

我们上了车，老张在对讲机里说，准备出发，他长鸣喇叭，起程。

从这一刻起，新疆老张在我的心中立体了起来，我尊称他"老班长"。我们常常约定要再走新藏线，可我无法成行，而他又要再次起程。

我看"新疆老张"的每一条微信朋友圈，体会他的感受，也回忆那二十几天的行程故事。他的儿子考上研究生了，他很兴奋地告诉我；他要走新藏线了，我给他推荐肯定与他合得来的朋友；我看着他拍下的所有的美景，也回味我们在大同乡的塔吉克村民家门口拍下的合影，灰色系的衣服和笑脸很和谐呀。我常常会想起他讲的在少数民族区域的成长经历，似乎看到了那个受辱后攥紧拳头的少年……，我仍然还会与卢老师一起虚构他与民宿女老板的故事；也不再觉得他那两条腿跳出的舞蹈有多难看，我曾戏称他有两条细如麻秆的腿；行程中我常常取笑他、贬低他，可他从没有对我有任何的不礼貌，而这就不仅仅是一个旅游车司机应该具有的品质了，这我懂。

人生就是如此，因为一个事件、甚至一个细节而彻底改变对一个人、一件事的看法，也彻底改变一个人。就如，面对巍峨的大山、苍劲的江河，还有永远安眠于高原的军人，我想，那些发生在我们身边的鸡零狗碎、一地鸡毛有何意义和价值？新疆老张是很普通、很平凡的一个存在，和我一样，他一定经历过许多许多，他当年也是有过雄心、梦想，当年华老去，雄心和梦想成了奢侈品，而日常就成了可触摸的一切。于是，不再探讨虚构的人生，不再臆想主义和价值，他真实地过好每一天，自然为大，人生为小。

"新疆老张"，本名张保勇。

1965年生人，1983年兵。

在新疆生产建设兵团农六师五家渠长大。

父亲曾是国民党军队军人，进疆平叛、戍边。

路那山里的女土司

　　昆明，白丽华阿姨说起她的父亲去世时的场景：那一天，我还在睡梦中，就被家里的佣人叫起，急急忙忙穿衣，然后来到大厅。看到父亲躺在那儿，他是被人用毒药暗害的。他落葬时，坟穴的旁边是一大片绿地，母亲在一边哭泣，而我和小朋友却在绿草地上快乐地追逐、嬉戏……

　　说到这儿，阿姨眼圈红了起来，她用手帕擦了擦，还轻声地说了声"不好意思"。如此大的反差，这一幕让我牢牢记住了。

　　白丽华，一个从前云南元阳哈尼族土司家的小格格，一个散发着贵族气息的女医生。

　　她的老家在云南元阳老县城附近的路那山上，现在称攀枝花乡。至从父亲去世、社会解放、母亲进城之后，除了母亲，他们一家就很少去从前的领地了，但每次回去，那儿的老乡民仍然会以从前对待土司老爷的礼节对待他们。

　　元阳，以梯田美景著称于世。当我们走近她，却发现进入我的相机镜头的不仅是那如诗如画的景致。山风吹过路边被落日的余晖映照得煌煌如炬的芦苇花的尖梢，从山脚到山顶呈不规则曲线密密排列的梯田像是岁月镌刻在群山间的奇特的文字，在渐落渐变的夕阳下幻化出奇丽的色彩，静默如老人的大山似乎想诉说着什么……

地图上那个小小的地方是"哈博"，攀枝花乡政府所在地。昆明洋学生的学生张惠仙 17 岁时就嫁到这大山里当了土司夫人，最后又从"阿皮"到"阿波"。

丽华阿姨说起她的妈妈白张惠仙，脸上泛起光彩，似乎她的母亲没有离开她，还在她的身边。

张惠仙的娘家是昆明城里的一个家道殷实的盐商家庭，她排行老五。她打小就是男孩子脾气，不喜女红，不好梳妆打扮。她最喜欢玩的是和男娃娃一起打弹珠或"打窝"，就是在地上挖一个小坑用铜板比赛，看谁掷得远。

张惠仙在无忧无虑中渐渐长大，家里送她进了昆明女中读书。那时的女孩能进中学读书的很少，昆明女中的学生在社会上颇受瞩目，达官司贵人娶亲，女中的学生几乎是首选。张惠仙长到那时该嫁的年龄，17 岁时，她没有想到，在遥远的元阳大山里发生了一件改变她终生命运的事情。

那年，元阳勐弄的哈尼族土司白日新也是 17 岁，他正为抗婚而把家里闹得鸡犬不宁。按旧习俗，长辈早就为他定下了一门亲，女方是当地另一家土司的女儿。可年轻的土司读过书见过世面，他要自己到昆明去找一个受过教育的女子为妻。

白日新来到了昆明，他向媒人提了一个条件，要求先见女方一面，他要自己决定自己的终身大事。

那天，张惠仙的母亲让她和堂姐去公园玩，天真的她玩得开心，一点儿也没有发现不远处有两个男人正关注着她们，那正是年轻的白日新和他的朋友。让白日新下定决心娶张惠仙的是朋友的一句话："这个女人容貌端庄，将来一定会给你生儿子。"

1930年，媒人提亲，父母包办，就是这样，张惠仙出嫁了。婚礼是在昆明的一个礼堂里举行的，那天张惠仙穿上了漂亮的旗袍，头上还披了粉色的纱。新郎白日新穿着马褂，胸前结了朵大红花。之后，张惠仙就成了白张惠仙了。

新婚后没几天，新娘要和新郎回元阳了，张惠仙对元阳没有一点概念，她问丈夫那儿有没有电影院，丈夫含糊地回答她，那里山清水秀，城里有的那里也有。

两天的火车，大火车又换成小火车，白张惠仙和丈夫来到了建水。勐弄土司府所辖的七个里的头人都来到车站迎接。面对这群穿戴着缀银的对襟衣服，腰悬着银把长刀的人，白张惠仙心里开始有了恐惧，她担心是不是嫁给了一个山大王。

这时，白张惠仙将要脱下汉人的所有服饰，穿戴上哈尼人的衣服。她这时起真正成了一个年轻的土司夫人。那一幕如果在电影银幕上来看，是那么的壮烈，似乎有一种视死如归的意味。此时的白张惠仙已无可选择！

坐上两人抬的滑竿，走了整整三天，白张惠仙深入到了路那山的腹地。面对群山，17岁的新娘哭了。元阳的大山呀！一低低到河，一高高通天。她只有紧紧地依靠着和她一样年纪的丈夫。

白日新安慰着她，但同时也告诉她，要遵循土司府的规矩，和长辈说话不能说"我怎么样怎么样"，而应该说"媳妇怎么样怎么样"，而且嫁到土司府就不能随便回昆明娘家了。

当时的白张惠仙毕竟年轻单纯，加之丈夫处处体贴她，而婆婆又是从建水嫁进来的汉族女子，也很体谅这个省城来的儿媳妇。她渐渐地适应了新的生活环境。

哈尼族称土司为"阿波"，土司的妻子为"阿皮"。当上阿皮的白张惠仙对每一件事情都感新鲜。土司府人很多，各个里当值的头人，加上各房的跟班侍候，每天吃饭都有200多人。开饭的场面很壮观，饭煮好了要吹号角，由各房的人抬着饭斗子来盛饭。土司府的节日也很多，既要过汉族的中秋节、春节，也要过哈尼族的苦渣渣节、彝族的火把节。中秋节，要用马队从建水驮回月饼；春节时要到各村寨祭祖，守夜要到很晚，还要象征性的往水里扔钱，买水。火把节最热闹，土司和家人坐在高台上看斗牛和摔跤。每年的正月十三，还有十三会，那天全勐弄的头人都要到土司府的操场，由白日新向他们交代一年的派差派粮的事宜，同时向山神祈求全年风调雨顺。

　　但平常的日子是枯燥的，白日新白天要处理土司的公务，白张惠仙在家没有什么事好干，为了让年轻的妻子打发时间，白日新从昆明买回了留声机和收音机。有一次甚至还带回了一架电影机，可只是放了一两次就再也没有使用了，因为当地百姓没有见过电影，他们认为这是"官家在整鬼事"，电影在当地引起了恐慌，只得作罢。

　　尽管白张惠仙的家庭生活其乐融融，但她毕竟还是生活在一个"山高皇帝远"的地方，穷山恶水间时是阴云密布，杀机暗伏。当地的土司与土司之间，甚至土司府内部，常为争夺地盘、争权夺利而纷争不已，仇杀不停。白日新的父亲，老土司就是在一次外出途中被仇家伏击而丧命的。当时，白日新尚在母腹之中。所以土司家的人出门总是要带上持枪的侍卫。

　　1943 年，相同的命运也落到了 30 岁的白日新的身上。白家的世仇买通了白日新的保健医生，在白日新上昆明办事的时候，在他的药里下了毒。白日新的遗体送回元阳后，白张惠仙一见就昏了过去，一对恩爱夫妻从此阴阳两隔。这时她已经是 4 个孩子的母亲，今后的日子怎么过？历经两次灾难的婆婆站了出来劝她：我儿虽死了，但我们土司家不能倒。我们重新打鼓重参神，你一定要把白家的骨肉抚养成人。

　　按惯例，白日新死后应由其长子世袭土司一职，但那时白张惠仙的儿子白振寰年仅 9 岁，于是白张惠仙代理了土司一职，她就成了勐弄的阿波。从此，为了安全，她将长子安置在昆明，离开是是非非与争权夺利。多年以来，长子几乎没有回过他们的领地。

一个女人，要当好阿波不是件容易的事，开始白张惠仙不知该怎么干才好，连管理租粮的"米布"和管理枪支的"枪布"都不知道放在哪里。但因为她有文化，头人们基本还是拥护她。白张惠仙开始处理土司的日常公务，主要是当地老百姓的一些诉讼。做了许多很有人情味的事，让落后的山寨也有了文明的气息。

日子不是总那么平静的，没多久，下面的一个头人叛乱了。那个头人觉得一个女人家应该很容易对付，带了100多人来攻打土司府。此时的白张惠仙已不是那个见到大山就吓得哭的女孩子了，路那山让她变得坚强起来。她率领土司府的400多人应战，一天就将来犯的头人打退。

1947年，国民党的统治分崩离析，无法控制地方社会秩序，边疆民族地区更是混乱，匪患猖獗，白张惠仙感到在勐弄已难以存身，便携子女回昆明居住。1950年云南全境解放。

当时元阳勐弄外三里一带的头人各占一方，武装对抗人民政府与解放军，国民党特务还在当地造谣说白张惠仙全家已被共产党杀光了。1951年7月，白张惠仙回到了元阳，担任勐弄乡乡长，经常骑着马下乡协助政府宣传政策，做争取少数民族上层人士的工作，让头人们交出了武装。1956年她调到昆明任省民族事务委员会委员。

之后的多年，老人又经历过无数的挫折和身心的创伤，但她从不抱怨，以一种宽容大度的贵族气质影响着周围的人。

我去看望老人家时，遗憾的是一年前她去世了。丽华阿姨说母亲身体好时还常常会回路那山，老人难忘过去，难忘她的幸福和苦难，还有她永远留在那里的亲人。每次回去，从前领地的人们还是对她如当年的"阿波"，让她很感动。

看着白张惠仙和丈夫年轻时的合影，丽华阿姨确实长得像父亲，温文尔雅。她说话的语调平稳，她说她和在北京、香港的几个哥哥姐姐有一个心愿，要客观地将父母的一生写出来，没有任何的政治意识的粉饰的成分。

我离开昆明的那天，去和丽华阿姨道别，她正在和几位基督教的教友，几位外国友人聚会，那个场面很温情也很庄重。

老人走了。她经历过的那个时代已过去了，见证那个时代的其他人也所剩无几了。路那山也见证了沧海桑田，可它们永远在日月星辰之下默默无言……

第三辑

在莫斯卡理解幸福

与夏秋天游人如织的情形相比，我更爱这空无人烟，更爱这生活赐予我的美好机会，这大自然赐予我的厚爱。

在莫斯卡理解幸福

如果莫斯卡是天堂，那我宁愿在尘世堕落。

这次川西之行前，我不知道在康巴藏区有这么一个名字洋气的地方，司机师傅一路都是称其为"莫尼卡"。莫斯卡位于四川丹巴金龙大雪山旁，是丹巴最偏远的小村子，处横断山脉峡谷地带，是横跨甘孜、阿坝两州，涉及道孚、金川、丹巴三县的高原牧场，莫斯卡村海拔 4300 米，被三座神山环抱，集雪山、森林、草原、冰河、海子为一体。

一个藏族朋友告诉我，"莫斯卡"藏语意为"祥瑞平坦的地方"。莫斯卡原是一个高原牛场，也被称之为"圣境中的坛城"。

我们的改装吉普车从丹东乡转向北面的阿洛沟，开始爬高，进入了危险的道路，这是唯一进出莫斯卡物场的道路，据说是 2005 年 10 月 14 日才通的车，但这么多年过去也鲜有车辆进出，除了日穹活佛的那辆无牌照的丰田车常常会在这路上摇摇晃晃。汽车一边走，一边辨认着道路，海拔逐渐

171

升高，植物群落也发生着变化，在 3000 米附近，是高大的冷杉，到了 4000 米左右，出现了大片的青冈林，林子不高，约 3 米左右，挂着苔藓。之后，就来到高原草甸之上，一群黑牦牛一看见汽车，就惊惶逃窜。司机师傅说，海拔 3500 米的地方才会有牦牛生长，随着海拔高度的增长，牦牛的体型也会高大起来。

荒凉的山坡上忽然出现一片粉红色的风马旗，林立于高岗，如果这里不是地老天荒的莫斯卡，你会以为这是某个艺术家的"大地艺术"。几个山包之间的盆地上，莫斯卡村出现了，一条从草原溢出的溪流环绕着一个用石头垒起来的低矮的城堡。此时，泥泞的道路将我们的车卡住了。

这个忽然凸起在平坦草甸上的石头村子由一道东西长 110 米、南北宽 90 米、高约 2 米的石头围墙所环绕，围墙刷着白石灰，在上方画着暗红色的边。有条石子路绕墙一周，是村民的转经之路。城堡有 4 个入口，围墙以内是居民用石头和木料盖成的歪歪斜斜规格不一的房子，房顶用黑色的页岩覆盖，位居中心的金龙寺是最高最好的建筑物。

金龙寺是一个宁玛派寺院，它不仅是宗教活动的祭坛，也是学校、博物馆和歌剧院，还是牧民们发表言论的地方和社交活动的会所。每到节日，牛场娃都要卷起帐篷赶着牦牛向这个寺院靠拢，从莫斯卡、边耳、巴底、阿科里最远的从道孚县的玉科而来，要走两三天。人们向诸神表达他们的虔诚和感激，狂欢数日之后又重返孤独的草原。

我们要见的是金龙寺目前的主持、年近七旬的日穷活佛，他既是莫斯卡地区精神生活的领袖，也是地方事务的判决者和文化生活的倡导者。他既作为杰出的僧侣引导信徒们未来转世的道路，也要解决当下的地方事务，这与西藏传统的政教合一的传统有关。

莫斯卡全民信佛，每家每户都有喇嘛服饰，念经时穿上，放牧时脱下，处处表现出对众神的感激和敬畏。

怎么也没有想到的是，在这么一个藏区的小村子居然有分男女的公共厕所。我一下车就遇上且结为好友的小姑娘卓佳告诉我说，那是她的爷爷（她的母亲是活佛的侄女）日穷活佛拿自己的住房换木板修建的。活佛的住房是村中最古老的房舍，是第一世活佛当年修建寺庙前所建。如果你以为活佛的住房富丽堂皇，那就大错特错了，活佛现有两间房，一间是经堂带卧室，约6平方米，另一间是摆有火塘的厨房。

牲畜都"生活"在离村子有一定距离的地方，隔一条河。

草甸上，几个小喇嘛正欢舞，卓佳告诉我，这是他们在跳藏戏《格萨尔》，她的活佛爷爷也是演员之一呢。金龙寺与藏族传奇英雄格萨尔王有着深厚的渊源，第一任活佛将寺庙和信众托付给了格萨尔神灵保护，于是，在盛大节日里，村民都要身穿古老而华丽的戏装，跳藏戏《格萨尔》以示纪念。日穷活佛不仅要亲自指挥跳藏戏，还将在戏中扮演角色。村里有小剧场还有藏戏团，是活佛二十多年前建立的，现在有80多个演员，全是村民。

卓佳在丹巴读书，她的父亲在成都，是一个藏文编辑，母亲陪着她们姐妹在丹巴。放暑假她就回到莫斯卡，她喜欢这个地方。她说她也会藏文，是读书前在活佛爷爷办的藏文学校里学的。

冬天是莫斯卡人最闲适的季节。冬场里的牲畜都是敞放，不用照看。牧民们也不像春场里要忙着挤奶，大多数人都回到村子里生活。活佛在几年前开始在冬季开办藏文学校，女人享有与男人同样地学习经文的权利和机会。这是完全独立于公立学校、寺庙教育机构的民间学校，其作用有点像汉人的私塾，教授的是做人的基本素质，实用有效。也因此，莫斯卡的男女老少都能听、读、写藏文，这在藏区是极其罕见的。也许正是因为有了藏文学校和藏戏团，莫斯卡人的风貌、气质才显得与众不同，这也是令周边藏区同胞羡慕不已的事情。

见到了诵经结束的老活佛，他带着我们到了卓佳家吃饭，这时来了几个人跪在活佛面前，卓佳告诉我，这几个人是一家子，其中有一个对母亲不恭敬，要受到活佛的鞭笞。

活佛手捏着糌粑说，他会尽快将废弃的小学教室改建成藏文学校的课堂，那排教师用房改造成卫生所，免得村里人有病还要到30多公里外的丹东乡去看。明年，他还将在藏文学校教汉语和法律，以后村民们能使用汉语来接待游客，还可以让村民懂得基本法律，既不犯法也不被别人欺负。

卓佳抱来一个卷头发的孩子，我接了过来。卓佳说是她叔叔的孩子，我问孩子的妈妈呢，她告诉我，"在别人家"。走了藏区不少地方，知道一些婚俗，于是，大着胆子问了活佛这个孩子的身世。

活佛说，莫斯卡就像汉人一样"恋爱自由"，试婚，这是有历史的了。这里的适龄青年，多有婚前的性行为，关键是他（她）们的性伴侣未必就是自己今后的妻子或丈夫。在莫斯卡，只要两情相悦，这样的性行为是不会遭到族人谴责的。如果婚前怀孕生子，这个孩子也不会成为年轻人今后婚姻的羁绊。也就是说，如果认为对方不适合做自己的终身伴侣，随时可以解除双方的试婚关系，当然，男方需要负担抚养孩子的一定费用。非婚生的孩子在莫斯卡不会受到歧视，按照传统，养父对待非婚生的孩子，甚至会比对自己的亲生子女还好，否则他将得不到妻子及家人、族人的尊重。

一场细雨刚刚飘忽而过，卓佳带我去挤羊奶。只看见迎面几只小动物站在那里，双手抱拳，张着嘴叫着。我吓了一跳。卓佳跑了过去，抱起了一只，她告诉我这是"小雪猪"，就是旱獭。我从恐惧中缓过神来，看到十几只旱獭从各自的洞子里面钻了出来，腆着浑圆的肚子企鹅般地走来走去，唱着自己的歌。而有几只竟然走过来用"双手"抱住了我的腿，眼巴巴地看着我。卓佳告诉我，小家伙们饿了，要东西吃。"村民定时地会给她们一些奶酪、糌粑之类的食物，所以被养得这么肥"。

只有在这里，我才知道野生动物与人之间能够如此地亲密，刚开始我还以为这是人们动物保护意识觉醒的结果，后来才知是当地人认为旱獭自古就是土地神的宠物。神灵在这里化身为具体的大地上的万物。沿着祖辈最自然、最古老的生活方式，过着与世隔绝的生活，人与野生动物和谐相处，无意识地达到了"天人合一"的完美境界。

日穹活佛说，莫斯卡村是一个袖珍的城堡。依坛城形式而建，坛城就是佛教想象中的宇宙秩序，它旋转着，环绕着某个中心呈上升之势。在附近的山包上看，绿色盆地上的莫斯卡村确实是被环绕着的形状。在藏传佛教中，坛城也叫曼陀罗，是佛和菩萨的住地，有着金碧辉煌的庙宇和宫殿，人们的生活富足，是所有信仰者向往的圣地。

离开莫斯卡之时，朝阳照射着小村，我突然感觉村庄幻化了，它就这么旋转了起来，在一束光柱的照射下，一直向上向上。向上是不是直抵天堂？天堂是不是安身安心的地方？

生活在别处。莫斯卡的生活方式也许能净化我，但有更多的东西无法改变。

我将老活佛赠的哈达系在了金龙山垭口的那根柱子上，风迎面而来，哈达轻拂着我的脸。

此时，我内心有一种幸福，即是在此处也是在别处。我明白了卡夫卡那句话"理解这种幸福，你所站的地面大小不超出你的双足。"

也许，天堂与尘世没有距离。

昆明到腾冲：三个地方

北海湿地

对湿地，有一种别样的感觉。有人称湿地是"生命的摇篮""地球之肾"。在我眼中，湿地包容、温润、开阔、厚实，充满母性。

据说，北海湿地是云南最大的火山堰塞湖，也是云南唯一的国家湿地保护区。能亲临这里，真是幸福。

一月，恰逢连绵阴雨，北海湿地游人稀少，这正是我希冀的。

水面波光粼粼，肥厚的草甸一直匍匐到山脚下，富足而壮阔，显示着湿地的丰厚。其实，这大片的草甸是漂浮在水面上的，各种水草的根须经过千年万年的纠缠不休，串结成这样一个铺天盖地的草毯子，草毯足有一米多厚，所以当地人称它"草排""海排"。

太静、太美，鸟不鸣，云不走，仿佛时光沉滞，沉静

177

中藏着幽秘。小船安静游动，来到一块已开辟为活动区的草排边，试探着踏上草排，脚下是茂密的柔韧和生机，因为奇异，惊呼一声，只觉得草排在晃动，人往下陷，湖水从周围涌将上来，草排柔软下沉，脚下很快积水为潭了，是草排跟人玩闹哩，提起灌满水的雨靴，大笑，是湿地的草甸要我欢笑。再学蜻蜓点水，一路飞奔，用速度减轻重量，依然能感到草排生机勃勃的反弹。

在船上、岸上（草岸）游着，觅着。扭结丰厚的水草、一张闲在岸边的渔网、渔网里躺着的几条小鱼，还有远处草排上的渔夫……满眼新奇。时间在走，景色变幻。船家讲的湿地的故事，更令人遐想。原来，最早的湿地有现在的两个那么大，后来被填海种地毁掉了，就成了现在的大小，先前的湿地更辽阔吧？我还在船家的讲述里看到了春天的湿地：草海上开满紫色的鸢尾花，蜂蝶嬉戏，鸟儿们热闹成一片。而到 8 月盛夏，草海在明亮的阳光下一片素白，仿佛进入温暖的沉睡，遍处盛开的白野花是草海有香味儿的被单，而草海的绿更加沉实。现在，走在这里，我总期望草海四季都这般安静，令人想到瓦尔登湖的静谧、想到梭罗的沉思和冥想，令人远离喧嚣，在高处徜徉。

湿地初看很像沼泽地，其实大不一样。湿地中的水草整片浮在水面上，走在一米多厚的水草上，根本没有陷入泥沼之虑。水草不贪，它的身下还留着十几米深的清澈的水，供调皮的鱼虾们嬉戏。于是就想，若分出一片草甸来，多好，当小小的船，任它在水里动。

太阳出来了，暖暖的。缠绵的雨水停歇后，草岸上升腾起氤氲的雾气，一团一缕，在草海上缭绕，湿地梦幻一般。

想象着再入深冬，水草愈加成熟，大山环抱这一汪湖水，就环抱住了一片丰厚的金色。若湿地是柔美的女性，那四围的山就该是踏踏实实的男人吧？时序轮回，一切看起来那么井然有序，但在这井井有条里又深藏着多少隐秘啊。

从吱吱叽叽的竹桥上走过，阳光斜斜地照在干枯的草地上，摇橹的小船在河道里静悄悄地游动……冬天的美，美在宁静和素朴，而素朴和宁静里正包裹着大意蕴。

有人告诉我北海湿地最美的季节不是在一月，而我想，我已隐约捕捉到它最美的东西了。

和顺

一些地名叫人怀想，比如"奔子栏"，三个字一下子从地图上小蝌蚪似的地名里冒了出来时，马上叫人联想到阔地上脱缰的野牛或者奔马，后来，竟果真去了那里——深藏在四川、云南的交界处的一个小小的村落。还有"腾冲"这个地名，一样充满不可遏制的速度和动感，叫人过目难忘。

宿命一般，竟也去了腾冲，不过去的是腾冲的一个有着温静名字的地方——和顺。

和顺是腾冲的一个乡。这是怎样一个地方呢？徜徉在和顺幽静的古巷里，禁不住给朋友们发出这条短信：这个地方可以让人迈开悠闲的步子，想怎么走就怎么走，来走走吧，丢弃城里的那种步伐。

和顺果然和美。它居于一个风水十分奇妙的坝子，四周青山环拱：东翔来凤、南腾黑龙、西架马鞍、北擂鼓顶。这"凤""龙""鞍""鼓"诸山是清一色的火山。先人也许是感叹照在村前小河里的流红淌金的阳光，就把这儿取名"阳温暾"（阳光温暖之意），后因村前的河，又取名"河顺"，河水让温暖和明亮缠绕在乡间。清代康熙年间，这里被正式称为"和顺"。

有山有水，阴阳相息相生，真是和谐而平顺。村落傍山而建，房屋顺着坡脚沿河岸向上延伸，整个村子就像一个巨型的"马蹄窝"——一个温暖和顺的窝。路上的男人，不管是荷锄的、挑粪的、推车的，都透着那么一股子安宁和平和；房前屋后的女人们说话轻声细语、做事收声敛气，温婉而雅致。在这里，每一个姓氏都拥有自家姓氏的巷道，各成体系。小小的村庄，仿佛身处远古，亦农亦商亦儒，像一幅清明淡雅的水墨画。

传说元明时期，从中原走来的一队队士兵，在此镇守边关，从此于此繁衍生息；自明清之后，在600多年的风雨历程中，边陲古道的马铃声，记录着中、缅、印的商贸历史。

走在和顺幽静的巷道，寻觅小巷人家的故事。原来，温静的和顺也有凄苦、悲壮和辉煌。

和顺，人多地少，地处西南古丝路要冲，于是"穷走夷方急走场"，一代代和顺人为谋生"苦钱"，顺西南古丝道出发，远走他乡，从商办实业，他们的足迹遍布东南亚及其他13个国家和地区，至今尚有一万多和顺人侨居海外，便使和顺形成了独特的华侨文化。

一位老奶奶，提着篮，大概刚从地里摘菜回来，她走在青石路上，身着一袭裘皮大衣。这一幕不足为奇，的确，在和顺，不论去到哪家，总会不经意地发现一些有趣的出人意料的东西，比如在刚走出的这家，我看到了丢在屋角的一个来自俄罗斯的要在炭火中加热的金属熨斗，一个老旧的熨斗，熨过长衫马褂，或许在多年后又平整过西服和中山装吧？

而今的和顺，外表越来越新，路比从前"走夷"的人们走的路不知强了多少倍。先前那专为心爱的女人搭建的能遮风挡雨的洗衣亭还在用，但歇脚亭已失去了往日的用途。老的也更老了，老街上，一些年久失修的老房子老得快站不住了。

历史上，和顺乡曾涌现出缅王国师尹蓉、马克思主义哲学家艾思奇（毛泽东的老师，他的父亲李曰垓，是蔡锷护国军第一军的秘书长，著名的《讨袁檄文》即出自他的手笔）、云南大学校长寸树声，还有"翡翠大王"寸尊福，富甲一方的"永茂和"商号。曾经富足的和顺同时重教兴文，被誉为"中国乡村文化界堪称第一"的和顺图书馆，还有保存完好的文昌官，与和顺人的儒雅、气定神闲有着渊源吧？

去了和顺风水极好的李氏宗祠。阳光被窗棂分隔成一束一束，渗透进来。站在幽静的祠堂里，看着这极明净的阳光，似乎感到它是一种来自宇宙深处的能量，它释放着天地中超越生与死的独特语言，这种语言蕴含了世界的一切：诞生与衰老的周而复始，静寂与喧嚣的交替，创造与毁灭的往返，还是存在与与之相反的状态……

典型的汉文化风格的古建筑群和各具建筑特色的宗祠——如张、刘、尹、寸、贾、李、钏八大姓的宗祠，式样各异。丰富的历史文化积淀、浓郁的人文气息，与和顺田园牧歌式的乡村自然风光珠联璧合、相得益彰。置身其中：古寺、古碉、古城，一座座清幽古老的院落、一条条石板小巷、一道道贞节牌坊，恍若隔世。

国殇墓园

在腾冲县城西南一公里的叠水河畔小团坡下，有一个中国远征军二十集团军腾冲收复战阵亡将士的纪念陵园——国殇墓园。

"出不入兮往不反，平原忽兮路超远……身既死兮神以灵，魂魄毅兮为鬼雄。"我想，"国殇墓园"的名字应由此而来吧。

去墓园的路上，阳光流泻，遍处明亮。进到园内，大树茂密参天，沉郁肃穆之气立刻扑面而来。

出门在外，我很少去墓地参观，不论逝者的身份为何。而在腾冲，我毫不犹豫去了国殇墓园。

墓园寂静，几乎没有杂声，只有树权上黑衣的鸟此起彼伏地叫着。

来墓园之前，我又一次详查了资料，二次世界大战期间的1942年5月，日军击败中英缅军后进犯滇西边境，中国抗战后方唯一国际通道——滇缅公路被截断。1944年5月，为收复滇西失土，让盟国援华物资顺利进入中国，中国远征军发起了滇西反攻。那是一场浴血恶战，远征军右翼军第二十集团军以 6 个师的兵力强渡怒江，在盟军配合下，围攻腾冲城，与敌人展开巷战。整整长达 43 天的血战啊，9 月 14 日，腾冲收复。战役中共歼灭日军 6000 余名，而我远征军也有 9168 名官兵阵亡，盟军 19 名官兵牺牲。

腾冲光复后，人们在风景秀丽的来凤山下、气势雄伟壮观的叠水河畔修建了这座国殇墓园，以告慰 9000 多个忠魂。

风吹着浓密的树叶，耳畔似乎还有厮杀声。墓碑林立，我整装默哀，从内心深处表达着对烈士们的敬意。

忠烈祠的右旁，是 2004 年 9 月重修的盟军碑。主碑上刻有原墓碑上中英文对照的碑文，附碑上刻有 19 名盟军烈士的英名及军衔，这是为纪念 60 余年前为世界反法西斯战争的胜利而牺牲在腾冲的美籍军人。

醒目的还有这一角——大门的左侧几座低矮的"倭冢"，里面葬有侵华日军 148 联队队长藏重康美大佐、副队长太田大尉和桑弘大尉。悲哀孤独的几个墓冢，面对着苍郁的小团坡。

墓园里仍旧沉郁，仿佛再炽热的阳光也晒不烫这里。

从昆明到腾冲，我在国殇墓园祭奠了烈士们的英魂，在寂静中完成了内心的一次洗涤，作为一个曾经的军人，这次祭奠加重了我行程的分量。

奔子栏的此里卓玛

我一直毫不怀疑地认为，她就是在那儿等着我飞奔而去！

不知道，有多少人会关注地图上如此之小的一个地方——奔子栏，它位于四川、云南的交界处，再往上，就进入了西藏。

我从小就喜好读地图，常常会顺着一条路线下去，去认识那一个个地名。地名的后面，就如时空隧道一般，层层推进、推进，经纬度、厚实的高山大川脉络、地质构造……地图就像隐含了别致的风土人情的图画。

最喜欢的是，用一支彩色笔将喜欢的地名圈出，将我已经去过的和想要去的地方用线连起来，那是怎样的曲线啊！每一条都是回忆和梦想；每一条，哪怕很短，都包含着生命和关于生命的许多故事。这些地名都是土生土长的本地人赋予的，就像给自己的孩子起名一样，既亲切，又传神，还寄托着美好的愿望。尤其在边地、在民族地区，他们选择的往往是他们的语言中音韵动听、意蕴优美的词，有的前面还意犹未尽地，加上了浸润着诗情画意的比喻。

　　当我决定要去梅里雪山之时，我就一直在看丽江往上走的方向，那一个个大大小小的地名，给我无限的新奇。

　　很清楚，此行我要从香格里拉往上，经过纳帕海、尼西、伏龙桥、奔子栏、白茫丫口到德钦。但我没有想到我与"奔子栏"结下了不解之缘。

　　原本是直接去德钦，可在路上，我的朋友扎西说他要到奔子栏办一些事情，那我就在奔子栏下车，在那儿会面。

　　我很喜欢"奔子栏"这个名字，它透出的是勃勃的生机。

　　奔子栏在金沙江上游有很高的知名度，作为滇藏茶马古道上的咽喉重镇，奔子栏有着辉煌的历史与繁荣。它地处金沙江西岸，自他山之石以上的金沙江怒涛滚滚，汹涌奔流，以下一段江面则豁然开阔，江水平静。奔子栏的历史可追溯到吐蕃王朝时期，吐蕃大军曾在此驻扎又通过。奔子栏藏语意为"金色的沙坝"，是德钦升平镇之外的第二大市场，过去也是古代"茶马古道"一大商埠。

　　奔子栏渡口为滇藏"茶马古道"上的古渡口，也是"茶马古道"由滇西北进入西藏或四川的咽喉之地。从这往西北即可进入西藏逆江北上，即是四川的德荣、巴塘；沿金沙江而下，就是维西、大理；往东南走，则是香格里拉县及丽江。

　　一路上听着车里放的不知听了多少遍的《卓玛》，我已经能随着哼哼了，"啊，卓玛，啊，卓玛，草原上的姑娘卓玛拉……"

上午九时许，我所乘的大巴车过了伏龙桥，桥的那一边就是四川的德荣，这一边就是云南迪庆的奔子栏。一路上，从德钦往下来的扎西电话告诉我说要到一个叫"醇香园"的地方下车，去找一个"税官"强巴。

我下了车，进了安静的"醇香园"，有两个女子和两个小小的女孩在，一个女子很热情地迎了上来，我说要找强巴，她告诉我他在楼上睡觉。我在餐厅待着，心定了下来，一个人坐着看电视、吃面，等扎西或是那个强巴来。突然想起，多年前看的一个影片《从奴隶到将军》中就有一个农奴的名字叫强巴。

那个热情女子和我聊了几句，就不见了。不久，她头发湿漉漉地，还滴着水，走到我的身边。她邀请我和她一起到门口去晒太阳，她说刚洗了头，有点儿冷，我婉拒了。过不多会儿，她和一个穿着税务制服的人走进门来，这个人就是强巴。此时的强巴正大着嗓门和那个女子争执着，一看到我就说：我说了是一个婆娘而不是姑娘吧，你还和我争！可那女子说，你看她好年轻，我就感觉她是一个姑娘。我笑了笑，说出了自己的年龄。这时我知道这个女子名字是此里卓玛，藏语意思是：永恒的度姆，在汉语中，度姆为"菩萨"之意。她是那么有激情，有活力。

卓玛告诉我，强巴是她的表哥；扎西是她的中学校友，她可能会在扎西拍的片子里扮演一个角色；而我只比她大两岁。她一直不停地在说话，口沫乱飞，我将我的椅子与她拉开了一些距离。

她从紧紧地扎在腰间的腰包里掏出了一堆杂物，是化妆品。当着我和强巴的面化开了妆。先是画出两道弯弯曲曲的眉，再描出两圈黑黑的眼线，接着她拿出一块破旧的很小的镜子对照着。放下镜子，她又掏出一瓶护肤霜，重重在用手指抠出一团，双手狠劲地揉搓之后，搽在了脸上，可想而知，是不可能抹匀的，最后一道程序，她将口红拿了出来，先是涂在了嘴唇上然后又当成了腮红擦在了脸上。我转过头，不忍心看。边化着妆，她还不停地说着话。

突然，她拿起那一块不完整的镜子，说她喜欢我要送给我。我略觉尴尬，还是收下了，之后，放在了面前的小桌子角上，不准备带走。

那两个小姑娘热热闹闹地过来了，卓玛告诉我，这个酒店的老板是她的侄子，那个在厨房里忙的是她的侄媳妇，这个小姑娘名字达娃，是侄子的女儿，自然就是孙辈了。那个小姑娘是这儿的一个服务员的亲戚，是白族。她笑得很大声地说，小孩子们都喜欢她，因为她有钱，常常给他们买好吃的。随手就从腰包里掏出钱包，拿出一元钱给了小达娃，五角钱给了"小白族"。之后，又从强巴买啤酒找回的钱里拿了两元钱放在自己的钱包里，说从来也没有拿过表哥的钱呢，又拿了五角给了小达娃。

放好了化妆品，她又掏出了正在钩编的东西，嘴不停手也不停。她告诉我，她有许多的田地，还有很多的房子，这些都是钱呢；她还有很多的表哥，都很有钱，路边上那个大大的加油站就是表哥的；早几年离了婚，儿子跟了前夫，前夫上了别人家的门；她在拉萨待了两年，去叔叔那儿做生意，现在累了，回家来享受生活。她还得意地告诉我，中甸的很多当官的都是她爸爸家的亲戚呢！

听着她不停在说话，强巴喝着酒，一言不发。而我想出门走走。于是，我问强巴，可不可以到金沙江边去？强巴还没开口。我就被卓玛拉上出了门。

她看到了我的相机，说要拍照，我就说到门口拍几张吧。可是，这一大两小背上了我的摄影包，拉着我，就说要去她的家，她要换上好衣服。

半推半就，我和这三位就沿公路而走，顺山势往下，到了一个小村子，在村边的一所两层楼前驻足，卓玛打开了院子门。卓玛说，公路要改道，她的这房子就要被征用，可以向政府要100万呢！这院子中间有一棵正开着几朵花的石榴树，从小小的院子往一楼看过去，杂乱，脏衣服和两只张着嘴的鞋子在那儿扔着，一张破沙发看上去已不能坐人！我们上了二楼，角落里有一间用木板隔出来的小小的房间，其余的空地上摊满了枯草。卓玛说没有钥匙，从小小的窗子爬了进去，动作有一些滑稽。门开了，里边只有两张挂着蚊帐的床。

卓玛指着放在床上的一只小小的箱子，说这是她保管着的儿子的东西。打开箱，里边有一套男孩子的藏袍，一把小藏刀。

她带着两个孩子兴奋地试着她儿子的藏袍，为一条腰带发生了争执。

我走出房间的门，站在二楼往外看去，就在眼前，院子的外面挂着几条经幡。右边稍远一点儿就是金沙江的一个拐弯处，江面宽阔，水流不急，江岸种着一大片麦子；左边，是顺势而下的浑黄的河水；对面就是一座大山，那儿是四川。两山相伴的是我们的母亲河。

突然，我有一种虚幻之感，不由自主、身在其中。

每一次旅行中都隐藏着另一次无形的旅行，它需要唤醒，需要塑造，需要以心诚实的面对。

个子小小的她穿上了她儿子的藏袍，戴了一顶毡帽，她一步一步地、袅袅娜娜地下楼来，而我不停地拍着，两个孩子也凑着热闹。

她说，她很想在江边的那块大石头上去拍照，多年前，她曾在那儿拍过一张她最喜欢的照片。读书的时候，她很喜欢在那块大石头上，对着金沙江朗读和唱歌。她拿出那张照片，送给了我，我很仔细地夹在笔记本里。

一路上，她欢跳着，路过了许多人家，用我听不懂的语言大声和人打招呼。路过小学校，她和几位老师打着招呼，然后把她们介绍给我，说是她儿子的老师。她大声说着，对呀，我就是想做一个导游呀，我随便就可以说几句英语呢！她摇着手中的一条彩色围巾，大声地说着"Hello""How are you?"。

而我，却似乎听命于一种原初之力的调遣，急惶惶地参与到一件事情之中。

白晃晃的阳光下，她摆出各种姿势在摆渡船上拍照，穿着还是厚厚的藏袍，汗水从脸上流了下来。

脱去藏靴和藏袍，她只穿着内里的衣裙，36岁的人快乐地在金沙江边的沙滩上放声大唱，她连翻筋斗，一个接着一个。她坐上那块她极喜欢的大石，盘腿而坐，闭上眼睛，沉静了下来。我不由自主地屏住了呼吸，感觉卓玛在纯粹的任性之中听到了神谕，她是否是在天马行空的幻觉中找到了一个通向其虚妄的自由的道路？

风起，扬起了金沙江边的沙，迷了我的眼。

扎西回来了，狂打我的电话。他很奇怪，这一个城里来的人怎么就这么进入了"民间"。当我和卓玛、两个小姑娘气喘吁吁地从江边爬坡上到奔子栏的公路上，他和其他人奇怪地看着几乎累瘫了但却兴奋的我，我、卓玛、扎西等人成一个三角状站立着，我看到卓玛的脸上有着无数条沟壑，那是被汗水冲刷掉的脂粉，而眼睛已是黑乎乎的一大块，那是眼影，我的沉重的摄影包把她身上的衣服全拧乱了。

我坐下来，卓玛放下摄影包，一言没发走了。从德钦返回时，我在奔子栏停留，我想过去找她，但最终没去。

有人告诉我，她是一个疯子。

我想起黑格尔曾说过："人的目光是过于执着于世俗事

物了，以至于必须花费同样大的力气来使它高举于尘世之上。人的精神已显示出它的极端贫乏，就如同沙漠旅行者渴望获得一口饮水那样在急切盼望能对一般的神圣事物获得一点点感受。"不论世俗与神圣，那时的她是快乐的，我也是快乐的，这种快乐无可言说！

这一切过去了几个月，但一点儿也没淡忘。我一直想用文字留下一些什么，但无法动笔，总感觉有一些思绪在脑子里漂浮，就是无法落到实处。

前不久，扎西讲了一个故事给我听：有一个大活佛每年都去宾川鸡足山的竹圣寺朝拜。那一年，他带着徒弟们经过大理的下关，看到热闹的集市中，一个挥着大砍刀的女屠夫，他赶忙走上前，拜倒在她的脚下。他的徒弟不解上师的举动，但还是跟在后面纷纷拜倒，活佛告诉他们，女屠夫为菩萨的化身。

我明白了扎西想表述什么，他也明白了我在想什么。我们同时进入了一种语境，就如当时我和卓玛的情境。

水墨影像三清山

"道生一，一生二，二生三，三生万物。"

——老子《道德经》第四十二章

一

与三清山的最初接近，是那晚的萤火虫，微光星星点点、闪闪烁烁。从大西北来的习习生来就没有见过这种会发光的昆虫，甚至还有来自上海的蔚文。

我笑话着她们时，想起日本有首俳句："心里怀念着人 / 见了泽上的萤火 / 也疑是从自己身里出来的梦游的魂 /"。真有意思，此刻想起了这样的文字。立于窗前，远处，清冷的光中的三清山，明月高悬，花草上沾满了露一样的萤火。虫鸣声彻夜不歇，偶尔一两声狗吠，却是归人跫然的足音。窗于我是局限，出得门来，仰目环视群峰，山色如黛，但背景却是透着青亮的天空，这一切似乎都处于悬浮之中，而这悬浮的意象给了我太大的想象空间，虚虚实实之间，它们的呼应往往相互转换。

三清山因有三座主要的山峰，如道家的三清（玉清、上清、太清）而得山名。位于江西上饶玉山县与德兴市交界处。

那白日里宏大、热烈，甚至拥挤的群山，此时在如黛中空了，静了，却空得比什么都多，静得让耳目如此满足。我与大山相互吸引，这吸引已经让我的心活泛了起来，有什么如生物一般的东西在生长。

第二天一大早，出门走着，感觉空气是再好不过了，明显能触摸到当中布满什么密匝匝的粒子。有东西在透明中缓缓滑行，忽高忽低，应该是还带着细细的声音的。不知名的花草，在晨光中、在我镜头中滴翠，不自主地心情也如这草木一起青春张扬了起来。

二

我的镜头记录下了许多美好河山的绚丽，而三清山一早就让我感受到了一种全然中式文化的意境，那是纯粹汉民族的元素。

水墨山水，是中国特有的意境：山石嶙峋、奇松蜿蜒，曾雕刻出中国上千年的文人趣味、士大夫传统。但在我的旅行中，这些很少进入视野和心灵，我一直不明白，这是否是我有意拒绝。直到安静地坐在三清山的石凳上，看到云雾缭绕中山石的奇幻造型，看到光秃岩石上松树伸向远方的苍劲的枝条，瞬间一种一直潜伏于心的东西被打通了，那是否是自己与传统趣味间隔已久的经脉？

三清山真的是我所见过的山水的一例"极品"，清风缭绕、烈日当头、朝云暮雨，那是上天的心情使然，镜头随便取一景，就是那天然的水墨画作。提笔之处，大山巍然，略显不够灵气时，哦，那云雾飘然而来，时浓时淡，将那山峰若隐若现，甚至全然遮去，真是淘气，对，那就是孩童般的淘气。

转过了不知几座山，世俗的喧嚣全部与手机讯号一起被屏蔽，一生的过往都在这摄人心魄的宁静中摊开，扔开了去。

太幽静的一条山腰栈道，悬置着，我紧贴着山壁，有一些恐高。林间叶片之间不时投下一些碎碎的光影，是它们或明或暗的交错交换着光落在地上的影像。左手凌虚，云雾一股一股地涌了过来。此时，我落单了，有点儿恍惚，不知道我这么一直走下去，会不会就化入雾岚之中？这个场景似乎在无言与静谧中膨胀着，形成了一个神秘的气场，让掉进去与被吸进去的，都必须换一种方式去呼吸，去思想些什么。我站住了，大声唤了几句，如我一般走得很散板、随性的习习、万万、土路，呵呵，还有感觉如"老大"的田瑛就从去雾中钻了出来。

我们已经与大部队落下了不止一个小时的路程了，迷路了。没有了规矩，就有了心性的酣畅。

三

我们一步步地接近了三清宫的"气场",它是不是这大山的灵源所在?

更吸引我的是荒野小径旁、融于山势的一座废弃的小庙,庙前的青龙白虎踞于野草之中,不小心就踩在它们的头上了。这倒让这龙和虎有了许多的人间烟火气。我把习习拉到那有几百年历史的石墙边,给她拍出了许多让我满意的照片,我的行为带来了几个人排着队要在这一个点儿拍照,我对着那业已风化的、不大的、不让人心发虚的神像道着歉,原谅我们扰了它的清静。

有名的三清宫,香火倒不旺,这与大山的清静是相互照应的。三清山历来是道教圣地,据史书记载,东晋升平年间(357—361年),炼丹术士葛洪于三清山结庐炼丹,鼓吹"人能成仙",至今山上还有葛洪所掘的丹井和炼丹炉的遗迹。于是,葛洪便成了三清山的"开山始祖",三清山道教第一位传播者。

到唐宋时期,三清山的道教已经很兴盛,三清山一带开始出现成批的道教建筑。到元代时,三清山的道教已经分为全真派(出家)和正一派(不出家)。明朝为三清山道教的鼎盛时期,明太祖朱元璋特别推崇道教,尊张天师为全国教主,贵溪龙虎山遂成为全国道教活动中心。三清山距龙虎山仅 300 华里，近在咫尺，传道、化缘的方士来往频繁，联系也极为密切。到清代以后，三清山在道教领域中影响越越来越大，在全国的知名度也随之提高。雍正四年（1792 年）御制《钦定古今图书集成》所附的《广信府疆域图》中，正确地标出了三清山的地理位置。

1600 多年的三清宫最大限度地保留了原貌，殿内阴暗，有一种仿佛从地心深处沁出来的凉意。道长在讲解着什么，我没挤进去，应该是《道德经》吧。我在门口，拍了下蕙姐敬于神前的那一朵小花，鲜艳的红在深灰色的香炉里，是一种很时尚的色彩搭配。此刻，我完全沉浸于自己的小情趣之中，忘记了来三清宫是想探究它关于道教、神仙的天大名头，忘记了想知道，从这儿走出去、散落山中就不回来的那些与道教有关的人和物，喏，人们会告诉你，那个是老道问天、那个是仙人指路、那个是神仙的鞋，真的不小的一只鞋啊。可惜的是，想拍一张从云雾中探出头的巨蟒出山，可是，那巨蟒就一直神气地立于大中午的阳光之下，透出凛然之气。没有光与影恰到好处的合作，这张照片就太直白，毫无中式文化的含蓄。不过，金黄色的石头块块相叠，危如累卵，支撑起"巨蟒"充满欲望的三角形脑袋，大自然的造化，到此也臻于胜境了吧。

气定神闲的女神安详地盘腿而坐，这山峰据说是全国仅有的 64 座女神峰中最神似的一座。女神峰下，我给蕙姐拍了许多张照片，不仅因为女神的姿态与蕙姐比较相像，还因为，在我的心中，她的正直、纯净与心怀的宽大，是不是具神性的人呢？我反正这么想着。

大山太厚待我们了，艳阳高照，云雾升腾，接着是透透的大雨，淋得我们一行兴奋不已。最兴奋的是我的相机和我的心，真的是满了满了。

四

傍晚，我们坐在三清山西海岸的石凳上，久久地看着那群峰和苍松，夕阳将金粉涂抹上青黑的岩石，台湾松在逆光中被刻成剪影，云雾高升，如幕帘，欲将山峰遮盖……我记忆中那些熟悉的东西如云雾浮现了出来，那是王维的诗，赵孟頫的画呀。

"静胜躁，寒胜热。清静为天下正。"

于我而言，影像三清山看不到道家的三清，却看到了清澄、清明、清心这三清了，有这三清就和谐，内心安宁，这是人类良好生存状态的根本。

宽巷子窄巷子

宽巷子窄巷子只不过是成都无数条古老的小巷之中的两条，就像姐妹一样，她们紧挨着。

清晨，不经意间我走到了住地旁的这条"宽巷子"，吸引我的是小店的幌子和门前盛豆腐花的木桶，还有那几位悠闲地坐在门前聊天的大娘。满巷都是老房子，老远我似乎嗅到了那老木依旧散发出来的清香，看到了在窗棂中舞蹈的阳光小精灵。

相邻的"窄巷子"好像并不比"宽巷子"窄，并且多了些绵长醇厚的味道。我喜欢这味道，她就是成都的气息。像茶，若即若离。那两个老人三把小竹椅、两只粗糙的白瓷茶杯、一个断了截壶嘴的茶壶，就那么有滋有味地品着，茶也许不是好茶，但心情肯定是好心情；那个身材修长的大婶，正在古旧的门楣下侍弄着花草；那卖花的小伙子骑着自行车，也不叫卖；就连那被牵着走的小卷毛狗也悄无声息。

街道肯定是老街。房椽上在晨风中摇曳的小草不知经历过些什么，总会有一些老的面孔消失，一些新的面孔出现。

一些老的炊烟弥散，一些新的炊烟冉冉飘起。秋风一来，小草又绝尘而去，可来年他又成了一身葱绿的少年。

门楣上的"六合"是蒋介石的老师、国民党元老、书法家于右任所提，这位载入史册的老人是否曾在此安歇？

那从前深如许的庭院，如今已分隔成了好几个门户，已全然看不到旧貌。只是宁静依旧。

再幽深的庭院也会有一径青苔、一丛绿、一片落叶在阶前，还有那一缸寂寞，也许还有清晨和傍晚的一抹衣袂飘动，更有那凄婉有温润的故事发生。这一个庭院，小径依旧、那一缸寂寞成了游动的鱼儿。这会是哪个在俗情中没有俗心的人所筑？是谁在里面听风听雨听岁月淡淡磨过？那几个说着悦耳的成都话的女孩对我这么一个不速之客全然不在意。环顾四周，这个院落已成了一个招待所。

巷口的繁华喧闹与巷内不相干。白兰花的清香牵引着我行走在门扉紧闭的这所文物建筑的墙外，她是那么清冷，可远观不可近渎，可意会不可言传。清是她的清、冷是她的冷。她就是以这样的气质，让有心人尝。

我喜欢这儿，我肯定来过这儿，一定和谁一起买过那个小伙儿的白兰花、茉莉花，一定和谁在这儿饮过漂着花瓣的清茶。小巷依旧，没有人理会我。

不知名的花默默地落，落着不知名的忧郁。小巷依旧。

两枚红珊瑚戒指

我的行走故事，就从这两枚戒指开始吧。

8月的第一天，我第三次到了郎木寺。郎木寺不是寺名，而是一个小镇。一条小溪从镇中流过，小溪的北岸属于甘肃碌曲，南岸属于四川若尔盖。小溪宽不足2米，却有一个很气派的名字"白龙江"，如按藏文意译作"白水河"。

溪上的小桥头，有一间小小的店面，如意银匠坊，店主夫妇是本地的藏族。临行的前夜，我和习习来到店里。习习看上了一块红珊瑚，央店家给打成一枚戒指。我们进入他们的工作间当然也是生活空间，那一块分隔板后是他们的床。

黑黑壮壮的男店家干着活，时不时地随着电视里的节奏，吼上一句"呀拉嗦"。我问他知道唱的是什么吗？他说，只读过两年书，听不懂。

他从一个小盒子里又找出一块红珊瑚，一脸坏笑地对着习习，习习一看是块好料，于是我们互相调笑着，它就成了我们第二枚戒指的料件。我们问他，这么开玩笑，老婆会不会生气。他说：老婆？算是吧。不会生气的，藏族女人不管男人的事情。

女店家进来，坐在我的身边。她初中毕业，在村子里算是文化人。因为小伙子有手艺，她嫁给了他，两人在郎木寺开店多年，生意一直不错，但多是为本地人打制首饰和腰带，所以，这么多年一直没有挪过地方，而隔壁的那几家每年的经营者都不一样。

小伙子笑了，他说，隔壁的是丽江来的，他们生意好的时候，脸上就是笑的，生意不好，就不笑了。

我问他的名字？女店家替他说："那么甲。"我笑着告诉他俩，以后别人问你叫什么名字，你就说："那么真。"女主人想了想，笑了起来，用藏语把我们的对话翻译给了那么甲。他仍然是一脸茫然。

那么甲专心地化银、锻打、下料、粗加工、精加工、焊接、简单抛光。

习习问女店家：孩子呢？她沉吟了一会儿，眼睛瞄着那么甲，说没有孩子。她告诉我们，去了好几个地方，包括省城的医院，但一直没有找到原因。她说害怕去医院，医生都是汉人，语言不通，不愿意给藏族人看病，医生问的问题我们听不太懂也回答不清楚。

我们一时无语。那么甲却唱起了欢快的藏歌。

深夜的郎木寺除了两间营业的酒吧亮着灯，是没有街灯的。那么甲打着手电送我们回酒店，他说，你们下次来就把戒指还给我，我给你们再重新打一对更好看的。黑暗中，我们听到轻轻的流水声和他的笑声。

　　如今，这一对戒指一枚在广州，一枚在兰州，它们的打造者在遥远而僻静的郎木寺。

庐山小教堂

它是庐山的一座小小的教堂。

青春年少之时，我在庐山待了四年，那时我是一个小兵。如今，二十多年过去，我走过了无数的地方，心中却只有这一个地方铭刻着。

那时，我每个周日都要经过这个教堂。一到周日，我沿着河东路，在美庐的门口，走上河西路，一路上坡，经过小教堂和东谷电影院，再经过庐山图书馆，左拐上台阶，经过邮局，就走上了牯岭街，我的目的地是新华书店。之后，我又顺原路返回。期间，我一定会在某一处停留。或者是从图书馆旁边，经过游泳池，沿着脂红路，走过周恩来故居，再经过美庐，走河东路回家。

当然，我还是最喜欢在周日的早八点左右，经过河西路边的小教堂，可以听到庐山话的祷告，真是美妙。

刚刚结束新兵训练，上了庐山，第一次上街我们路过教堂时，就想进去看看，但班长不许。终于我可以一人上街了，第一件事情我就去了教堂。时间尚早，人还不多。我穿着军装，慢慢地走了进去，一种神圣之感油然而生。一个中年男人，手捧着一本书，走到我的面前，用庐山话问我有什么事情。我说，我只是想看看。他很礼貌地用一个手势告诉我，让我坐在靠门边的最后一排。坐着的人和陆续进门的人都看着我。我感觉到了异样，起身离开了，那是1986年的冬天。

之后，两年时间，我只是从它的旁边经过。终于，我可以穿便衣上街了。第一次换装上街，我仍然是进了教堂。那个中年男人，面对众人站着，他没有注意到我。于是，我坐在中间的位置，听着那男声为主的诵经声。当然，我知道了那个男人是干什么的，也知道之前他为何不让我"长驱直入"。这一幕，现在想来，恍如隔世。

它是庐山最古老的基督教堂，建于1910年，面积大约200平方米。正门的右手靠河边，是东谷电影院，这个电影院只放一部电影——《庐山恋》。教堂原是英国基督教会医学会堂，后来被"牯岭美国学校"借作教室，解放前又被改作基督教小礼拜堂，至今保存完好。

因为这里与美庐只有一涧之隔，所以蒋介石与宋美龄夫妇在庐山期间经常到这里做礼拜。1948年8月15日，蒋介石、宋美龄最后一次来此做礼拜，18日离开庐山后，再也没有回来。

自由岁月

丽江的束河古城，这从前茶马古道上的马帮聚集地，据说历史比丽江的大研古镇的历史还早两百多年。挑水巷里的"自由岁月"驿站在古镇的边上，临近龙泉寺的九鼎龙潭。主人是一对从前在新加坡电视台工作的台湾人。

王大哥和他的夫人晓芳离开新加坡后，在深圳工作过，十年前他们来到了这儿"安营扎寨"。

"自由岁月"的狗也那么自在，"比利"和"小小"是一对"兄妹"，对"来的都是客"这一点掌握得很好，一个劲地摇头摆尾舔人脚丫，刚坐下，它们就一个接一个地蹿到人身上。

王大哥夫妇都是爱玩的人，走自己的路，过自己想要的生活。希望在自己悠游生活的同时，能够将以后客栈的一些盈利为藏区的学校做一些事情。

小小的院子是石头筑就，用整条的石块，严丝合缝的垒起，黄泥勾缝，大块石头做地基。近院子门口种上了紫藤、对着门的院墙边的紫荆还有一些不知名的花草正在开放。也有兰花，但不是精品，虽然也娇贵清雅，却和那些恣意生长的植物随意地待在一起。那棵小小的向日葵下偎依着一大一小两只纳西人的吉祥物"瓦猫"，它们还有两个长得很高大的"兄弟"正站在驿站的门口站岗。厨房边的篱笆上挂满了老玉米，我看也只是为了装饰。厨房是最简易和开放的，居于此的都可以用。驿站不大，是纳西族的土木式构造，相对着有两幢房，右边是一排平房，左边是两层木楼，好像只有三五间可以用于接待，有趣的是，有的朋友来了就不想走，宁愿在小院子里搭起帐篷。这儿没有电视，但电脑、冰箱和洗衣机还是有的。

他们很喜欢朋友说过的一句话："还记得我们共同走过的那段自由岁月吗？"所以驿站有了这样的一个名字。这里没有客人，来的都是主人。

王大哥和晓芳是知道生活本真的人，他们一直认为，束河是值得潜下心去慢慢体味的，它自有一份尚未被彻底打乱的宁静和安好。这笃定自如的气度，除了建筑本身所具有的历史恢宏的质感外，也因世居于此的束河纳西人，面对越来越多的城里来客，他们始终安然的接纳。他们会与你微笑问好，会好心给你指路带你穿遍各条小巷，也会与你斤斤算计买卖钱财，他们本分、淳朴，却也精明。这精明并不是那种商人式的投机和算计，而只是他们守护自己利益时那种天生的直觉。

我们坐在屋檐下喝茶，狗狗蹿到了坐着摇摇椅的晓芳身上，她抚摸着"小小"，平缓地说，去年他们夫妇开车去拉萨，在寺庙里和大街上，每天都会看见一些慈祥的老妇人怀里抱着小狗去寺庙里转经。那些小狗也是那么慈眉善目，眼神从容淡定，似乎充满着佛性。晓芳说，可能是每天的转经让它们也修身养性呢！狗不仅仅是只通人性吧！可爱的晓芳的一番话，引起了大家的笑声。

王大哥说，束河是天堂，可我认为，天堂在自由的心中，在人心所及之处！

文面的喃奶奶

2006 年我独自一人经怒江进入独龙江。96 公里的路吉普车走了 8 个小时。

独龙江夹在高黎贡山和担当力卡山（缅甸的）之间，每年 12 月到次年 6 月，大雪封住了通往外界的唯一一条路，人们只能在天寒地冻中过着一种与世隔绝的生活。至今当地还流传一句话，"吃人的多，人吃的少，天无三日晴，地无三尺平，身无全衣"。正因如此，几乎很少有外地人进入独龙江。

第二天，开车的小杨师傅在孔当遇上了他的朋友李校长，小杨告诉他我想去看文面女，拍一些照片。校长爽快地答应了。走了三个多小时的山路，我们到了献九当村。一坐下，几个人就开始喝米酒，老奶奶和儿媳妇上山了。

一会儿，老奶奶和一个中年妇女回来了，她坐在火塘边的床上，床上有一块已经看不出颜色的破烂毯子。而她的身上也穿着一件看不出本色的条纹衣服。

我把手中的米酒递给老奶奶，老奶奶笑了，她又回递给我，我喝了一口，又给她，她很高兴地喝了一口又递了过来。

老奶奶的孙子福林说，老奶奶名叫"喃"，名字与她在家中的排行有关系，已经 87 岁了，和他的爷爷结婚之前就已经嫁过人了，就是福林爷爷的哥哥，丈夫去世了，她就嫁给了福林的爷爷。

我看着已经 87 岁的喃奶奶，不知道她还能在独龙江的深山里能好好地活多少年，我也知道我不可能再去看望她了。离开时，我拿出一些钱，放在她的手上，在家人的推让之中，老奶奶将手中的钱转身给了她旁边的儿媳妇。

一个人来到这个世界就开始朝着某一种既定的结局走去，却并不知道自己的最终结局如何。降生于什么样的家庭这由天定，能过上什么样的生活却并不是能由主观决断的，客观条件有时起的作用远远大于自己的努力。

至今我还在回味我的独龙江之行，更让我回味的是那些我的深山之中的独龙族朋友，他们有着大山一样的宽厚，有着独龙江般的清澈。

我用喃奶奶的照片做我电脑的背景图，经常就可以看到远在独龙江生活的已经 90 岁的她，不知道她还好吗？

与土地融合在一起

这张片子是在青海同仁的年都乎寺拍的，一条小小的巷道，两边的院墙里伸出的不知名的果树结满了果子，熟透了的果子掉落在地上，无人捡拾。

片子是拍于青海"六月会"期间，这一个时期，寺院的大门边是有记号不让女人进寺院的。我们也犹豫了一会儿，决定去闯一闯。

下午的年都乎寺，除了大门边的几个施工人员，再没有见到其他人。安静得会被自己的脚步声惊吓。我和习习近乎蹑手蹑脚地行走在其间。

大殿后是喇嘛的住所，土夯起的院墙，也就是俗称的干打垒。每一扇门都关着，有的上了锁。我们从门前的情形来看这一家的情形，门锁锈斑斑的，这一家主人可能很久不在家了；门前长满杂草的，说明已无人居住。这自然给了我们无限的想象。

我们走到了这一巷道，想去果树的后面看一看。我们踩着地上的果子，穿过了果树。经过一段院墙，看到了一个废弃的院子，没有门，门框也已腐烂，走进去，房屋已经融为大块泥土，很小的院子中间有两个长满了杂草的土包。我们愣了一小会儿，相对着蹦出了一个词："坟墓"。于是，拔腿便跑，不顾低矮的果树刮着我们的头。

我们坐在大殿的门口，让自己定心。这种情形让在藏区晃荡多年的我们产生了好奇。

终于，我们在伙房找到了一个正在休息的厨工。我们与他先聊了一会儿。之后，我们问那个院子里的坟墓是怎么回事。老厨工说，他爷爷以前就是这里的厨工，告诉过他那个院子的事情。那是两兄弟，十几岁时一起出家来到年都乎寺，在大家的帮助下，夯垒起了一个小小的院子和两间房，两人在寺里生活修行了几十年，后来，哥哥就病了，弟弟一直照顾着他。他去世时，要求弟弟把他埋地院子里，说这里就是他的家，和弟弟做伴。几年之后，弟弟也去世了，他让他的徒弟将他埋在哥哥的墓的旁边。

老厨工说，记不得多少年了，他爷爷在这里做事的时候那院子里的墓就有了。

草儿一年又一年地枯荣，果树一年又一年地结果落果，不论以什么方式，最终都是回归土地。

回到广州后我查了相关资料，年都乎寺由丹智钦初建，第三世夏日仓根敦赤列（1740—1794 年）时期成为隆务寺属寺。也就是说，在十六世纪初，这个寺院就存在了。

独龙江，那一刻我无语……

这是一个梦吗？抑或是醒着？

对此我一无所知。

——约·冯·艾兴多尔芙

面对独龙江，我失语。

从心底而来的一种畏惧，这是从未有过的。就是时至今日，我仍然不敢去回想。那一刻，很真切地感觉到灵魂之光黯然，那一束光不是以我个人之力能把握的住的。

怒江的深处是独龙江。

独龙江就似她的名字，如一条孤独的龙卧在高黎贡山和担当力卡山之间，往西翻过担当力卡就到了缅甸，往北到了熊当村路分两条就到了西藏，一条经向红村往日东方向，一条经麻必洛村往察瓦龙方向。也许，这样一说就可以从地理位置想象她的所在。

在"独龙江"这个词出现前一定是会有"怒江"的。我不知道怒江这个词是从什么时候进入我的脑子的，可能就是因为地图，因为这个"怒"字，让我心生了不少的想象。那时，我就知道，我会走进怒江。2005年，在腾冲，就想往怒江去，可是鬼使神差，我无聊地去了瑞丽，并当晚就飞回了昆明。

今年的7月，我到了昆明，本没有很坚定去怒江的打算，可因为很人为的原因，不由分说地，怒江就来到了我的眼前。从六库到贡山，第二天我就和小杨（一傈僳族师傅）进独龙江了。这一切的发生似乎有些身不由己但又是水到渠成。

一路的我，坐在小杨那改装的北京吉普上，是那么的欢愉。我视线中的一切是那么的不可"理喻"，大自然为何会在此生成如此之态？我对大自然的一切充满好奇，因为我的内心充盈着一种情感，这种情感常常会让我喜不自禁。我爱着，就像热爱眼前的这一块土地。

我对我的朋友说：我会安全归来的，因为有你为我祈福！是的，我坚信这一点，就如那一刻我坚信，我的四周有许多的大自然的神灵，他们一定在看护我，也一定会像我爱着他们那样地爱着我。

那时，我是愉悦的，愉悦得以致事后想来真有一些与年龄不相符的幼稚。天上的白云、路旁的泉溪、直指云天的大树，以及突然出现在眼前的小动物，这一切都让我开心不已。小杨说，从贡山到独龙江的孔当村，他走了五年了，我是他遇到的第二个独行独龙江的女人。他是一个快乐的人，他说：你不是想和白云更接近吗？那你就爬上我的车顶，那里会让你更接近天空、更自由。

所有的不安全、路难行的话，对我没有任何影响，虽然这路况之差是我有生以来第一次遇到。泥泞和颠簸就是贡山到孔当这 96 公里的代名词。小杨一直教我，车颠时该怎么坐，而我却一点儿也不以为然。无力反抗那就快乐地享受。时不时，我除了下车拍照之外，就是帮小杨去搬石头填在车轮下，或者是车过豁口时，我下车自己走过，小杨说这是预防真的有"万一"时，能保住我的小命。

在垭口，那山景的美让我哑然，我似乎已对这一路的青山，绿树，或鸟语、花香，以及闪闪发光的露珠、潺潺顺山而下的泉溪，滔滔不尽的大河无法添加更多的形容词。我也只能感受渐渐明亮的阳光下，那轻烟一般散开的薄雾，那星斗一般寥落的村庄，那棋子一般点缀的牛羊的存在，而无词语能将这一切如画般地呈现出来。从大体上来说，它们是相同的，因为我们所看到的，抑或说组成沿途风景的要素是一成不变的，山、川、树木、白云，这让我们的语言近于贫乏。但实际上，它们又是完全不相同的。这些要素之间的组合却是无穷地变化着，各种线条、地势、色彩、光以及声音，无时无刻不在产生新的变化。其结果使这座山与另一座山、这一处与那一处、这一个角度与那一个角度迥然相异。如果说艺术已然形成它自己固有的语汇，而在此，完全能感觉到，除了我们日常所见所用，大自然就美而言，尚未形成自己的语汇。

这样的地方无疑是有神灵的。她们飘来飘去，寻常肉眼看不到一点点蛛丝马迹。说不定，途中的所有的偶遇都是它们的化现。

面对大山、天空、美景，想些什么才能对得住她们？我想了许多尘世间的东西，但我想到了灵魂，因为在尘世中灵魂无处寄托。有一本名为《论灵魂》的书中写道："植物和动物是凭着一种形式（灵魂）和一种质料（身体和肢体）而成为实体的存在物""灵魂应当是植物和动物赖以成为现实的植物和动物的东西"。那么，灵魂如果真的存在的话，我们的生命必然受灵魂主宰。同样，我们的一切言行和成长都将围绕着一个轴子：灵魂。灵魂使生命得以鲜活，得以被光照而映现出五光十色。

此时的我，正越来越靠近一个轴，一个旋转着的轴。

沿独龙江而行时，江在我所坐位置的右边，往下看去，它就在那儿。从高处看下去，河道不宽，水流不急、清澈。而小杨告诉我说，那水才急呢，只不过我们与它相距有一千多米感觉不到而已，如果掉下去，别说车，人肯定是找不到的了。我一向是恐高，不敢往下看，但是忍不住地想体会高度的感觉。也许那一刻有一种心理上的快感但更多的是恐惧。

车身一侧，我惊呼起来，手紧紧地攥住车把手，出了一身冷汗。而小杨很轻松地说，没有关系，掉不下去的。平静下来，我问自己：为什么要来到这儿？为什么要经历这一切？

我是不是在自虐？难道我在寻找天堂？无人能给我答案！

平静下来，我和小杨开起了玩笑，也许我"下去"了，就一定要立一个墓碑，写上：这是一个女人！就行了。小杨大笑起来，你这个人太好玩了，谁给你立？那个时候我也下去了，没有了，等别人能看到的也许就是到下游去了的车子了，可能就出了国了。

我似乎感觉到那一个轴转动得越来越急。

我突然很想离开这个地方，回到我的尘世。

景色比我们沿途所见更美，因为能到这儿来的人是不多的，而散布居住在这个峡谷地带的只有不到四千人独龙族人。这是否就是我想象中的原始文明的世外之桃园了呢？其实也不，在靠近孔当，我看到了正在施工中的一个很小型的水电站。我下了车，在周围转了转。民工说，修水电站好呀，以后就有电用了。

经过 8 个小时的行程，下午 5 时我们到了孔当，独龙江的政府已从巴坡搬至此。我们当晚要住在兽医站。在这儿手机有了信号，我迫不用待地与亲朋友们联系。

那一个急速旋转的轴，一种离心力，我被抛了出来。

慢慢地，天开始暗了下来，我突然感觉对面的大山挟裹着孤独，以排山倒海之势向我压了过来，独龙江水的声音也突然变得那么凶猛咆哮。

有人说过，人最大的不幸是来自身体和灵魂分裂。可现代人身体和灵魂常常是异处的。

朋友发来信息：将心胸向无邪的山水敞开，那是一种幸福！

我无法控制地失声哭了起来，在这个陌生的地方，我更真实地感受到这世界似乎已将我遗弃，在我还没有完全看清她时，她就把我弃之一旁。

小杨此时走到我的身边，挨着我坐在一个低矮的板凳上，也不说话。一会儿，他起身从车里把我的衣服拿来，披在我的身上。我又大声哭了起来。从旁边的矮窗里伸出了一张女子的脸还有一张递过来的纸巾，女子说：我刚来时也是你这样的，但过了段时间就好了，麻木了。

我慢慢地止住了哭泣，接过姑娘递过来的纸巾。小杨在旁边笑了，他说："吓死我了，我还以为你有神经（精神）病呢！来的时候高兴得把我的车顶都要掀翻了，到这儿了又哭成这个样子！"。

离开独龙江，还是我和小杨，似乎是归心似箭，可归于何处？独龙江之行让我成长，让我自醒也让我变得更注重情感与分辨情感，我会更珍惜已经拥有的，也不会在那些无谓的事情上花费精力。

美景依旧在她原来所在之处，但白云没有了往日的影踪。

在路上，我给朋友发去短信：这是一次极为痛苦的旅行，但我一点儿也不后悔，因为它让我成为更完整的自己！与这充满神迹的天堂相比，我还是宁愿在尘世中堕落！

后来，我和朋友聊起独龙江之行，我告诉他，一点儿也不矫情，那种情感太真实了。我的朋友很坚定地回答我：这是爱情！也是彻底的哀伤，可以想象，那一刻，你身处的地方，一定是微凉的，空气是潮湿和冰冷的，心像被水洗过去一样。那一刻你怜悯自己了，而怜悯，是神的专利，所以，那一刻，你接近神了。

我很清醒，甚至可以说，我更加清醒了，我所能做好的就是"自己"，不论是尘世还是"天堂"。

《圣经》上说："要光就有了光。"其实，从人生来说，完全不会是这样的！

3路车，通向松赞林寺

3路车，从独克宗古城旁的中甸军分区门口开往松赞林寺。

这一路，正好贯通整个城区，由南向北，开进草原，开进村庄，也就从人间到了神域。

中甸人少车也少，好像只有总共5路公共汽车，车资一元，也没有什么票不票的，招手即停，想下就下。

我在中甸总共乘过两次公共汽车，都是3路车，巧合的是，都是同一趟车，车上司乘人员是一家三口，那小的才不到两岁。我的两次3路车之旅皆与吃有关。

我从军分区出来，起点站只有我一人上车，于是我就逗那个孩子玩并和年轻的母亲聊起来了。他们是四川人，来这儿生活已经三年了，起初是做点儿小生意，后来就承包了这车，做起了市内运输。

聊得开心，后来陆续上车的客人也加入了我们的话题。一个回寺的喇嘛在松赞林寺有好多年了，他说他看到了城市的变化。他很有趣，说到3路车的变化时，全车跟着大笑。

他说，原来的 3 路车是最脏最破的，好玩的是，那时的车是司机手动开关门，工具就是一根橡皮筋。一定要一根粗粗的橡皮筋，一边拴在司机驾驶位的手挡位杆旁边，一头拴在门把上。注意，那橡皮筋要有弹性，长度要控制在不用力拉的时候，比从挡位杆到车门的实际距离短一点儿，让两头拴上之后，有一个似紧又松的力度，加在车门上。这种手动装置其实在一种力的作用下还会成为一种"自动装置"呢，就是，利用汽车启动加速的惯性关门，用停车减速的惯性开门。但这个就要求司机要有很好的控制技术才可以，要不就不该开门的时候就开了门，不该关门就把门给关上，还夹着人！

喇嘛一说完，他自己笑了，连一直不说话的司机哥哥也笑了。

这是上午 10 时多，一路上上来了不少的喇嘛。我问我旁边那个说笑的喇嘛说，你们都认识吗？他说，基本上是不认识的。因为都不是在一起的，就是像你们有单位的一样，我们不是一个"单位"的。

本想在城中心就下车，去逛自由市场，可一路这么聊着，我就乘车到了终点。我没有下车，我旁边的喇嘛一看我不下车，他很认真地说："喔，你太客气了！把我送到家门口了。"我笑了起来，他下了车，走出几步，回过头来，对我说了一句什么我没有听清，之后，他笑着、大声说："祝你平安！"

这是我没有预想到的快乐！

往回返，进城，车上人就多了。我又付了一元，那个年轻的母亲说，不用了，脸红红的。司机哥哥问我："你是当兵的？"我想他看我是从军分区上的车就有了这种想法吧，我如实说，很多年前是，现在不是了。

我说我想去自由市场，那司机哥哥终于说话了，他问我去干什么。我说去"看菜"。他笑了起来，说中甸有三个菜市场，到时，他会把我放在最大的那个市场附近。

我是有"菜市场迷恋症"的，我知道，就算最贫乏的城镇，都会有菜市场的，当然分为公办和"自由组合"，而那种"自由组合"的就更充满了吸引我的种种元素。我对一个地方的人和他们的生活的兴趣远比对自然景观的兴趣大得多。那上哪儿能看人们的真实本土的生活？菜市场。上菜市场像当地人一样逛，会发现自己很快进入了一个日常生活场景。这里有各种当地的土产、瓜果蔬菜、劳动工具、锅碗瓢盆……身边正有人在用方言讨价还价，可以轻松地看到大部分我想知道的事情：物产，人们的生活习惯，语言习惯，甚至性格特征……不知不觉中融入了一种全新的生活。

每个地方，都会有一两样食物我可以天天吃不生厌，即使离开也常会惦记。对整个云南来说，我极喜欢的食物就是与"饵"有关的食物，饵丝、饵块，说到这儿又让我垂涎欲滴了。我的朋友们都知道，所以，我在云南的每一个地方，他们都会带我去寻找这一类的食物。有意思的是，有一次在昆明，正逢周六，一个将军哥哥让司机开着车，带着我在城里兜兜转转地找他记忆中的大理巍山的饵丝小店，可他知道的那些全部因为拆迁消失了。于是，他只好打电话求援。那天我们终于还是在一个极为偏僻的小巷里吃到了美味的饵丝，而那个小小的店里，人满满的。

这些让我惦记的食物很便宜也不怎么起眼，常常会遍布路边小摊或者老旧的居民区菜市，价钱大都在 1~2 元左右，但那份量足得让你于心不忍。

中甸有一样东西让我几天不吃就"心思思"，那是"鸡豆凉粉"。

这是什么东西？鸡生的豆子？像鸡的豆子？其实就是一种看上去就像稍微小而扁一点儿的黄豆的豆子，滇西北很多地方都有，那当然所以，在这一带都可以吃到鸡豆凉粉。中甸有很多人家还常常用它去煮汤和炒魔芋、酸菜。

在中甸最大的"金桥"市场，已快中午了，人不多。一路的小馆，有卖包子豆浆、荞麦粑粑，还有酥油茶等等。没见到有鸡豆凉粉。我拍了许多的火腿、琵琶肉的照片后，一回头，看到了另一个方向有一档卖鸡豆凉粉呢！

那个温柔的大妈，笑眯眯在看着我："吃热的还是凉的？"自然吃热的。她接着又问："熟一点儿？生一点儿？"自然是熟一点儿好吃，黄黄的，香香的。她从那个圆圆的正煎着凉粉的铁板上，挑出符合我要求的，堆了满满一碗。"要不要辣？"赶紧声明，不要不要不要。于是，一碗加上了酥黄豆、香菜、花生末等十余种佐料的冒着尖的、热乎乎的"鸡豆凉粉"上来了。

大妈微笑地看着我吃，也不说话。而我，实在是缺乏战斗力，眼大肚子小。大妈说"不吃多点儿，走不远的。"我看到大妈还炸油条卖，我实在是馋油条了。我说，大妈，我想吃油条，可是吃不下了。"明天早上来吧，刚出锅的油条更好吃呢！"

手抚着我的胃部，走出市场，在市场口拍了几个大妈在卖的酥油、菌类还有漂亮的野花的照片。我走到了大路上。

也许实在是吃太饱了，我就站在路边，啥也没想，走神了。一会儿，我听到一个声音，"老兵、老兵，这边，车上。"我一看，是那辆3路车，是那个司机哥哥。

我跑过马路，上了他的车，车上没有什么乘客。他看到我很高兴，连连问我看到了好看的菜吗？然后不由得我说话，就说，要看好看的菜、要拍好看的菜要很早就去市场，现在的菜没有那么新鲜好看了啦。

我很奇怪他的变化为何如此之大时，他告诉我，他是九十年代的兵，当了五年后退伍了，然后和亲戚从四川来到了中甸。原来如此，我们曾为同一战壕里的战友呢！亲切亲切！

我告诉他，我吃了鸡豆凉粉，还拍了很多照片，很有收获。我还看到了很漂亮很漂亮的油条，想到的不是我生活在的城市广州的油条（那儿称油炸鬼，指代秦桧夫妇）而是多年前当兵时吃的司务长炸的油条呢，可是胃里没有地方放了。

他说，明天我接你去吃油条。我到了军分区，下了车。

第二天一早，招待所的小战士来敲我的门，说有人找。我愣了一会儿。我对分区领导说让我自由活动，还会有谁来"打扰"我？

到门口一看，是那个司机哥哥，他说带我去市场看菜去吃油条！

我上了他的 3 路车，他居然一路飞奔，不上客人地就把我送到了我昨天到过的市场的门口，然后，他就以一个很潇洒的姿势掉转车头走了。我想，如果车能开进市场他是一定会开进去的。

那天，我在市场没有待多久，拍了一些鲜翠欲滴的蔬菜的照片之后，就出了门，站在大路上。我希望能与他再次遇上，但等了许久都没有见到他的车。

我不知道他姓什么，也不能完全说出他长得什么样子。

但，我记住了中甸的 3 路车。

3 路车，从军分区开往松赞林寺。

去新篁

很多时候，我们去一个地方是不经意间抵达的，而那种所在一定会让你获得无从预料的全新体验，有别于最普通、最日常的时刻。

文学笔会一向就是老友再聚，新友相识的活动。农历三月，一众人相聚江西横峰，旧友陈蔚文写了《在葛源》，新朋马叙写了《横峰记》，那我还是写《去新篁》吧。

农历三月，又称季春、桐月、桃月，此时的新篁，草木葳蕤，万物恣意生长。虽然没有连绵的竹海，一丛丛颀长的秀竹却也不少见。新篁距县城 50 公里，与葛源镇相临，是一个秀美的山区小镇，油茶满山、野葛遍地。

有人说"葛"的名称来自于那位炼丹的葛洪，因为他发现了这种无名的植物，后人才命名为"葛"。其实不然，葛早在《诗经》里最有记载，

> 彼采葛兮，一日不见，如三月兮。
>
> 彼采萧兮，一日不见，如三秋兮。
>
> 彼采艾兮，一日不见，如三岁兮。

这其中的三种植物，在新篁随处可见，其他还有许多我们叫得出、叫不出名字的低矮植物，以及高大的香樟、野栗、香榧树。他们立在每一个山头、屋后，或者是任一拐角处，顶着一身的老绿衣和嫩绿冠。

时值正午，山坡上的居家门前，老人在给孩童喂着饭，灶间还传来"嚯嚯"铁铲遇上铁锅的声音。有的木制老屋子房门紧闭，屋檐下、窗户旁挂着一排的蜂桶，是的，是蜂桶，是一种木制的体积不大的容器，傅菲告诉我们这是招引来的野蜂的巢，不论屋主在不在，它们一样过着自己的生活。

文人走到哪里喜欢提及"诗意"，尤其是这种世外桃源一般的存在，常常就被冠以"诗意的栖居"。在新篁，你看不到跳动的诗句、听不到虚张的话语，如流水的情感就是这种以最日常、最乡野的书写方式表达出来的。一户有着大场院的屋子里正在办喜事儿，男人们在打糍粑，见到我们，主人热情地迎上来，将刚刚打好的糯米糍粑沾上满满的糖和芝麻，递到我们手里。热情地让我们进屋坐坐。

村子都修好了水泥路，但愈往山里走，手机讯号格数越来越少，当我们到达要去的那户人家时，我们与外界失去了联系。世事如常，依然是得到与失去并存。

坐在场院上，低矮的院墙外就是小河，小河的那边是农田，农田再往前走就是大山。一股股清香涌来，我们发现是来自于一大片对面山上的白色的花树，那一片清清的白，如一片落在万绿间的白雪，引来大家的纷纷好奇。镇干部晓峰说，那是野生的油桐花，我们正赶上花期，桐月，他说，有一个词可以形容油桐花的开与落：五月雪。

我们就着美景，在紧靠山顶的太阳的暖照下，以各种组合合影，我们的背后是大山、脚边是小河、周身是夕阳。晓峰说，每天看习惯了这样的风景，也没有感觉有啥特别。他是一个幸福的人！

诗人说：片刻的乡下是让人安心和向往之地。奇怪的是你身在其间而更加向往它，甚至有一丝绝望，因为你知道你不可能属于它了。

于是，我们坐在场院里说花儿、说野草，我们说大山、说河流，我们说诗歌、说画作，我们还讲许多的故事。老友新朋，就在这个清凉之地，在这个万物共生的自然之地，讲起自己的故事，没有亢奋的修辞和空洞的抒情。

我也要讲一个故事。2006年，那一年我时常游逛在川西。有一天，我正乘着破烂中巴车颠簸在红原县内的泥路上，车上人满满的，都在打着瞌睡。我的旁边坐着一位黑红脸膛的藏族大叔，他一上车就开始瞌睡。我看着外面的草原、羊群，还有变幻的云朵，也昏昏欲睡。这时，久没有讯号的手机发出了一声信息的声音。我打开来看："也许你这会儿正在藏区游荡，注意安全，保重自己。"除了家人，我没有告知任何人我这次的行踪。

我反反复复地读了好几遍这条短信，心存感激回复了他，泪水止不住地往下流淌。当时的那种心情极为复杂，语言无法说尽我内心的感受，我甚至认为这是神迹。临座大叔醒了，奇怪地时不时扭头看看泪流满面的我。

那时，车窗外、天空一道光穿过云层的缝隙，形成了电筒光束状照在草原上，我仿佛被照亮，这是一道独属于我的光，那道光穿过我的胸口。我感到一种无以名状的、宁静的、满足的、委屈的、生的、存在的喜悦。可这么多年来，我时不时会想起这条信息，还有这位几乎没有再联系的朋友，想着为什么这种充满宿命般的宗教感的体验会源于那个人、那个时刻、那个场景。大家都安静着，沉浸在我的故事中。

离我有点儿远的地方，一个声音响起：你没有回复我。是的，发出声音的就是那位当年给我信息的朋友。从2003年的第一次相识，这是我们13年后的第二次相聚。我奇怪，难道我当时真的没有回复，还是信息被移动公司给吞了？

我还真是希望我没有回复，因为简单的谢意无法表达那时我内心的真实感受。就像此时，天渐渐暗下来，我们身处新篁，远处灰暗中的白色油桐花依然散发着清香，我们却无法言尽那种芳香，无法言尽我们对这片山水怀有的爱，无法言尽对生活的感激。

主人端出了新酿的米酒，这个时刻，一定要有酒。

梵钟之声，自雁荡而来

真的，就一声，我就被震惊了。

暗夜之中，它像来自天上，钟声从天上飘下来，异常寒清，异常空寂。当第一声穿过山峰、密林传来时，我就呆住了，尽力排除周遭的种种声音，我驻足而听。那声音出现在我的上空，在树木之上团绕，然后，袅袅散去。这钟声怎么那么像白天天空中的一朵绵软大云呢，任风挤扁、拉长、拍圆，任由得揉搓，但谁都知道它还是那朵云。

静静地，我从这钟声中听出了很多内容，好像有抚慰，将人们匆忙嚣乱的心抚平；还有无奈，岁月长逝，无法追回，低声叹息。我长久站立，听着这钟声，它一声、一声，间隔着，我听出了与过去相关联的情感，还有与未来相贴切的欲望。昏暗之中，这钟声断断续续，我不敢言说地听到了忧伤，这忧伤却比宽容还要广阔，比理解更要深厚，它直指大地和人、岁月和生命，内里包含了无穷无尽的内容，像黑暗中的河水滚滚而来，我有一些心惧。此时的钟声，是一个倾诉对象，即是生活的全部也是一个具体的人。

在雁荡山独有的夜景景区，我知道这深厚、带有摩擦感的男低音般的钟声，一定有出处。好友明博要我抬头看山，顺着他抬手的指向，紧紧依偎的情侣峰的间缝处，有隐约的光。明博接着说，那是观音洞，观音洞里有观音寺，钟声就是从那儿传出来的。因为"晨钟暮鼓"之说，我实在好奇，为何此时会有钟声传来？明博告诉我，不论早晚，寺庙都既要敲钟又要击鼓。所不同的是，早晨是先敲钟后击鼓，晚上是先击鼓后敲钟。我想探个究竟，于是朝着远处的光走去，但小陉一横栏挡道，"路途危险，夜间禁行"。

听着雁荡山夜晚的梵钟，我不由地想到前不久在贵州格凸河遇到的一件事情。

那也是深秋已凉之际，格凸河除了我们几位没有别的游客，乘着游船，看着两岸的景致，我兴趣不大。游船慢慢在河道里荡着，就像无所事事的老人，溜溜达达地消磨着时光。我看到掌船小伙子的腿边有一个小桶，桶里有三支唢呐。我随口说，"小伙子，能吹一曲吗？"他没有理会我。我们下了游船，一路登级而上，拐一个弯上到大路上。此时，身后传来一阵唢呐声，时断时续。我疾步返返回，跑下台阶，站住，看着游船飘荡着悠悠远去，不连贯的唢呐声，几个音符过后，停歇，然后再来几个音符，这种不成曲的声音荡漾在两山之间、水面之上，却有着一种别样的情致。它牵引着我，随着声音飘上又飘下。那会儿我坚信，这山水间是有精灵的，而这声音是精灵的乐章。我不知道他吹的是什么曲子，可我知道，彼时彼境，掌船的小伙子、声音、山水形成了一种融通，这不仅仅一个"美"字能表达尽透，它的美是不可重复而只能重逢的。

此时，我在琢磨，这两者于我只是声音的力量，还是其他？在这样一种可遇不可求的状态之下，人与人之间一定在精神上有着一种亲缘关系的，那人与声音、人与山水间何尝不是如此。

梵钟就是佛钟，它是佛教东来、寺院兴起的产物，顾名思义是供寺庙做佛事用的，或召集僧人上殿、诵经做功课，另外诸如起床、睡觉、吃饭等无不以钟为号。所以，不同用途则敲不同的钟。但敲钟的讲究也很多，在《百丈清规·法器》中说："大钟丛林号令资始也。晓击即破长夜，警睡眠；暮击则觉昏衢，疏冥昧。"故晨昏敲钟要连击一百零八下。

次日一早，我们来到昨晚游览过夜景的雁荡山灵峰景区，此前在不同角度看到的"情侣峰""双乳峰""相思女""雄鹰"在白天回归了"合掌峰"之名。往里走，过小桥两座，仰头就可以看到合掌峰"掌心"中有一洞，洞里有一寺庙，这就是观音洞里的观音寺。洞是天然生成，寺始建于1106年，据说最早的名字是灵峰洞（谁能肯定呀？），后改为罗汉洞，在清朝时定名为观音洞。时为12月，并不是旅游的旺季，此处却仍然是人头攒动，热热闹闹。

山门的"观音洞"三个字是赵朴初先生题写的，楹联"胜境人知游雁荡，名山我欲礼观音"出自谢稚柳手笔。观音洞洞深76米，宽14米，高113米，为雁荡山第一大洞。洞内依岩构筑九层楼阁。进入山门即见天王殿。从山脚要经历403级石阶，才达顶层大殿。正殿供奉观音菩萨坐像，旁立十八罗汉塑像，岩壁上新增了三百应真。

一路上行，可遇"洗心""漱玉""石釜"三注泉，此三泉解决了僧众的所有用水问题。

我好奇于这么一个劲崛的山洞，何来这等清冽甘甜的泉水，恰好在普明禅寺得来的一代高僧、"伏虎和尚"广钦大师的传记中读到一个细节，让我的好奇似乎得一个注解。1953年，身在台湾的广钦师突然离开正在雕刻还未及开脸的"阿弥陀佛"大像，在土城成福山上，觅得一天然大石洞，恢复往日隐居生活。师所住的山洞高和深各两丈余，宽有数丈。因洞口朝东，日月初升，光即入洞，师为之命名"日月洞"。洞本来是无水的，师入住当日，忽然有一股清泉自洞壁石隙涌出，顺着山草流下，师急忙筑一小池蓄存。喜获灵泉，广钦师于是在洞前盖木屋三间，左连厨房，中供地藏菩萨，遂成一寺。

我不知道观音寺是不是北宋时期哪位高僧大德所建，人说"自古名山多僧占"，那位高僧为何在这么一个逼窄之地建寺？也不知道当年是否也有许多的神迹显现，但对于潜心于佛学的僧众来说，"两峰合掌即仙乡"吧。

众多的香客匆匆而来，奉上香火，许下自己的种种心愿，以求得到佛菩萨的护佑。净空法师说："心里没佛，天天拜佛念佛，没用；心里有佛，没拜佛念佛，有用。"

　　生活给你的苦，不能指着佛替你消化。还不如心怀快乐地信自己身上善的力量，快乐地安放好一洁净的心。在恼人的尘世用耳听佛音，用眼观佛法，用心悟佛理。也许我们可以试试，常怀利他之念，把一种缺乏禅意的生活过出氤氲禅意。

　　雁荡山的梵钟，坚定了我的信念——如果能荣枯在无人知晓的天地，那该是多么地美好。

韩愈：河阳、蓝关至阳山、潮州

一直以为"唐宋八大家"居首的韩愈是河北昌黎人氏，这次到了河南温县采风才知道他可是地地道道的河南人，而且他还不仅仅是一个文学大家，更是有影响力的政治家、思想家、哲学家、教育家。这一回我可真知道自己的孤陋寡闻，贻笑大方。

韩愈 57 岁已经不当官了，久病卒于长安，其子葬其回老家河南河阳，就是今天的孟州市。他的的墓地位于县城西边的韩庄村北半岭坡上。始建于唐敬宗宝历元年（825 年）。

公元 768 年，韩愈出生于一个书香门第之小康之家，父亲博学多才，有点儿名气，可在韩愈 3 岁的时候就去世了。从此，他由哥嫂抚养。其兄韩会，人品好，写得一手好文章，在长安为官时很受人敬重。韩愈 10 岁那年，兄在朝廷遇到不幸，被赶出京城，降职到广东韶关一带做刺史，他也随迁广东。

哪知到了韶关，韩家刚刚安定下来，韩愈的哥哥又突然因急病离世。哥哥一死，韩家举目无亲，无人帮助，嫂嫂只好带着韩愈和自己幼小的儿女返回故乡。

　　勤奋、有思想的韩愈在嫂嫂的抚养下长大，去洛阳求学，赴长安赶考，历经磨难，终于获取了功名。这在当下来说，完全是一个励志故事。

　　也许河阳韩家就是与岭南"蛮荒之地"有着不解之缘，在韩愈的仕途中，先后两次被"发配"至广东的阳山、潮州。

　　客居广东多年的我，很喜欢潮州这个地处粤东的偏远城市，那里的人们儒雅，文人气质深厚。我好奇于此，当地的"文豪"黄国钦先生告诉我："自从韩愈在此待了8个月，就奠定了潮州深厚的文化基础，塑造了世世代代潮州人的气质。"

　　是呀，对于世世代代的广东阳山、潮州人民来说，韩愈这个被贬的官员不知道要比那些"空降"得势的官员品格、人格优质多少倍。据史料记载，韩愈在广东阳山任职期间，把中原文化带到了这个山区小城镇，为感念韩愈的作为，后人曾把阳山改为韩邑，把湟川改为韩水，把牧民山改为贤令山，甚至还有望韩桥、望韩门、尊韩堂等纪念性的名字，多少可以反映出韩愈在阳山时政绩的一斑。同样，韩愈在潮州只待了8个月，如今的潮州留下了韩山、韩江，还有昌黎路。

　　仰视着韩愈的塑像，我思虑良多。难道真的是文人多傲骨？文人才有悲天悯人之心？看看如今的情形，实不其然。可想想以往，古时的文人，却是有诸多的经典故事，足以体现他们的骨气。韩愈被贬和调任几次，另一位文学大家苏轼也被贬城四次，其中就有广东的惠州、海南（早前属广东）。虽然是被贬、流放，但他们心中有着神圣的使命感，跨过了人生"蓝关"（难关），在流放之地风生水起，为民造福，赢得了人民的爱戴。

故事很多，说来话长。802 年，韩愈 34 岁，任国子监四门博士。第二年，韩愈任监察御史，这个职位"秩不高而权限广"，是专门向皇帝提意见和建议的。他目睹人民忍饥挨饿，向皇帝写了《御史台上论天旱人饥状》，请求缓征京畿百姓赋税，遭权臣陷害，被贬为阳山令。十年谋官，两月被贬，但他没有怨天尤人，在阳山任职三年，深入民间，参加山民耕作和渔猎活动，也收了一大批门徒，《新唐书·韩愈传》说他"有爱于民，民生子以其姓字之"。

这是韩愈第一次遭贬，他想起了小时候随哥哥迁至韶关的落寞情形，不仅唏嘘。但他放下心中的沉郁，决心要改变这个天下无人识的小地方——阳山。唐代文学学会韩愈研究会会长张清华曾说："韩愈改变了阳山，阳山造就了韩愈。"

819 年，早已从阳山回到长安的韩愈又摊上大事了。那年正月，唐宪宗命宦官从法门寺塔中将释迦文佛的一节指骨迎入宫廷供奉，并送往各寺庙，要官民敬香礼拜。韩愈看到这种信佛行为，便写了一篇《论佛骨表》。劝谏阻止唐宪宗，指出信佛对国家无益，而且自东汉以来信佛的皇帝都短命，结果触怒了唐宪宗，韩愈差点被处死。经宰相裴度等人说情，最后韩愈被贬为潮州刺史。

有着正直、坦荡的中原人性格的韩愈，做人不做亏心事，不说违心话，当官只为民做主。可实际上，在一片混沌的官场之中，他有着无法言说的无奈和身不由己。

皇帝令下，韩愈接诏后当然不敢在长安久留，当天就收拾行李，辞别亲友，找几辆马车，携带几位家眷及几个仆人，带着耻辱、忧伤和失望离开长安，匆匆上路。史书记载，韩愈一出长安，一场铺天盖地的大雪悄然降临，即刻掩盖了古道尘土，淹没了蓝田秦岭古道的高塬与沟壑。当韩愈的一队人马进入秦岭深山"蓝关"时，车轮陷于大雪覆盖的古道沟岔之中，任凭驭手怎样挥鞭，几匹老马只是仰天长嘶，再也不能举蹄前行。这时又传来了他的其他家人遭受株连被赶出京城、12岁的女儿病死路上的消息，悲愤万分的韩愈望着群山峻岭的旷野，陷入了前所未有的困境。

据说就在他万般无奈之时，看见远处一匹快马飘然而至，马上坐着的竟是他的侄孙韩湘（传说中的韩湘子）。韩愈百感交集，他看着韩湘，面对群山，吟出了《左迁至蓝关示侄孙湘》这首千古名篇：

一封朝奏九重天，夕贬潮阳路八千。

欲为圣明除弊事，肯将衰朽惜残年！

云横秦岭家何在？雪拥蓝关马不前。

知汝远来应有意，好收吾骨瘴江边。

历史和传说都是后人的说辞，所有的所谓"历史"的文字都是后人所撰。我们已无法知道韩愈当时的情形，但通过这首诗，我们对他的心境有了了然的认识。遭遇了沉重打击，写就了苦情诗作，可它却诠释了韩愈忠心进谏、一心为国为民的情怀。

韩愈任潮州刑史8个月，对潮州人民来说，他驱鳄鱼、为民除害；请教师，办乡校；计庸抵债，释放奴隶；率领百姓，兴修水利，排涝灌溉。他身为文学大家却也酷爱音乐，其侄孙韩湘又精通音律，他们对潮州文化影响很大。韩愈在《韩昌黎文集》中记叙当时的礼乐"吹击管鼓，侑香洁也"，可见盛况。千余年来，潮州成为有着丰富地域文化的历史名城，艺术人才辈出。

八个月后，韩愈徙任袁州。但潮州百姓却把韩愈奉若神灵，祭鳄之地叫作"韩埔"，渡口叫作"韩渡"，鳄溪叫"韩江"，对面的山叫"韩山"。8个月的潮州刺史，韩愈便使潮地的山山水水皆姓了韩，而且人多以韩为姓，街道、店铺、学校、树木也多以韩为名。后人又建一祠（也称韩文公庙）千年相祭，祠堂前挂着楹联曰：

> 辟佛累千言，雪冷蓝关，从此儒风开海峤；
> 到官才八月，潮平鳄渚，于今香火遍瀛洲。

苏轼也为此写下了著名的《潮州韩文公庙碑》，称韩愈

"文起八代之衰，道济天下之溺。"

当然韩、苏不可能活到现在，可老百姓是希望他们的精神能一直存活下来的。

虽然为文，韩愈之名天下传扬，但为官，韩愈为民造福的成就却与他的官位、地位，与他仕途的发展不匹配。

当官为什么？当官图什么？这是一个时下很热闹的话题，也是一个永远值得人们深思的课题。

第四辑

经过喧嚣人群，穿越繁华寂寞

看看那些面孔吧，如刀刻出一般的布满皱纹的面孔，这些被风沙打磨过的、烈日暴晒过的、时光雕刻过的面孔，每一张都是一部经书。

每张面孔都是一部经书

我一向认为，摄影这一行从来就没有专家。有时一个新手拍出的片子比那些几十年的老"摄骨"有味道得多，含义丰富得多。因为他们有独特的视角，有创新的思维。我更愿意称摄影人为艺术家，他们是未知和隐秘的勘探者。

李好摄影年头不多，所拍却越来越有一个鲜明的特定主题：高原、朝圣。

雪域西藏的朝圣行为是从哪个时代起始的？为什么要选择五体投地这一含有自虐性质的苦行？迄今为止，我没有从别一民族、别一宗教、别一地区发现过类似的方式。藏族人认为非如此不能表达最虔诚最深切的情感和愿望。藏族民歌中甚至就有用第一人称描述磕头朝圣的内容，不过却举重若轻，极具浪漫情怀。

> 黑色的大地是我用身体量过来的，
>
> 白色的云彩是我用手指数过来的，
>
> 陡峭的山崖我像爬梯子一样攀上，
>
> 平坦的草原我像读经书一样掀过……

走向心中的圣地，这是每一位朝圣者的终极愿望。在川藏线上，我看见过一支又一支朝圣的队伍；在拉萨，深夜的大昭寺前，仍然有众多的朝拜者默默地等身长拜。他们起伏的身躯在夜色中时隐时现，我感应到了一种激情的旋律。是什么样的力量占据着他们的心灵？玛尼苍穹下，难道真有神灵在俯视他吗？

李好就在这样的白天和晚上，在大昭寺前，静静地观望，用他的心灵和镜头。那位向远处走去的老妇人、那些极深重的高原红却条理明晰的苍老面孔、那些与主人有着同样慈祥神情的小狗、那稚嫩的面孔和小手以及那孤独的轮椅的背影，无不显现种种神迹。但我更多地读出了洁净的希冀、单纯的幸福还有救赎。我不知道摄影者李好是否有宗教信仰，可我从这些照片里面读出了与之相呼应的内容。如果这些内容在摄影者、照片、观众之间产生共鸣，就是李好的艺术成就。

我想起米兰·昆德拉在他的《耶路撒冷致辞：小说与欧洲》演讲中的一段话。他以托尔斯泰写作《安娜·卡列尼娜》时的情景为例，得出，有一种需要作家倾听的他称之为"小说的智慧"的东西。他说，"每一位真正的小说家都等着听那超个人的智慧之声，这也解释了为什么伟大的小说常常比它们的创作者更为聪明。"

李好是智慧的，他的摄影作品更为智慧，它们延伸和扩展了他想要表达的质素，展示了残存于世的民间信仰与精神相互依持的和谐。这一定是他没有意想到的效果。

他规避了摄影者对西藏浓烈色彩的极度嗜好，采用了西方化的黑白摄影手法。黑白影像抽去了现实物像中的色彩，使影像处于"似是而非"的疏离状态，拉开了与现实的心理距离，从而成为观者参与创作的平台。相对于彩色摄影，黑白摄影更具有象征性，更显得单纯化，更富有想象空间，这些正是黑白摄影最大魅力之所在。而我更愿意从中国古典绘画的角度来看黑白摄影，我的直觉认为这与中国文化"虚静"精神紧密相关，与文人画中不饰重彩、偏爱淡雅的意趣紧密相关。虚与实，绵密相生。

也许这就是李好《朝拜者》系列作品的旨归，而这显然是他作品的智慧显现，它们比他聪明得多。它们有着很强的带入感，迫使我思考生存、肉身和灵魂、生与死的意义及可能，它的"迫使"使我的思维变得更清晰同时又更为茫然。

生活的那一刻的场景，假如它没有被李好记录下来，它就永远不被记录。生活无法复制，但艺术作品可以记录和复制，这就是意义。但李好将这一刻以他掌握熟练的科技手法来进行艺术加工，我们看到的自然呈现的是一种不同的、无法想象的超自然的神迹。

众声喧哗的《朝拜者》们，真正的多声部的复调感。

看看那些面孔吧，如刀刻出一般的布满皱纹的面孔，这些被风沙打磨过的、烈日暴晒过的、时光雕刻过的面孔，每一张都是一部经书。

众声起伏之中，从天堂传来一个声音：

> "只有一个人爱你那朝圣者的灵魂，
>
> 爱你衰老了的脸上痛苦的皱纹。"
>
> （威廉·巴特勒·叶芝《当你老了》）

经过喧嚣人群，穿越繁华寂寞

我的童年是在大连度过的，从小跟着姥姥生活，父母在南方工作。因此我习惯于思维独立和行为独立，这让我的家长很不爽。

我喜欢记日记，有话就对自己说，正因为如此，我能"写作"了。

我不是一个有远大理想的人，但我是一个有想法的人。小的时候，我想当一个列车员，可以随意走动；稍长大，我想当一名军人，威风；再长大一些，我想当一个记者，正义；但我从来没有想过要成为一名作家，这有点儿过于神圣。如今，除了没有当过列车员，其他的想法都成了现实。

我对一切充满着好奇心，这好奇心贯穿着我这么多年的生活，并将伴随我一生。

我的母亲对我此生的影响最大，她一直想左右我的生活和思想，她常常认为我对自己的生活缺乏自理能力。她年轻的时候一直恼火于幼小的我不听指挥，现在，她年过七旬，还是常常会给我以许多的生活、为人处事的指导，我都笑纳。有趣的是，她从来不认为我能写出什么像样的东西。14岁，我在《南昌晚报》发表了第一篇散文，她责怪我不务正业，一定会考不上大学。她几乎不看我的文字，更别提听我谈谈自己的想法。在她心里，她的女儿发发文章顶多是小打小闹、虚荣心作祟。如她所愿，我真的没有等到考大学就去了部队。母亲一直认为作家就不是一个正规职业，这个观念直到 6 年前才有所改变。那时我已经出版了第二本散文集，她经历和见证了这一本书的产生过程；后来，她看到了我的文学创作二级的职称证书。长年工作于人事部门的她，拿着这本证书很认真地说："这还真是一本正经的职称证书呢。"从此，她对我的所有的创作行为给予关注和体谅，包括她最不待见的晚起晚睡、东倒西歪，还有四处都散落着书。

我的父亲年过八旬，是一名老军人，他对我的爱就是无声的支持，他支持我做的一切事情，包括他有意见的。他说，女儿喜欢的事情，自然有她的道理。他总是在我有需要帮助的时候，毫不犹豫地来到我的身边。

我呢？当兵时从来没想过当个啥官，贪玩，一到做年终个人总结我就冒汗。那几年于我而言，最大的收获就是读了大量的书籍和坚持学习英语，凭此，我考上了中国现当代文学专业的研究生，我的导师是一位著名作家和学者。后来从事记者一职，我发现这个职业的许多所为与我的价值观有很大的出入，于是，我说放弃就放弃，一走了之。

因缘际会，我最终还是迈入了"文学"这个门槛，成一位文学编辑。离开深圳回广州前，报社领导（也是一位作家）说：你这才走上了正道。

我肯定是一名好编辑，这是天生的禀赋与后天的努力共同打造的。可我似乎没有想过成为一个作家，尤其是一个好作家（标准似乎应该是写出重要的作品，获得重要的文学奖），我很清楚我不是那块料。我很愿意听人谈各种文学奖项，还有不同数额的奖金，我为我的作者和朋友取得的成就而高兴。这样看来，不想当将军的士兵不一定就不是好士兵。

我只是持续地，或者说断断续续地写着，写我喜欢的文字，写触动我的人和事，写我心中的爱和思想中那跳动的亮光，以一种纯净和高贵的心态书写着。

我已经写作30年了，真是飞一般的时光。我习惯于写散文，于散文而言，我喜欢的是顺畅而有韵味，书卷气与市井气、艺术味与生活味交融的好文字。我愿意读的是好读的、易为人接受的、常识性的作品，表现一种物与我、自然与人的交融贯通。这种贯通是深层的精神和感情上的交流与回应，体现为一种轻松与凝重并具、能给人以片刻思量的文字。这种文字，力求简洁、含蓄、平实、朴素。如果说一名"老作者"应该要有自己的创作观的话，那这就算是我的文学创作观吧。

我还喜欢"智性"这个词，就是对词语运用的灵动性、对人生观察的透彻性、对感觉碰撞的灵犀性，这"三性"是一个散文作家的重要修养。

　　这几年来，我做编辑有一些疲乏，看到的文字常常让人失望和着急，有一种想替人使劲却使不上的感觉。作家们一拥而上地讲着各种故事，可这些故事与作者似乎毫无关系，不关他们的痛与痒，我们无法通过他们的文字发现"问题"，而这"问题"才是一个文学作品最重要的东西。

　　算了，不如自己好好写，能否达到自己的要求那是另一回事情。自忖吧，到了这个年纪对人对事的看法不一样了，写的文字应该也有不同的劲道了。但写什么呢？这是一个问题。

　　我的文学不功利，完全是个人行为。如果得到了他人的认同，我也一样会喜形于色，听到批评内心也会说：他没读懂，误读了。哈哈。但我仍然接受和认同那些功利的写作，只要是好的作品，功利有何不好？多大的坑长多大的萝卜，我妈常这么对我说。

　　今晨，一睁开眼，脑子里蹦出一句话：和你一起，经过喧嚣人群，穿越繁华寂寞。多好的一句话呀，我迅速记了下来。这正是我当下对生活的态度，也是我的写作态度呀。

坚韧生长的纯种植物

九年前的早春，我在江西的一个笔会上认识了小琼，她素朴、羞涩、闪躲。

九年后的早春，小琼和我在同一个办公室共事已近两年，她仍然素朴、羞涩、闪躲。

人说，时间能改变一切，这么看来，不尽然。

地理距离太近心理距离就远了。我们几乎没有刻意地交谈过，但片言只语我与她似乎心有灵犀。

发言前先笑，这是她的常态，这笑泄露了她的紧张、谦逊，和骨子里透出的羞涩。她语句中常流露出的较真与执拗，是她的性格的真实展示。偶尔她眼神中透露出的那种坚定，是她心中那一杆标尺已经平衡，她是一个有主意的人。她有着孩子的天性，纯真朴实，但这种天性更多的时候被生活的尘埃遮蔽，或说是为多年的生活所磨砺以致小心翼翼。培养一个天性卓然的孩子是"父母"的责任。

"郑小琼"，这些年来，已经成了一个符号，是社会的一个特定时期的需要。但如果这个符号是泡沫状的生存状态，那也无法持续多年。日常生活中的小琼默默地深入生活，默默地写作，默默地审读稿件，高调地为农民工的生存状态的改善而鼓与呼。我从她的文字一点一点地了解了她想做的和在做的事情。说实话，她的那些让人炫目的光环，那些光荣的履历我至今也不知道，她是否获奖，获过什么奖我也不关心。我注重的是，一个作家，他（她）的文字的真诚与否。

近十年来，我一直陆陆续续地读她的稿子和作品。那些写工厂生活的诗歌，透露出一种如铁的悲凉和悲壮，用笔的力度俨然是一个男性作家所为；她写父母亲人的散文，读出了她的贴肤的亲情和一种深深的无奈，有着深深的自责也有着切肤之痛，有着远不止一声的叹息，而之行文的细腻，是一个女作家的深情。小琼是一个收放自如的作家，这只是表现在她的文字中和她的内心。

也许文学于她而言是一个偶然的相遇，是她人生的一次意外，正如，当下她的生存方式也许也是一个意外一样。十几年来，她一直认真地书写着自己的内心，不关注形式与技巧。无拘无束，无法无天，我行我素，是她对文学的感受和理解吧。

我们平静地生活在绝望之中。小琼不甘如此，她的《女工记》里的刘美丽、李娟、谢庆芳、兰爱群、伍春兰，有着青春的身体，带着美好的梦想来到城市，迎接她们的是什么？她们遭遇了什么？"没了疼痛感，诗歌便没了灵魂"。小琼，用她的灵魂去体恤那些失落的灵魂。

除了开会，每周三天，我们在办公室一起待上几个小时，各看各的稿子，偶尔说上几句话，基本不谈自己的文字，也从来不谈衣妆。但春节后的一天，我们聊了很久《女工记》的手稿，有关她的写作历程、手法，甚至排版方式，我们更谈到了这本书的责编。兴起之下，她送给我一本签名本的《纯种植物》，我放下手中的活计，认真地读着。

> "愤怒与悲伤只剩下冷漠的化石
>
> 大地的深处黑鸟剪断光亮
>
> 草叶在泥里腐败
>
> 自由是一株纯种植物拒绝定语的杂交
>
> 暴力摧毁着平静的心灵
>
> 思想的鱼在沙中寻找安全
>
> 无名花朵的蓓蕾间
>
> 聚集着自由野蛮的力量
>
> 它独自撑开黑暗的铁皮房
>
> 它张开的瞬间
>
> 风带走我所有的悲伤"

我没有告诉她的是我从她的文字中读到了她自己，更读到了"尊严"。那个下午，我眼里含着泪，想象着文字以外的她与纯种植物，而她悄悄地离开了办公室。

她用笔清醒和冷静地记录着一段历史，充满着精神深度和具有抒情性的悲剧意识。她和她的女工们，还有她的文字"似一根古老发黑的枝条，等待某个春天来临"。

她依旧亲切地喊着我"张老师"，依旧穿着那几件旧衣裳，粗糙、迟钝地活着，更多时候甚至有点儿自闭。我能感受到她内心的恐惧，就如我时不时会感受到一种莫名恐惧一样。

我大她整一轮，尊重她如尊重我自己一般。

无论小琼是"打工者"也好，"人大代表"也好，是诗人也好，是"作家"也好，我只知道，她和我们一样，是一个大写的"人"。

郑玲，手捧玫瑰

郑玲是位诗人，喜欢玫瑰花，喜欢漂亮衣服，喜欢化淡淡的妆见朋友。她也依然以一种娇嗔的语气与她的先生对话，那一种相濡以沫的情态，打动人。此时，你已经不会记起她的年龄。

老人住在芳村，我至今也没有弄明白，芳村是在广州的南还是北，只是知道这儿有著名的花市，还有全国最大的茶叶市场。对，还有郑玲，黄礼孩。而老人居住的那个小区，出租车司机都说不好找。

前两年见她时，已经依靠轮椅代步的她还活跃地要去这儿去那儿。她非得请我们几个吃饭，礼孩、世宾和我，当然还有时刻不离开她的陈老师。她可开心了，直对着我说："张鸿，我喜欢你，我好喜欢你。我要是男孩子我就追求你。"一个七十多岁的老人，脸笑成了一团花。那种语气的妩媚，似乎一个天真的少女。是呀，年华老去，但她依然是一个少女。

那天我们是在沙面，离芳村不远也不近，是一个自然环境极好的地方，从前是租界，郑玲就喜欢这个地方。

老人才出院不久，还是想去沙面，还是想请我们吃饭，说她得了一个奖，有奖金。但她已经行动不便了，家住二楼，要出个门，简直就要打一个大阵仗，而他们最害怕的就是麻烦人。没有了自由，对她来说，是最大悲哀。

这几个月来她已经住了两次医院了，我和礼孩去医院探望她时，带着玫瑰花和巧克力，礼孩说她爱吃这个。她躺着，伸出手来拉住我们。这个可爱的老人呀，她噘着嘴说，唉，医生不让我吃巧克力了。

我对她的情感有一些复杂，如母亲，如姐妹，甚至如同龄的朋友。同样，我对她的先生陈善壎充满敬意，他的文字有风骨、有力度，如他的人，而他的善解人意与对世事的睿智及深髓的洞察力，皆以一种冷静与温和体现出来。我眼中的他们仍然是当年生活在大山深处的那一对相爱的男女，有野刺莲和小黑相伴，有着隔山隔海的感应。这感应，经历诸多的磨难，磁场越来越强。陈老师将郑玲当玫瑰一样照护着。

多年前，郑玲有一首诗送给陈老师，我记得有这么一段：

　　"假若城外的火山

　　突然爆发

　　两千年后

　　我们依然这样手挽着手

从废墟中走出来

在月光下穿城而过

我依然用我的这张披巾

为你遮住深夜的寒露"

对他们，我有一种"心痛"，有时，痛入脊骨，有如对我父母。具象的他们已经成为我对父辈的深情的一种幻化，还有年少时的我也经历过的那个年代的一些记忆，虽然那些记忆有恐惧、有怨恨，但恨谁怨谁？当然，还有一些与父亲在干校的快乐的记忆。

昨天，我和陈老师约好了时间去他家，郑玲老师一直等着，稳妥地坐在客厅的沙发上，沙发前茶几上摆好了待客的茶点。她看着我带去的玫瑰，笑着说：玫瑰代表爱情和友谊。我说对呀，玫瑰是我的唯一选择，如此高贵，最适合你呀。一向幽默的陈老师说：是呀，别个花她还吃不消，花粉过敏。郑玲让陈老师拿出许多照片，告诉我说，这里有许多的诗人已经不在了。我说，我把我认识的找出来。找来找去，我还真不认识几个老诗人。我建议是否在照片旁边做一些注明，郑玲说，我也看不太清楚了。

穿着真丝花衬衣、羊毛长外衣、花裙的老人，端坐着，但时间一长，她累了。

她看着我们说话，努力地听，实在听不清楚时，就会着急地用湖南话冲着陈老师说：你们说什么呀，我听不到。于是，这个男人，就会慢慢靠在她的身边，贴着她的耳朵，复述所有的内容，一句一句。

我以上的文字是关于一个老人，以下，是关于一个诗人。

郑玲能记得起得最早与诗有关的事，是一种叫《黎明的林子》的没有封面的诗刊，后来这小小的刊物更名为《诗垦地》。当时她读初中一年级。她最早的诗作《我想飞》，就是这时候写的，老师帮她发表在《江津日报》上。几年后，她随同一群进步青年"飞"到湖南，参加了中国人民解放军湘南游击队。不管环境如何变化，她却始终没有离开诗。

她长期生活在不容易自由选择立场的年代。现在人们发现，在她漫长的创作生涯中，她坚定地坚持了诗的美学立场，难能可贵地从不谄媚任何文化势力。这在有60年创作历史的诗人中，这样的纯净是极其少见的。台湾诗人王禄松这样说郑玲的诗："非经大思考、经大灾劫、茹大苦痛者，焉能臻此。"这种明白劲儿，是诗人之间的一种通感。

从世界文学的范畴来看，中国的诗人、作家到了老年，创作热情大都会衰退，但郑玲是一个例外，仿佛她对生活、对美、对文学的热情从来没有消退过。"5·12汶川地震"发生后，她写了一首《幸存者》：

> 幸存者是被留下来作证的
>
> 证实任何灾难
>
> 都不能把人斩尽杀绝……

　　这样充满力量的诗歌来自她经历了苦难人生之后的信念。诗歌充盈了郑玲的灵动的大脑，也强化着她多病的身体。

　　如今，心态如美少女一般的诗人郑玲，捧着她喜欢的玫瑰花儿，去了另一个世界，她一定会把自己当成花儿一样来爱。

净瓶常注甘露水

"生活即佛法，一念一枝花。"

这句话在马明博的新作《愿力的奇迹》中，演化成了"有愿望就有力量，有佛法就有办法"。

今年三月，我去普陀山，一切因有心愿。在等候渡船时，见一比丘尼，穿着一袭灰袍，拖着一个手推车，车上装着一个大蛇皮袋。她话多，我有点儿烦她；她身上有股味儿，我与她保持距离。她是独行，我也是一人。她拖着一个沉重的手推车，我时不时帮她搭个手，帮帮她。

她来自吉林敦化，一个无名的小寺庙。五十多岁了，三十岁左右出家，因为丈夫死了。那时，她没有劳动力，还得养育儿子。她告诉我，儿子现在已经大学毕业了，准备结婚，想让她还俗。我不知道这么多年，出家的她是怎么养育孩子的，我内心有一些瞧不起她，因为她的不真诚向佛的动机。

她几乎走遍了几大佛教名山，峨眉山、普陀山、九华山、五台山，一路化缘，住车站，吃最简单的吃食，生病了就熬过去。从普陀回去后，她就想好好歇歇，累了。这一辈的愿望就是遍访名山，这么多年下来，她做到了。

她的语言很家常，感受不到任何经书上的条理和哲思。她告诉我，她没什么文化，没读过书，现在认识的这些字也是出家后学的。慢慢地，我感觉到了一些亲近，我甚至会在上台阶时搀扶她一下。

有意思的是，她在普陀并没有三步一叩拜五步一行礼，只是把行李放在大门外，双手合十，慢慢地蹚着，嘴里念念有词。

中午，我想请她吃饭，她用北方人特有的说话腔调，大咧咧地说：得了得了，用不着。她时不时的咳嗽，可以听出她身体的虚弱。我买了两个面包两瓶水，两个人坐在台阶上吃了起来。

她告诉我，她的师傅与敦化正觉寺的主持佛性法师比，实在是默默无名，可师傅教会了她许多东西，她就信服她。师傅教她六祖坛经的时候说，六祖惠能并没有教人要念阿弥陀佛，也没有教人家要整天拜佛。只要心正及行正，嘴巴不乱说话、多结善缘，心保持在直心，不是歪曲、扭曲的心，不是老是想到要害别人，自己没有想到要取得什么回馈，这就是佛法。

那一刻，我明白了什么，那是一种简单的，我却没有意识到的生活道理，是一种禅。但我知道，这不是开悟，就如同我身边的她一直在说，"我呀，笨，这一辈子都不会开悟的。"

从码头乘车回宁波，她坐在我右手边那排位子上，从行李袋里取出一件灰斗篷套在身上，仍然不停地和身边的人聊着天，但那些人都不愿和她搭话。我手里攥着 200 元钱，已经汗湿了，想给她，但一直没有拿出来。中途，我下车，她对我说："心里不要有太多东西，压着不舒服。祝福你哈！"

站在路边，我眼泪止不住流，来接我的朋友奇怪地看着我。从那一刻起，她，一个比丘尼，扎根在我的心里。我此行的目的就在这无意之中达到了，我的愿望因一个偶遇的人而具象了。自认不会开悟的她，启蒙了我，心大了事情就小了，心小了事情就大了。"掬水月在手，弄花香满衣。"

就如明博在《愿力的奇迹》中写道："佛说：擦肩而过、看过你一眼的陌生人，在过去世，曾与你相处 500 年。"

九华山、地藏道场，中国佛教名山之一，明博与她的缘分到了。在他的新书《愿力的奇迹》中，他借景抒情，状物言志，形成优美的散文；古今中外、民俗掌故，成为历史的回溯；宗教精义、所思所感，凝聚成深沉的哲思。这三者的融合，使这本书有了不同一般的意义。仁者见仁，智者见智，各取所需。

明博与九华山的相遇，从内在到外在重塑了他，使他在个体的愿力下，与"九华山"有了一次完美的交融。我们可以看出，明博在写这本书时是没有功利心的，在浅显轻灵的文字中，接收了地藏道场之精气融合生活之智慧，生发出了自己的感受，内含智慧的光芒。

"有愿望就有力量，有佛法就有办法"，封面的这句话是此书的精华所在。人的一生，是由愿行引导方向，尘世人没有切实去深入了解，愿心的力量的不可思议。修行多年，听闻佛法、研读佛法以及在打坐和日常生活中修行佛法，明博是获得智慧、开悟之人，以他独具的能力——文学方式传递佛法，更是他的愿力所在。

此时的《愿力的奇迹》诚如彼时那位比丘尼，给予我启蒙，"在痛苦面前，微小的勇气，胜过丰富的学识；微小的勇气，来自愿。"

明博为我厘清了混沌，此举仍为往净瓶中注入甘露水，饴养他人，于是乎，小愿转而为大愿了。

离我们远去的书店

前几日，重读菲兹杰拉德的《书店》，依旧难以抑制的悲从中来。这是一个关于坚持理想的故事，而又不仅仅关于坚持和理想。它似乎与我心中的书店有着一致的品位。

幸福的生活有三个不可或缺的因素：一是有希望，二是有事做，三是能爱人。阅读提供着兑现的可能，书店给我们的生活增添温暖的色彩。

青少年时期，阅读和文字对我来说是一种对抗学业的游戏，大量阅读也试着模仿写作。这似乎是有着文学梦想的青少年的共同之路——即便没人引导，也如饥似渴地读书，从而坚定自己的文学理想。

20 世纪 90 年代我在南昌大学修读现当代文学的研究生。刚入学，我发现校门口新开了一间书店，大大的招牌很显眼，"席殊书屋"。书店绿色的门脸不大，很文艺气质。一楼的空间不大，拐着弯的扶梯就上了二楼。那是一个别样的天地。完全的落地窗，阳光充足，形成了书墙外一个相对舒缓的空间。这特别对应我的审美需求。于是，这儿成了我的常留之所。那时我们的生活津贴不超过 300 元，好在我依靠着父母生活，加上我不爱去图书馆群读，所以，这几百大元几乎就全送给了这间书屋。

起初我研究当代中国女性文学，于是，我在此熟悉了宗璞、杨绛、戴厚英、张洁、残雪、王安忆、铁凝、方方、池莉、林白、徐坤还有海男等女作家的作品。

后来修文艺理论和文本分析，又从书屋去搜寻伤痕文学、反思文学、寻根文学、新现实主义小说、先锋文学等等。他们似乎就在那儿安静地等着我的到来。

我在书屋还认识了菲茨杰拉德、毛姆、海明威、川端康成、福克纳、哈谢克，当然还有其他作家，因为教外国文学的可爱的老头总是要求我们要读文本。

两年多的研究生学习，书屋给我提供了所需的营养。它成了我的密友，如恋人一般。常常也会看在售书员懂点书的份上，可买可不买的书也付钱带回家。其实，我更喜欢一个人在角落里读那些与学业无关的闲书，我喜欢这种带着狂喜和沉静的阅读。充满阳光的安静角落、考究的音乐、熟客与售书员轻声的问候、墙壁上隔架间满满的书籍，这一切归属于我那多美好。

"我在我的花儿里面，隐形，

置身你的瓶中，魂飘，魄散，

你，在不知不觉中，为我萌生——

一种近乎形影相吊的思念。"

（艾米莉·狄金森）

五百镑和一间房，是女作家伍尔夫当年的愿景，这对伍尔夫之前和之后的写作女性，都算是奢侈的。女性，不仅是写作的女性的底线——钱和自己的房间。有钱，不必为基本的生活需求操劳，可以一心一意在精神世界里垂钓思想。自己的房间，免受外界叨扰，好凝神调配精细而脆弱的诗意。这也是我的生活和职业理想，希望理想能真正照进现实。

毕业前我去了深圳，两个月回校答辩时，发现书店没了，那亲切的大招牌就没了。悄悄地存在，悄悄地消失，如此荒诞，似乎它就从没有出现过。

绿野九十画童趣

这幅立轴颇为喜庆，"九月柿熟红似火"，画名却为"迪士高"。

秋季果熟叶掉，满树红丹，一粗一细两主树干上挂满了密密匝匝的柿子，错落在显眼处，那独特的柿子红与本体的黑白形成强烈的色彩对比，极富视觉冲击力，具形且具神。黑白疏密，三两枝干旁逸斜出，接近于地面的柿子色彩更接近于柿子黄，似乎离成熟更近一步。画面的底部，情趣在此。两只螳螂正在你迎我退的舞蹈中，让人忍俊不禁。另两只螳螂也正在伸臂撩腿地晃动着，跟随着音乐配合着那一对同伴。平静的画面此时让我们感受到了音乐的律动和螳螂们纵情的欢笑。当然，还有树干上的那三只鸟儿，也已经是蠢蠢欲动。

画的右侧书："螳螂也爱'迪士高'虽无节拍却自由天时地利今日好欢欣雀跃共风流叶绿野于广州时年九十岁"。我猜想，耄耋之年的老人，画出如此的童趣，肯定是怀有一颗童心的。他在画作时，一定是由内而发的舒畅，满布笑意。

明朝李贽所谓"童心"就是"绝假纯真最初一念之本心"。这种"本心"是最纯洁的，因而也是最完美，最具一切美好的可能性。俗话说，人越老越似小孩，也许就是有一种"返璞归真"之意吧。丰子恺曾撰文说，儿童往往能注意大人们所不能注意的事情，发现大人们不能发现的点。所以儿童的本质是艺术的。这是丰子恺构建其"童心"审美艺术理论最为重要的原因。儿童之心是最善的，而这一最高的纯真的善也是艺术最高的境界。他的这一理论通过他的漫画充分体现了出来，或者说他的画作完善了他的理论。

白石老先生90岁所作《六柿图》，旁书："枫林亭村童年近九十"。老人九十，画作虽书"童年"俩字，但艺术感觉趋近平和至真，有了禅意。白石老人爱画柿子，更曾自喻为柿园先生。是因"柿"谐"事"、"世"音，形饱满丰硕，且成熟于金秋时节，寓意好。他的柿画名称就有《万事如意》《事事太平》《眼看五世》《三世太平》等，借物送福，寄物咏言。而绿野老人却不尽相同，整幅九十之作洋溢着热烈的童趣，当然还有感恩之情怀。

绿野先生此幅写意重彩画作，以设色和点染的没骨画法为主，并以细腻的勾勒填绘，更有逼真的工笔画法展现。看那螳螂，纤细的触须、轻薄的网状飞翼、细长而有弹跳力的腿、小块状的虫腹，还有我们似乎能感觉到力度的带锯齿的长臂，活灵活现。那墨色的鸟儿，浓的淡的，毛笔轻轻一点，眼睛就出来了，眼神透露出鸟儿内心的活泛。同时，以闲散的淡墨笔干涂出了一片前景和后景，加深了景深，使得整幅画作有立体之感。老人用娴熟的笔法予以事物不同质感的描绘，充分展示了老人晚年写心而作，挥洒自如的艺术境界。

叶绿野为高剑父先生的入室弟子，高师（弟子们对高剑父的尊称）确定了他花鸟绘画的方向，并评他的画风："清秀文静，新颖淡雅"。虽师出名门，但他的花鸟画与高师的风格迥异。绿野先生说："高师最不喜欢学生摹仿他的画作和风格。他要求学生要有自己的风格。"正是在高师的要求下，绿野先生广师中西、今古画法，熔以自己的艺术特质，形成了稳定成熟的风格，并随时接纳新的艺术理念，使传统的文人画从内容和形式都有了新的内涵，使传统的花鸟画具有了生机，画面的整体艺术张力增强。

几十年过去，绿野先生仍难掩对高师的怀念，他说："高师个子不高，很温和，但也很严厉。"当年绿野先生在南中美院的日子过得很艰难，高剑父的秘书感念平时他的帮忙，偶尔会付他 10 元钱，买它一幅画，生活才勉强撑得过去。有一次，广州博物馆馆长胡少椿看中了叶绿野的一幅《孔雀图》，开价 200 元。"在当时，这真是个天文数字！"叶绿野随即请示高老师，高老师说要卖就卖 300 元，要卖够两年的学费，结果，这桩"生意"没有成交。高师一向认为学生随意地将自己不成熟的作品卖出，将会对自己的艺术成长不利，以此事告诫学生饥肠辘辘换来的一定是日后的硕果累累。

有蓬勃的绿野就会有金黄的麦浪。

绿野先生迄今画作颇丰，风格也曾多变，题材还很广泛，皆为唯美之作。此幅《迪士高》不仅唯美，且意境高蹈，意蕴显然，意趣横生，耐看。

归渔，月白如纸

　　和诗人张慧谋去采访画家陈金章老师，老师签赠我们他的画册，其中这一幅作品触动了我。

　　《月夜归渔》不是陈金章老师的代表作，但意境与他的性格极切合。画面宁静、清和。"但见月光如水，水光映月，放舟中流，如游空际。"渔民辛苦了一天，在这样一个满世清白的月夜，轻松地划着桨，听着沙沙的水声，嗅着月胧之下的草木清香，听着此起彼伏的虫儿的懒懒叫声，微凉的风迎面而来。他不由放慢了节奏，暂时不去考虑老人妻儿在等他回家，随意地享受这如水的夜晚。画面之外，我们仍然能从金章老师的画题中感受到弥漫开来的家的温暖，感受那拘谨之后的舒张。

　　金章老师用淡墨构成了这幅画画面的氤氲，生发出一种怡然自得的感觉。

　　映在水中的那一轮圆月，若隐若现，仿佛应合着秋风吹拂水面的律动。以淡墨细细勾勒出来的密密匝匝的枝叶，似远还近，远了船儿就小，近了船儿自然就在眼前。这是一种

夜色下与高山大川的浓重相应的恬静淡墨，重了一分都要不
得。兴许就是为了不破坏这静，金章老师的款识、钤印都显
出低入尘埃之谦逊，在一个小小的、不起眼的地方悄然待
着，唯恐影响了整个画面的清雅和简白之意境。这仿若印证
了他几十年的淡定冲和和一种了然的静虚之态。

　　与慧谋兄、陈金章老师交谈，突然发现，他们两人的气
场如此之接近，那如水的从容影响着身边的你，让人放缓语
速，心静下来，这一切，都在不知不觉之中。我想，这种巧
不会巧在他们都是同乡之人吧。

　　看着这幅画作，印象中的那首诗《月白如纸》浮现出来，
仿若是这画的延展及画外之场景。随之，我的心沉了下去。
这是慧谋兄的诗作。

　　　　今夜，月白如纸

　　　　虫鸣中的草丛一片沉寂

　　　　我坐在乡间老屋檐下

　　　　身边陪着母亲。

　　　　无风。邻村狗吠。渔火隐退

　　　　母亲满头白发，比月色还白。

　　　　母亲起身步入家门

　　　　转身的刹那，她单薄的背影

　　　　再也驮不动一片凝霜的月光

她瘦小，驼背，向下

直到有一天，母亲将必然

低于泥土，低过草尖，低出我的视野。

今夜，不再用笔写诗

字粒列队走过：香茅，谷子，草垛

南瓜花，风灯，网具，残船。

父亲随白鹭归来，飘落在纸上

那么地轻盈，满纸都是父亲身上的青草味

我在低处，纸片齐眉，清风吹卷了纸角。

满纸皆白，月光很薄

一张白纸太轻了，载不动一笔一画的乡愁

故乡遍地都是字粒，闪闪发光

　　我喜欢这首诗，当初喜欢的是那种缠镌的亲情、乡情，喜欢那种意境和情绪。而今，这幅画俨然成了这首诗的场景的前奏，引来这无数的诗情。

　　诗中，母亲背影的沉重与月光的轻形成强烈对比，故去的父亲随白鹭归来，飘落在诗人面前的纸上，那种无法估量的怀念无法用笔来书写。"重"与"轻"是这首诗的诗眼。

　　我去过慧谋兄的家乡，见过他年迈的母亲，感受过他对母亲、对家乡电城深深的爱。他将所有的爱与思念化成一种具体的形象，将其置于一种特定的意境之中，南方，海边，渔村，渔火，白鹭……，轻吟、浅述，安抚、平复。他的诗歌"文犹质，质犹文"，不虚无，无掩饰，透出一股文人雅士之清简之气。

确实，金章老师的画有着古典宋风，慧谋兄的诗有着优雅楚韵。他们共同的艺术之源来自于对中国古典文学的修养，这对作家和画家都是必需之质。诗中的归宿感与家的感觉与金章老师的画意是相通的，正是所谓"诗情画意"，相得益彰。

文人雅士也不是不接地气的凌空高蹈，正如这幅画所关注的夜归的渔夫，这道理诗所体现的人文关怀，都是真实生活的场景呈现。他们踏踏实实地生活在这一片南方的土地上。

月夜、月色，感怀，感伤。但舒朗的一天一定会像开始于菩提的骨蕾，它为之绽放的理由是为了一个喜欢的清晨。只有当脚落在大地上时，心跳才会充满力量。

如光影常在

"要有光，就有了光。"

这句话放之四海皆准，同样也适用于我眼前的这幅摄影作品。作品没有名字。它完全可以不要名字。吸引我的是画面中照射在领头羊们身上的光，这就是一幅用光做成的油画啊。摄影的英文说法是"Photo Graphy"（光画），据说最初玩摄影的那一拨人都是画家。

这幅摄于北疆的照片来自于画家、书法家李鹏程的镜头。从画面来看，他使用了中焦距广角镜头，将不远处山脚下行进中的两列羊及作为背景的绚彩树木拍摄了下来，并将主体羊群拉近。这幅照片构图大气工整，暗部细节处理得比较到位，锐度、色彩过渡把握得不错。大色块的黄色土地、远处树木程度不同的绿色、灰白或褐色羊群形成了鲜明对比，视觉效果不同凡响。大面积的暖色渲染，给人以温暖祥和的感受，这样的景致捕捉到已经是成功了。整体构图的弧形、纵深的效果，也是运用了西方美术中的一些画法技巧，斜线增强了画面的动感，背景与两队羊群自然形成的三分法构图，营造出辽阔广大的视觉张力，更为平衡与协调。

两列从容地走着的羊群之间的那一块暗部，恰到好处地将过度的协调进行了"破坏"，这反而令画面更加完美，画面顶端与底端的暗度的加深，衬托出了近处羊群背上洒满的阳光。远处羊群走过掠起的尘烟，在光的作用下熠熠发光。羊群中走着几只白羊，树木中几点鲜红和嫩绿，就像油画作品中的那加进去的些许跳跃的颜色，起到了"提亮"画面的作用。场景如此鲜活、灵动。夕阳无限好，伴我把家还。

"岁月静好，现世安稳。生活如草生堤堰，叶生树梢，自然便好。"李鹏程说，拍完这组照片，他放下相机，看着两列羊儿缓缓走向远方，然后合并成为一列，看着牧羊人骑着马，跟着羊群，悠然地走着。这种对平静生活的真实感受，不仅仅体现于眼前的场景，也在李鹏程的内心发酵。摄影，有时是人与景致宿命般的相遇。得之，为幸。他说，那一刻，他深深地明白了大地包容万事万物，每一个生命的存在都有合理性。人们理应要尊重世俗生活，在缓慢的时光流逝中，感受每个平淡生命的喜悦和沉重。

大地与天空使艺术家的生命保持着原始力量和激情，摄影正是一种大地上的行动。所有的艺术都有诗意的核心在里面，如果一个摄影家的内心深处没有一个诗性的灵魂，那么他永远看不清楚世界。

美国艺术评论家苏珊桑塔格在她那本著名的《论摄影》里面说过这样的话："照片没有好坏之分，只有你喜欢不喜欢。"拍出来的是风景，愉悦的是自己的心情。照片和文字一样，不必篇篇要紧扣主旋律，要有高深的思想和宏大的叙事主题，只要有个人的观点在其中，只要自己喜欢就好。

欣赏一幅摄影作品，犹如"品香"，前调是香水最先透露的信息，直击鼻腔，如新乐章里陡然拔起的高音般惹人注目，但它不是一瓶香水真正的味道；中调感觉随着头香的消失而渐渐漫散，这才是香水的主体与精华；尾调的余香就如摄影师拍完照片后凝视着景物的变化、光的变化一样，这种香是安静的，却极具力量，绕梁三日而不休。摄影师的拍摄过程前调是激情、是冲动，中调是思想的创造，尾调是情怀。这一切融于"决定性瞬间"，这影像、这香氛，如同有生命力的文字，在可视的存在之外，蕴藏着另一重天地，充盈着作者的纷繁复杂的思绪，然后沉淀后成香。

生活是比生存更高层面的状态，也是人生的乐观态度。摄影家李鹏程用镜头旁观着天地间真实的生活，他认为这很有趣。有趣才有诗意，眼界就是远方。唯如此，我们的生活才可以不苟且。

"生活不只是眼前的苟且，还有诗和远方。"不论这个句子在语法上是不是有问题，但它击中了许多人内心那还时不时闪烁着理想之光、浪漫情怀的小角落。苟且的生活，强烈地侮辱着我们的智慧，于是，我们向往诗和远方，诗可以不是成行的诗句，只是一种淡淡的诗意也好，而远方就在那里。对于李鹏程来说，诗和远方就归结成了这一队朝着家、朝着光走的轨迹。

　　所有的光凝成的影像都是时间的结点，这一瞬间过去，另一个瞬间开始。

来自天堂的钟声

晚钟敲响从天堂上面

传来星空的回荡

醒来的人，请守好你们的梦想

沉睡的人，请把一切遗忘

看拉尔斯·冯·特里尔的《破浪》的结局，一向阴冷沉郁的拉氏在这里使用了浪漫的结局，当贝丝的遗体被沉入海水时，屏幕一片黑暗。继而便是钟声响起。我忽然想起词作家洛兵的这几句歌词。歌词所传达出来的沉静和拉氏电影的沉痛有差别，但究其内核实则殊途而同归。

纯真的苏格兰女孩贝丝，疯狂爱上了钻井石油工人杰，两人结婚后，杰却在一场钻油意外中受伤，颈部以下全部瘫痪，两人因此无法再享受夫妻生活，于是杰要求贝丝去找别的男人，将他们寻欢的情形描述给他听。为了让杰康复，贝丝心甘情愿牺牲自我与别人亲热，以满足丈夫的需求。

贝丝是一个单纯、执着，甚至有点神经质的女人。她的眼神时而稚气，时而迷惘，像极了婴孩，就像上帝派来的精灵，守护一段爱情。她深爱丈夫，答应了他这个自己心理上很难接受的要求。她开始到处寻找，以致陷入迷乱，最终丧失了性命，没有她丈夫的帮助差点回不了天国。现实是残酷的，世俗的利刃将我们的精灵刺得遍体鳞伤，错失了爱，也错失了生活。片尾贝丝死了，当地的主教在强大的流言面前，剥夺了她的灵魂升入天堂的权利，她的丈夫偷了尸体，将其投入海中。

我想到了爱情。相信爱情，即使它给你带来悲哀也要相信爱情。必须爱，直到毁灭为止，我越来越感觉到爱情的存在，她犹如天堂那空灵、回荡的钟声。我泪流满面却不自觉，只因为一种久违的气息在我周身迷漫，我闻到了，它是爱情。爱情适合在超时空中游弋，只有至纯至净的灵魂才能拥有它。贝丝不缺乏纯净，可在物欲的土壤中，她不能飞翔，她折断了翅膀，跌落了。爱情是娇嫩的，在凡间，它必须跻身在世俗的既定框架中才能苟延残喘，可这时，它失去了原本可爱的容颜。

沉醉于影片中，我的嗅觉被慢慢的唤回，沁入肺腑的是一种陌生而又神秘的味道。像有很久了，我们丧失了爱情的嗅觉。我们选择一种在爱情与物欲间的感情，它比赤裸的物欲高尚、美观，比纯真的爱情实惠、明了，蒙着爱的动人面纱，每日每夜的在钢筋水泥的丛林中穿梭，忙碌地讨好着众生，我们误以为它就是爱情，自信的将其揣入怀中，过的心安理得。

其实，我们无法选择爱情，只是选择了一种生活态度，一种不愿付出太多，失去也不会太多的折中态度。我们把过多的勇气用于在名利场上的搏杀，面对爱已殚精竭虑，只能在虚幻的时空中描摹，以求心灵的慰藉。一旦爱情真正降临，我们逃之夭夭。我们离爱情太远，远的只能憧憬，已失去信心追逐。

贝丝拨开了我们头顶上空的世俗阴霾，让窒息的心灵有了释放的空间，爱情在麻木的感觉中浮出水面。凝望她，我更加坚信爱情不是凡人所能品尝的，功利的心托不起爱，一切只能浅尝辄止。爱情在一个与我们平行的时空中飘荡，而无法在现实世界中停靠，它能承载的是无数个贝丝一般的灵魂。

我们不敢奢望爱情的光临，也不愿看到更多的贝丝来人间，以免怠慢了她们。我们已习惯这一切，包括迟钝的嗅觉，爱情不可能在我们这些焦灼的心灵上降落，坦然的过自己的日子吧！我只想闲暇时还能重温爱情的气息，还能与某种眼神相逢。于是，深吸一口气，我已感觉到爱情来到我的内心。

拉氏的电影总那么震撼，这部片子和他的《白痴》《黑暗中的舞者》被称为"良心三部曲"。他习惯于把善良和美一点点碾碎在眼前，让你在极度压抑中体验苦难的狂欢。他的电影理应是尼采所讲的"酒神精神"的深度体验，也是他的电影理念"悲剧能让人的灵魂净化"的具体化操作。

贝丝是上帝的使者。艾米丽·沃森（贝丝的扮演者）用眼神传递了透明与空灵，诠释了一份神圣，那是人间无法捕捉的神情，混合着天使的灵性，又充盈着胆怯，她害怕，怕不能坚守爱情，怕辜负上帝的重托。

片中有人问贝丝：

——And What's your talent， then， Bess?（那你的天分是什么，贝丝？）

——I can believe.（我能相信）

是的，她能相信。她经常自言自语，和心中的神对话，连表情都惟妙惟肖。

这应该是长期在精神上独处的结果。她不信大众的神，也不信自己的意志，她的信仰只有一个指向：爱情。她终究不明白，以"爱情"为信仰的男女关系都不会有美好的结局。

生活继续，爱也继续，钟声回荡。

谁在黑暗中哭泣

今年，莫妮卡·贝鲁奇（Monica Bellucci）53岁了，她还是演员，还在饰演情爱戏，她还是有着美妙的身段和妖娆的气质，她还是让无数少年、中年、老年男人觊觎的对象。可她给我的感觉是：茕茕孑立，踽踽独行。

是的，我就是说《玛莲娜》里的那个女人，饱满的、性感的、孤独的，也就是我们耳熟能详的电影《西西里的美丽传说》中，贝鲁奇饰演的那个角色。那个女人，存在于多少英俊少年、文艺男孩的青春梦中，如今那些少年们已到中年，男孩也怀揣着这个梦成了男人。

我们从男性的角度来看这位"性感女神"吧，就从意大利人莫妮卡·贝鲁奇的前夫法国人文森特·卡索说起。这个被世人称为"女神的男人"的男人，也不简单呀，他不仅是法国人公认的电影才子、法国影帝，更是很多人心目中"行走的荷尔蒙"。

单从长相上来说，长得像画家高更的文森特·卡索的确配不上贝鲁奇，出演的角色也大多是些暴戾的反派，但偏偏他身上就是有着令很多女人迷恋的魅力。曾有人这样形容："在他身上你能看见整个巴黎，贵气、糜烂、刚强、阴柔，他集合了所有矛盾于一身，有时很 Man，有时很娘，有时显得很高贵，有时又像个无赖。"不知道是不是他身上的这些独特气质吸引了万千人的女神莫妮卡·贝鲁奇，毕竟女神的眼光是那么高，曾放话说"如果只是一个头脑简单的帅哥，我看 3 秒就不会觉得他帅了"，所以我们很好奇，文森特·卡索这样的人，身上究竟有着怎样迷人的气质？

1996 年，由于前一年文森特一口气出演了五部电影，原本计划要好好休息一下的他接到了导演吉勒斯·米莫尼送来的剧本《非常公寓》。剧本读过一半，他便打电话问导演要请谁来演女主角，导演说了一个名字，那是一个意大利语的人名，文森特没听说过，他又接下去读了另一半剧本，最终决定出演男主角。于是，32 岁的莫妮卡·贝鲁奇与 30 岁的文森特·卡索相识于《非常公寓》的片场。

在这部影片中，文森特极为罕见的收敛起他身上犀利的戾气，变成了不羁的文艺卷发小青年，多情又柔情地周旋在三个女人中间，其中尤与莫妮卡·贝鲁奇的一段情感最是让人寸肠缠绕。当年的莫妮卡·贝鲁奇还没有成为让全世界男人都迷恋的"玛莲娜"，演了不少看脸的性感角色，以至于文森特一开始对她并无太大好感，还曾以为对方就是"空有其表，自称自己在表演的模特"。而贝鲁奇也认为文森特"太法国，太傲慢，太自命不凡了"。结果，就在这部电影拍摄期间，他们相爱了。大概也正因如此，在《非常公寓》中，我们能看到文森特的儒雅静谧和贝鲁奇的天真稚拙，而这样的一面在之前和之后两人的影片里都是很难见到的。三年之后，文森特·卡索与莫妮卡·贝鲁奇结为夫妻，收获了长达14年的爱情。为了有更多时间在一起，婚后两人多次出演同一部电影：2001年克里斯多夫·甘斯的《狼族盟约》，2002年加斯帕·诺极富挑战性的《不可撤销》，2004年他们又合作了《秘密警察》。其中最富争议的便是被列为"世界二十大重口味禁片"的《不可撤销》。电影充斥着暴力和色情，其中有一场莫妮卡·贝鲁奇在地下通道被强暴的戏长达6分钟之久，据说在拍这场容易引起生理和心理不适的戏份时，文森特因难以接受而离场，后来在首映时看到这场戏的他忍不住哭了出来，旁边的贝鲁奇连忙安慰他说这都是假的。

2004年，两人合作的最得意之作降生，那就是他们的女儿德娃。在贝鲁奇怀孕后期，她在丈夫的积极鼓动下为《名利场》杂志拍摄了全裸封面照片，让世界为之惊叫，一是因为她的体态之美，二是因为她不愧为文森特·卡索的妻子——特立独行，敢作敢为。这两口子也曾在法国杂志《Studio》上拍过一组全裸写真，看惯了好莱坞金童玉女般的爱情童话，人们把长相并非传统帅哥的文森特与女神莫妮卡这对组合称为"美女与野兽"。听到这样的称呼，文森特的回应略带霸气："是谁把我和莫妮卡并称'美女与野兽'的？可你见过哪个野兽，能以百变演技赢取凯撒影帝？你可见过哪个野兽，能携爱女享受异域阳光？你可见过哪个野兽，能对一个人死心塌地？别掩饰了，我知道你们都是在嫉妒我。"但这对众人眼中的恩爱情侣并没有走到最后，2013年已经有了两个女儿的他们，由于聚少离多而选择了分手，离婚后文森特搬去了巴西的里约热内卢。"法国很无情，那是一个强硬的地方，尤其是巴黎。"可有人说，那听起来像是逃离。

从贝鲁奇的婚姻可以看出她独立、敏感的特质，还有将电影作为了她最重要的事业，她可以为此不顾一切。

我曾听一位男性作家朋友说起这部影片，他说：玛莲娜，美得很法西斯！我重新再看了这部影片，除了那个少年的爱慕之外，其实，这影片里还有太多的内容。

这个影片的导演是意大利著名导演朱塞佩·托纳多雷，他还有拍摄了著名的电影《海上钢琴师》《天堂电影院》。就冲着这位导演，人们对《西西里的美丽传说》的期望值当然高。

1941年，整个世界都被笼罩在二战的硝烟之中，但西西里岛表面仍一片宁和，这里正是男孩雷纳多的家乡。他和所有13岁的孩子一样，天真、快乐、不安分，对生活充满幻想。终于有一天遇到了永远改变他生活的女人——玛莲娜。这位漂亮的寡妇令所有的男人着迷，也令所有的女人妒忌。因为她，男孩进入了一个生命的新天地……

"当我还只是十三岁时，1941年春末的那一天，我初次见到了她……那一天，墨索里尼向英法宣战，而我，得到了

第四辑 |

生命里的第一辆脚踏车。"在《西西里的美丽传说》里，有少年雷纳多执着的近似于病态的单恋，有他对成人的渴望，以及狂热的自慰场面。但它绝不仅仅是一个对儿童心理探讨的故事。

此外，也不要看到了浑圆的乳房、臀部就认定这是色情片。这其中有着一个巨大的隐喻，美丽与梦想，肮脏与毁灭。那个西西里女人走在一条时光凝固的路上，那里拥挤了太多东西，肉欲的，崇拜的，怨恨的，渴望的。一直走，扭动腰肢，然后走向消失与灭亡。时间偷看一切，它会悄悄地为这些人加上一个注脚，这是一幕剧。开始是道窄门，却越走越宽广，在同美丽的追随与搏斗中，每个人都展示了自己，都拆穿了自己的秘密。

在人的诸多"生而不平等"中，外表是最容易被觉察的。有人生来动人，有人生来丑陋。过分的美丽就等于破坏了规则，于是大家用极端的、扭曲的、仇恨的方式去对抗这种天然的不平等。太少人懂得宽容和欣赏，他们只会看得目瞪口呆，然后再深深记恨或者用流言来消解不安。

玛莲娜的美貌是个躲不开的悲剧。在战争年代，她是大家快感的唯一来源，议论她，意淫她，诋毁她，她是发泄的工具。只有那个小男孩，那个无能为力却永远追随着她的小男孩，他的眼睛是情欲的眼睛，却又是最纯洁的。就像面对一件稀世珍宝，任何人都想把玛莲娜占为己有。对于美，人们总是太缺乏尊重。那个有狐臭的律师，那个颐指气使的军

287

官，玛莲娜的肉体是他们的天堂，却永远都不可能成为他们的新娘。好像美丽是种罪，招来无数是非，还要把身体变为公共的消费品。到最后，一块面包都可以与这个如梦似幻的尤物缠绵。

雷纳多是个善良执着的男孩，他也想占有这不可方物的女人，他把所有女人想象成玛莲娜，可是当玛莲娜走来，她就立刻高高在上起来，他尊重她，敬仰她。在那个战火纷乱的年代，他把她幻想成一尊神，一个梦想，一个安乐窝。他对她忠心耿耿，尽管他连与她讲话的勇气都没有。当雷纳多隔着窗子去偷窥她的生活，发现玛莲娜有了别的男人，他的心碎了。

莫妮卡·贝鲁奇是意大利著名的时装模特，她那炫目的美丽和优雅高贵的气质令人惊叹，同时她的可塑性极强。在影片中，玛莲娜命运的急剧变化导致她的生活、形象发生了巨大变化，此时，她成了一个风尘女子，有着那一群人物的外形和气质，她更加吸引男人了。他们只关注她的美貌和肉体？有谁关注过她的内心？给予她基本的尊重？

厄运笼罩着玛莲娜，官方宣布丈夫战死的消息，没有人分担她的悲伤，与她断绝关系的父亲在战火里被埋进废墟，她没有了亲人。她并没有外表看起来的那么强大，她既不是女神又不是魔鬼，没有超能力。外面的世界对她来说太危险，她想活就要拥抱危险。去卖身，遭人唾骂已经无所谓了，只不过给那些人添了些口实而已。可是这都不行，别人的丈夫还是会被她迷得五迷三道，女人们再不能忍受，她们扯掉她的衣服，殴打她，她们要除掉这个妖精。她不是美吗，那就摧毁她。

直到影片的结尾，她的丈夫回来了，原来这是一个公开的阴谋。大家为了占有玛莲娜，编造她丈夫战死的谎言。玛莲娜的命运被公众强奸了。幸好她的丈夫是个好男人，他去远方找到了玛莲娜，一年后，他们重回西西里。被驱逐的玛莲娜又回到了西西里，依旧不卑不亢，没有刻意地敛藏锋芒，却已黯然许多。西西里的女人们带着一种骄傲欣赏玛莲娜，仿佛欣赏自己的一件杰作。玛莲娜胖了些，同样有了皱纹，镇上的居民稍稍感到了放心。这时，玛莲娜注视着人群，很不熟练地说出一句："你好。"她想得到她们的认可，只求个安稳。她能做到的只有这些了。

血和泪都隐入历史的浓雾，施暴者选择忘却，受害者假装忘记。

在最后，雷纳多终于鼓起勇气像玛莲娜说出了他们之间唯一的台词："祝你好运。"

时间是个好人，它俯察万物。把痕迹刻在每个人的脸上，所有事情都不言自明，它和每个人心照不宣。它会把你的不堪封印在你的记忆里，腐蚀你自己。再把美丽变成传说，让它永远飞扬。

谁在黑夜里哭泣，只有他（她）自己知道！

在复杂的世界里简单地活着

在这个复杂的世界里，简单、从容地活着，活得兴致勃勃。

把自己活成一种方式，活得没有时间和年龄，这是最美的修为。

在这个复杂的世界里，穿着简单的衣，写着简单的文字，说着简单的话，与简单的人交朋友。

最初的写作动机是因为发表文章可以让我的母亲高兴，但事实并非如此，母亲一直认为我不务正业，她认为我应该成为一个公务员。我现在的写作只是因为我想写，我对文字有天生的敏感、有写作的欲望。

优秀的编辑与作家？我选择前者。

不管多么富有，多么美丽，没有人不曾经历过艰难时光，否则谁又会有真正无懈可击的生活。我劫后余生，仍然可以用布满鱼尾纹的眼睛微笑，用有深深的唇纹的嘴亲吻。

真诚地直面这个世界，真实地面对自己，内外贴契，真切地面对千疮百孔的生活。只要不在意痛苦那就不是痛苦。我已经到了不绝望、不挣扎的年龄，看到别人绝望和挣扎，想拉一把就拉一把，不想拉，那就让他（她）去消受。

生命是旅程，活着是体验。

"任何深的关系都使人 vulnerable（容易受伤），在命运之前感到自己完全渺小无助。我觉得没有宗教或其他 system（制度）的凭借而能够经受这个，才是人的伟大。"（张爱玲）

自然为大，人生为小。
要爱这个世界，即使感到悲哀，也要爱。
是以为后记！

2017/3/19 于鸿影轩